기울어진 식탁

제8회 김만중문학상
소설 부문 금상 수상작

기울어진 식탁

김 담 장편소설

책나무

| 목차 |

금상

김

담

기울어진
식탁

1

문이 열리는 순간 극락지옥도 같은 풍경이 펼쳐지면서 문틈 사이로 댓진 냄새와 함께 자욱한 담배 연기가 왈칵 쏟아져 나왔다. 등 뒤로 문을 닫고 서서 가만히 심호흡을 하면서 눈을 깜빡거렸다. 이윽고 한겨울 그믐밤처럼 캄캄했던 눈앞이 동살이 잡히는 새벽처럼 천천히 밝아졌다. 탁자에 둘러앉아 있던 사람들은 어둑서니를 본 듯 잠깐 고개를 들었다. 누구에게랄 것도 없이 까딱 고갯짓으로 알은체를 한 금강다방 미스 오는 발씨가 익은 좁은 곳을 유령처럼 걸어 안쪽 깊숙한 곳에 자리한 소파로 다가갔다. 아무렇게나 놓인 스툴에 커피 쟁반 보따리가 부딪치자 숨죽이며 눈치를 살폈다. 햇살 속을 떠도는 뿌연 먼지와 천장에 드레드레 늘어진 거미줄이 눈에 잡힐 정도로 침묵은 완강했다.

이삿짐을 막 풀어놓은 것처럼 액자 하나 없이 살풍경한 벽면과는 달리 바닥에는 스툴들이 흩어져 있었고, 그 위에 올려놓은 재떨이에는 담배꽁초가 수북수북 쌓여 있었으며 그것도 모자라 발로 비벼 끈 담배꽁초와 구겨진 빈 담뱃갑들, 휴지들이 넌너른했다. 맥주병이 넘어져 있는 한쪽 구석에는 먹다 둔 자장면 그릇을 신문지로 대강 덮어 두었으나 파리 떼가 잉잉거리는 것을 막지는 못했다. 불쾌

8

하고 진득진득한 음식 냄새와 남정들 땀내가 코에 달라붙었다. 농협 달력만 한 창문은 방충망이 달린 한쪽만 눈치를 살피듯 빼꼼히 열려 있었고, 또 다른 한쪽은 강추위에 언 듯 꽁꽁 닫혀 있었다.

다섯 평 컨테이너 하우스는 읍내 변두리 외딴 곳, 깎아지른 듯한 벼랑 아래 등을 기대고 들앉았다. 둥그스름하게 내려앉은 벼랑 뿌다구니 한구석에는 낡은 그물, 부표와 같은 어구들로 동산을 이루었을 뿐만 아니라 벼랑 비탈에는 칡넝쿨과 참나리 꽃, 돼지풀이 꼬지꼬지 우거졌으며 벼랑 꼭대기 너머로는 낡은 집들이 듬성드뭇 자리했다. 한터에 덩그마니 자리한 컨테이너 하우스 앞으로는 이면도로가 지나갔으며 길턱 아래로는 논들이 펼쳐졌다. 수렁논과 묵정논이 뒤섞인 논들을 지난 산중턱에는 학교 건물이 마주 보였으며 그 사이엔 아름드리 미루나무들이 시야를 가로막았다.

소형승용차 모닝에 커피 쟁반을 싣고 미스 오가 나타난 시간은 오후 한 시 사십육 분이었다. 출석부에 도장을 찍듯 오후 두 시 어름에 닷새째 출근 중이었다. 얼린 물병 외에도 따로 얼음 두 봉지를 들고 오지 않으면 티켓값을 제대로 쳐주지 않는다는 것은 배달 첫날 알아차렸다. 햇물이 졌다가 사라진 뒤 열흘 넘게 마른장마가 계속되고 있었다. 그늘 없는 뙤약볕 아래는 불 땐 아랫목처럼 들끓었으며 꽃들은 물론이고 푸새들조차 시든 배추 이파리처럼 추들추들했다. 불쾌지수가 치솟았고, 웃음을 잃은 얼굴들은 시비가 잦았다.

에어컨 없이 선풍기만 두 대가 돌아가는 컨테이너 속은 불을 뿜는 듯한 열기로 곧 터져 버릴 듯했지만 웃통을 벗어젖힌 이들은 패를 들여다보느라 넋이 빠져 있었다. 아예 팬티 바람인 전업농은 미스 오가 들어오건 말건 눈길 한번 주지 않았다. 가운데가 푹 둘러 꺼진 삼인용 소파에 쟁반 보따리를 조용히 올려놓은 미스 오는 스커트 뒷주머니에 꽂아 두었던 스마트폰을 꺼내 들고서는 소파 끄트머리에 가만히 걸터앉았다. 그들이 먼저 말을 꺼내기 전에 "커피 왔어요." 했다가는 어떤 불상사가 일어날지 이미 첫날 경험했던 터였다. 쥐 숨듯 나대지 않고 가만히 있는 것으로 장단을 맞췄다.

잠금 해제를 하고 막 게임을 시작하려는 찰나였다. "야, 이 간나야. 왔으면 인사부터 해야지. 담배 가져왔어?" 하는 목소리가 들렸다. 이제 겨우 매일 죽어 나가던 개복치를 수족관으로 옮긴 터였다. 얼굴을 보지 않고 목소리만으로도 누군지 금방 알아챘다. '개새끼!' 속으로는 고까운 생각이 들었지만 싫은 내색 없이 낯빛을 부드럽게 고치고는 얼른 "예." 대답했다. 그러면서 동시에 스마트폰도 껐다. 말보로 레드를 뜯어 담배개비에 불을 붙였다. 그런 뒤 왼손 집게손가락과 가운뎃손가락만 어깨 위로 들어 올린 채 포커판에서 눈을 떼지 않는 청파다방 사장, 윤오의 손가락 사이에 불붙인 담배개비를 끼어 준 뒤 날래게 손을 뺐다. 그러고는 땀이 밴 왼손을 아무도 거니채지 못하게 미니스커트를 입은 자신의 엉덩이에다 대고 쓱쓱 문질렀다.

좁아터진 여관방에서든 식탁 밑에서든 어디에서든지 꼭 입으로만 해달라는 놈이 바로 정 사장, 그놈이었다. 자기네 다방 언니들은 신입 때만 부를 뿐 다시 부르지 않았다. 씹던 껌이 목에 걸릴 뻔했다. 어느새 잇새에 담배를 문 윤오가 왼손을 뻗어 미스 오의 엉덩이를 주무르고 있었기 때문이었다. 윤오의 손을 직접 떨쳐 내지 못하고 왼발을 옆으로 빼는 것으로 손길을 피했지만 일곱 명이 들어앉은 컨테이너 안은 기름을 짤 정도로 비좁았다. 머뭇거리지 않고 재빨리 소파로 물러났다. 전화로 불러댈 때는 발등에 불이라도 떨어진 것처럼 소리를 질러대다가도 막상 배달을 오면 커피건 찬물이건 당장 찾는 사람이 없었다. 돈을 잃은 사람이야 속이 타서 그렇겠지만 개평을 뜯는 사람은 또 눈치를 보느라고 섣불리 커피 타라는 소리를 하지 못했다.

두루마리 휴지로 대강대강 얼굴에 흐르는 땀을 닦아 냈다. 머리에 쥐가 날 정도로 무더웠다. 질겅질겅 씹던 껌을 오른손 엄지와 검지로 길게 잡아 늘였다. 살이 붙은 몸은 물탱크라도 된 듯 쉴 새 없이 땀을 쏟아 냈다. 날씨와 상관없이 전화 한 통이면 숲에도 가고 바닷가에도 나갔다. 자동차로 갈 수 있는 곳이면 어디든 갔다. 농사철이면 논두렁밭두렁에도 배달을 나갔다. 논밭에서 일손을 들놓고 앉는 참 때가 되면 어김없이 전화가 왔다. 늙은 농부들은 다방 언니들을 만나기 위해 한 잔에 이천 원 하는 커피를 배달시켰다. '레지'라고 부르던 다방종업원을 언제부턴가 '냄비'라고 불렀다. 냄비라고 부르든, 레지라고 부르든 미스 오에게는 큰 의미가 없었다. 티켓을 좀 더 많이, 오랜 시간, 비싸게 끊을 수 있었으면 하고 바랄 뿐이었다. 팁은 말할 것도 없고.

패를 쪼는 눈들은 토끼 눈처럼 붉었다. 한순간 실내는 얼음처럼 고요했다. 소파로 물러난 미스 오는 커피 타는 것도 잊은 채 탁자에 앉아 있는 남자들을 찬찬히 건너다보았다. 윤오 맞은편에 처음 보는 얼굴이 있었다. 어제까지 멤버 교체는 없었다. 택시 기사, 노가다, 정 사장, 선주 아들, 정비소 사장, 전업농뿐이었다. 새로 나타난 얼굴은 다방에서도 마주친 적이 없었다. 알록알록한 샌들 한 짝이 그의 발끝에서 대롱거렸다. 셔츠와 팬츠, 샌들이 죄다 등산용으로 방금 산에서 내려온 겉모양새였다.

엄지와 검지 손끝으로 잡아 늘이던 껌을 볼이 빵빵하도록 풍선을 불었다. 아기 주먹만 하게 커지는가 싶더니 한순간 푹 거품처럼 꺼지면서 입 주위에 들러붙었다. 미스 오는 건정건정 껌을 잡아떼느라고 온몸이 다시 땀범벅이 되었다. 골방에 갇힌 것처럼 무더웠다. 어디에서든 기다리다 보면 시간은 갔다. 시간은 곧 돈이었다. 반드시 계약한 대로 이뤄지지는 않았지만, 근삿값은 받을 수 있었다. 소리 나지 않게 얼음물을 따라 마시고, 신문지를 접어서 들고 파득파득 부채질을 했다.

"커피 좀 타라. 얼음 띄우고." 윤오였다. 미간을 모으고 사채 이자와 일수 찍을 돈을 어림짐작하고 있던 미스 오는 그제야 퍼뜩 정신을 차렸다.

"나는 설탕 둘 넣고. 크림은 넣지 마라." 선주 아들이었다. 나머지 사람들과 더불어 등산복은 묵묵, 잇새도 어우르지 않았다. 따로 주문이 없는 경우는 인스턴트커피에 설탕을 듬뿍 넣어 다디달게 탔다. 그렇게 하면 크게 트집 잡히지 않았다. 뜨거운 커피엔 설탕을 듬뿍, 차가운 커피엔 얼음을 가득 넣었다. 커피 냄새에 땀이 식고, 콧구멍이 커졌다.

이마에서 흐르던 땀방울이 커피잔에 떨어졌지만 미스 오는 숟가락으로 홰홰 저어 커피와 섞어 버렸다. 침이라도 뱉고 싶은 심정이었다. 이게 다 윤오 때문이었다. 속에서 열불이 났다. 훨훨 손부채질을 했다. 문조차 맘대로 열지 못하는 컨테이너 안은 그대로 찜질방이었지만 누구도 덥다는 소리를 하지 않았다. 하루 물림이 열흘 간다고 처음 이곳으로 자리를 옮길 때까지만 해도 에어컨을 다네 마네 옥신각신했지만 시나브로 그 말조차 자취를 감추고 말았다.

커피잔과 물잔을 돌리면서 미스 오는 등산복의 머리통을 한 번 더 내려다보았다. 스님처럼 머리카락이 짧았다. 옷도 새물내 나는 새것이었다. 들고 있는 패를 스쳐봤다. 좋지 않았다. 저도 모르게 고개를 가로저었다. 윤오는 같은 카드를 두 장 들고 있었고 노가다는 같은 패를 세 장 들고 있었다. 전부 킹이었다. 자동차 정비소 사장은 기권했는지 손에 아무것도 없었지만 앞에 놓인 지폐는 수북했다. 콜이 이어지고 있었다. 마지막까지 패를 들고 있던 사람은 북어처럼 빼빼 마른 노가다였다. 쌓아 놓은 지폐를 끌어안듯 자기 앞으로 그러모았다.

"에쎄는 이리 줘. 그리고 전부 얼마야? 얼음물도 좀 더 주고."

노가다였다. 커피잔을 얹은 쟁반이 기우뚱하며 하이힐 굽이 꺾일 뻔했다. "담뱃값까지 오만 구천 오백 원." 노가다는 커피를 마시지 않는 대신 얼음물만 찾았다. 그래도 커피값은 챙겼다. 얼음물잔을 들고 노가다 옆에 잠자코 섰다. 노가다 앞 탁자에는 오만 원짜리, 만 원짜리, 천 원짜리들이 순서대로 놓여 있었다. 노가다는 그러모은 지폐 더미 속에서 만 원짜리를 주섬주섬 세어 미스 오에게 건넸다. 분명 일곱 장이었지만 그대로 받았다. 껌 씹는 소리조차 내지 않았다. 탁자에 있는 지폐 더미를 눈으로 훑는 사이 저도 모르게 군침이 돌았다. 얼추잡아도 수십만 원은 될 듯했다. 탁자에 놓여 있는 돈 전부면 다방 사장에게 진 빚 얼마쯤은 당장 갚을 수도 있을 것이었다. 눈을 감았다.

"야야, 적당히 줘. 티켓값도 한 시간 쳐서 줬을 거 아냐? 한 시간에 삼만 원이면 저년을 아주 녹초로 만들어 놨어야 하는 건데. 흐미. 이 간나야, 공으로 먹는 줄이나 알아라." 윤오였다. 미스 오는 살짝 혀를 내밀었을 뿐 대꾸하지 않았다. 노가다는 말로도 치근덕대지 않았으며 미스 오 몸에도 손을 대지 않았다. 노가다가 찻값을 계산하면 그날은 새수나는 날이었다. 커피만 배달하고 나면 금방 일어날 수 있었기 때문이었다.

"어디서 왔어?"

"예? 아, 예. 저기 해안도로에 있는 금강다방요."

"전화번호 주고 가." 등산복이었다. 팔뚝에 새긴 잉어 문신이 꿈틀거렸다. 미스 오는 꿀꺽 닭알침을 삼켰다. 먹구름 속에서 해님이 방실거렸다. 스마트폰을 열어 늘차게 명함 한 장을 꺼냈다. 재바르게 등산복 곁으로 다가가 등산복과 명함을 주고받는 순간 두 사람

시선이 아주 잠깐 마주쳤다. 가슴이 콩닥거렸다. 미스 오는 엉덩이에다 쓱쓱 손바닥의 땀을 닦았다. 단골손님이 한 명 더 생기면 일수를 하루 더 찍을 수도 있었고, 화장품 외상값을 얼마쯤 가릴 수도 있었다.

"뭐야?" 윤오가 놀란 척 눈을 부릅떴다.

"왜?"

"아니, 우리 다방에도 애들 많은데."

"그래서?" 등산복의 잘라매는 말투에 "그렇다는 얘기지. 아, 알았어. 알았다고." 윤오는 항복의 표시로 두 손바닥을 내보이며 고개를 주억거렸다. 미스 오는 째진 눈이 보이지 않을 정도로 속웃음을 웃었다. 윤오가 먼저 말꼬리를 내리며 콧대를 낮추는 것을 처음 봤기 때문이었다. 땀이 다 식었다. 개평을 뜯던 택시 기사가 미스 오 옆으로 자리를 옮겼다. 티켓을 끊은 적이 한 번도 없었음은 물론 읍내 택시 정류장에서 마주쳐도 생먹기 일쑤인 회사 택시 19번을 모는 운전기사였다. 콤팩트를 꺼내 화장을 고칠 새도 없이 두루마리 휴지를 뜯어 얼굴에 흐르는 땀을 닦았다. 택시 기사가 미스 오 허벅지에 손을 올리는 순간 담배에 불을 붙이던 노가다가 한마디 했다.

"커피 다 마셨으면 가 봐."

"야, 온 지 얼마나 됐다고 벌써 보내?"

"시끄러워. 자, 누구야? 얼른 패 돌려."

옆자리에 앉았던 택시 기사 손이 어깨를 두르며 가슴을 더듬는 것을 뿌리쳤다. 티켓값을 계산하는 사람이 주인이었으므로 노가다 말을 따르는 게 먼저였다. 택시 기사는 인상을 쓰긴 했지만 아무 말도 하지 않았다. '공짜라면 양잿물도 마실 놈.'이라고 속으로 욕을 내뱉으며 구메구메 커피잔을 거두고 꽉 찬 재떨이를 비웠으며 눈에 띄는 대로 거듬거듬 휴지들을 주워서 검은 비닐봉지에 담았다. 쓰레기봉투를 한쪽에 내놓은 뒤 커피 쟁반 보따리를 챙겨 들었다. 누구에게랄 것도 없이 꾸벅 고개를 숙여 절인사를 했다. 이마에 송골송골 맺혔던 땀방울이 발끝에 뚜두둑 떨어졌다. 몸은 께느른해지고 동작은 한없이 청처짐해졌다.

길 건너편 방학 중인 학교는 무서울 정도로 휘휘했다. 다시 입어 볼 일 없는 교복이었지만 학교 앞 분식집에서 컵에 든 떡볶이를 먹고 있는 학생들을 보고 있으면 어수선하고 꿈만했다. 눈길을 돌리자 이번에는 까마득한 미루나무 정수리들이 눈앞을 가로막았다. 배달을 나갔다가 마을 어귀나 동네 으슥한 곳에서 둥구나무나 당산나무를 만나면 속이 메스껍고 금방이라도 토할 듯 멀미가 났다. 여태도 구운 갈치는 먹지 못했다.

처음 가출했던 때가 중학교 2학년 여름방학 때였다. 해수욕장에서 아르바이트를 할 수 있다고 옆 반 진주가 꼬였다고 둘러댔지만 밤이면 밤마다 엄마를 들때리고 살림을 들이족치는 술 취한 아버지 때문에라도 집은 벌써 지옥이었으므로 어디로든 가고 싶었다. 숲정이에 난 산불이 축사로 번지면서 키우던 소들이 연기에 질식해 떼죽음을 당했다. 그 뒤부터 아버지는 농사에 손을 놓고 형편없는 술주정꾼이 되고 말았다. 외가는 고개 너머 산촌에 있었으나 집과 다를 게 없었다. 무작정 진주를 따라 집을 나왔다. 일주일만 있다 돌아갈 생각이었다.

"야, 뭐 해? 얼른 타!" 모닝의 창문을 내린 다방 사장은 경적을 울리며 소리쳤다. 뿌옇게 모래 먼지가 일었으며 사장의 목소리에는 짜증이 잔뜩 실렸다. 좀처럼 웃지 않는 젊은 사장은 나이 많은 마담언니와 동거 중이었으며 차 배달 승용차를 운전하면서 다방이 있는 건물 옥상에서 홀로 지낼 때가 많았다. 쇠파이프 기둥에 샌드백이 매달려 있는 옥상 마당엔 컵라면 그릇들이 굴러다녔으며 스티로폼 상자에 심은 고추와 토마토는 말라 죽고 있었다.

미스 오는 꿈에서 깬 사람처럼 굼뜨면서도 바쁘게 서두르며 자동차 문을 열어젖혔다. 찬 기운이 훅, 얼굴에 끼쳤다.

2

포물선을 그리며 너른 마당 한가운데를 날고 있는 낫을 보면서 아니 손에 들고 있던 낫을 허공으로 내던지는 순간, 윤오도 뭔가 잘못되었다고 느꼈다. 하지만 이미 내동댕이쳐진 낫은 자루가 반으로 뚝 부러진 채 마당 한가운데 나뒹굴었다. 용마루가 무너져 내렸으며 주춧돌이 흔들렸다. 사방에서 쥐 떼가 날뛰었다. 속이 메슥거리고 이명이 울렸다. 거미줄이 다불다불 늘어진 듯 눈뿌리가 아찔했다. 대문 밖에 사자상이 차려지고 지붕에 올라 초혼하는 소리가 아마득하게 들려왔다. 흰 연기가 피어오르는 굴뚝을 사이에 두고 까마귀 떼가 새까맣게 내려앉는 그림이 환영처럼 스쳤다. 섬쩍지근했다. 윤오는 눈을 감고 고개를 흔들었다.

"이놈이 이게, 정말 실성을 했나? 어디서, 아니 이놈이? 어디서, 어디서 낫자루를 집어던지고 지랄이여, 지랄이? 애비가 그렇게 우습냐, 우스워?"

"다 제겨낸 나무를 이제 와서 어쩌라고요?"

"그게 돈이 얼마인 줄은 알아? 자그마치 삼십만 원어치다, 삼십만 원!"

"또 그놈의 돈 타령! 아, 이놈의 집구석 불을 확 질러 버리든지."

18

외양간 앞에 서서 아들에게 종주먹을 들이대며 게걸거리고 있던 종두는 눈이 화등잔만 하게 커지면서 그만 오금이 굳었다. 그렇지 않아도 농약을 치면서 마신 낮술에 이미 얼근얼근 취해 있던 참이었다. 하늘이 노래지며 부글부글 울화가 끓어올랐다. 마당이 뒤쳐지듯 몸이 흔들렸지만 내친걸음이었다. 두 주먹을 움켜쥐고 푸들푸들 떨고 섰던 종두는 외양간 문을 받쳐 놓은 지게작대기를 찾아들었다. 두 손에 작대기를 움켜쥐고 발을 떼는 순간 그만 짚단처럼 풀썩 마당에 군드러지고 말았다.

"어, 어……."

갑작스러운 사태에 윤오도 어안이 벙벙했다. 무엇을 겨냥하고 낫을 집어던진 것은 아니었다. 홧김이었다. 고드름처럼 자리에 얼어붙었다. 두려움으로 아찔했다. 그렇지만 여전히 지게작대기를 집어 드는 아버지는 징글징글했다. 여태껏 한 번도 왜 그랬냐고 묻지 않았다. 그 대신 몽둥이부터 치켜들고 싸다듬이했다. 엎어져 버르적거리는 아버지를 짯짯이 노려보다 그대로 몸을 돌렸다. 재게 승용차에 올라앉았다. 시동을 켜는 손바닥에 축축하게 땀이 뱄다. 왼쪽으로 방향을 튼다는 것이 하마터면 집 앞 길섶에 고묵은 상수리나무들을 들이받을 뻔했다. 팽나무와 상수리나무들이 어우러진 비탈 아래는 그대로 논배미였다.

"이놈아! 저걸, 저걸 아이고, 저놈을? 얼른 죽어야 이 꼴 저 꼴 안 보지. 저걸 아들이라고, 아이고 저놈을 저걸 어째?"

꿈지럭거리며 자리에서 일어선 종두는 지게작대기로 땅바닥을 짓찧으면서 동동 발을 굴렀다. 숨이 차서 헐금씨금했다. 지게작대기를 지팡이 삼아 털썩 거품이 꺼지듯 그대로 바닥에 주저앉았다. 악몽처럼 무서워졌다. 가슴 한편에 오래도록 묻어 두었던 관 뚜껑이 들썩거렸다. 오자기 안에서 소를 잡듯 머릿속이 소란스러워졌다. 두 손으로 귀를 막았다.

"뭐 해요?"

자동차 소리를 못 들었는데 아내 부진이 승용차에서 내려 기웃이 창고 안을 들여다보고 있었다. 두억시니처럼 그림자가 길었다. 어둑한 창고에서 농약병을 찾던 종두는 깜짝 놀라 헛기침을 하고 말았다.

"인기척이라도 했어야지. 사람 놀라게 무슨 짓이야?"

제초제와 살충제 사이를 왔다 갔다 하던 종두는 시치미를 뚝 떼고 슬그머니 문밖으로 나왔다. 목이 칼칼했다. 갖은 농약과 비료들을 쌓아 놓는 창고는 문만 열어젖혀도 고약한 냄새가 코를 찔러 댔다. 그래서인지 창고 처마 밑에는 제비조차 집을 짓지 않았다. 한쪽 벽면에는 이제는 쓰지 않는 가래며 망가진 호미와 쇠스랑 따위가 즐비했다.

"윤오는 아무리 경적을 울려도 차를 안 세우던데, 무슨 일이야?"

"어디서 봤어? 이놈의 새끼를 그냥!"

"왜, 또?"

"아니, 보되 몰라? 저것 좀 봐. 이젠 하다하다 애비 앞에서 낫자루를 집어던지는, 그런 망나니 같은 자식을 그래도……. 아이고,

20

속이 터져서. 저기, 저 밭두둑을 좀 보라구! 저걸, 저 원수를 어떻게 해?"

"누가 들으면 씨 도둑질했는지 알겠네. 애비가 애비 노릇을 제대로 했었어 봐. 이런 사달이 왜 생기겠어?"

다른 것은 몰라도 심어 놓은 나무만큼은 손대지 말라고 귀에 싹이 나도록 일렀지만 윤오는 어디 개가 짖느냐 했다. 술 취한 놈 달걀 팔 듯 어느 날은 감나무가지가 잘려 나가 있었고 또 어느 날은 호두나무가 그루터기만 남아 있었다. 오갈피나무며 음나무 들은 말할 것도 없었다. 베어도 움돋이라고, 심어 놓으면 베었고 베어 버리면 또 심었다.

"이 여편네가 시방 뭐라고 지껄이는 거야. 저걸 눈으로 보면서도 그런 소리가 나와. 보라고! 에미가 그러니까 새끼가 그 모양인 게야."

"그 애가 괜히 그러겠어, 괜히? 애 좀 가만히 놔두라고 몇 번이나 말했어?"

부진은 자동차 열쇠 주머니를 움켜쥔 손으로 제 가슴을 쳤다. 금방이라도 폭발할 듯 눈빛이 우럭우럭했다. 종두는 입술을 훔치며 고개를 돌렸다. 부진은 쉰둘에 운전면허를 취득했다. 며느리 부추김도 한몫했다. 그렇지만 자동차 운전면허를 따기 전부터 경운기와 트랙터 운전을 자유자재로 했다. 운전면허증을 받자마자 무쏘를 사더니 지난해는 다시 티볼리로 차종을 바꿨다. 과속으로 인한 과태료 고지서가 일 년에 서너 차례 배송되었지만 꿈쩍없었다. 먹새가 좋은 만큼 힘도 웬만한 남자들 뜸떠 먹었다. 사십 킬로그램짜리 쌀 포대를 번쩍번쩍 트럭에 실었다. 이웃집 아낙이었다면 잘한다고 추어주었을 테지만 종두는 그런 부진이 그저 더넘스럽기만 했다.

"누가 할 소리! 에미가 잘했어 봐. 왜 저 모양이 됐겠어, 됐겠느냐고?"

"이 양반이 뭘 잘못 자셨나? 그게 왜 내 책임이여? 당신 새끼야. 당신이 애비 노릇을 제대로 했어도 얘가 저렇게 됐겠어? 책임으로 치자면 당신 책임이 더 큰 거여, 알기나 해! 어디서 책임 운운하고 있어? 염치라는 게 좀 있어 봐."

"이 여편네가 실성을 했나?"

"그래, 실성했다. 어쩔래? 새끼 때문에 내가 아주 미쳤다. 미쳤다고!"

"갈수록 태산이라더니, 점점."

"제 새끼한테 저렇게 야멸치고 박정한 인간은 내 보다보다 첨 봐. 두 번 다시 애한테 손이라도 대면 그때는 당신 죽고 나 죽는 거니까, 그리 알아. 원 그깟 나무가 무슨 대수라고. 아, 애가 중요하지 나무가 중요해? 당신은 평생 우리 윤오를 발샅에 때보다도 못하게 생각했어. 알아? 애가 구새 먹은 나무처럼 헤싱헤싱해 보이는 것도 다 그 때문인 줄은 모르고. 허이구, 그저 저만 잘났다고. 애가 죽는지 사는지도 모르고."

"그놈 때문에 팔아먹은 논밭전지가 얼마인 줄 알면서도 그런 소리를 해? 내 평생 피땀 흘린 논밭전지가 다 그놈 아가리로 들어가고 말았어. 어디서 야박하다는 소리를 해? 에미나 새끼나 어찌 그리 한 치도 안 틀리고 빼닮았는지."

"새끼가 에미 닮은 게 무슨 흉이라고 번번이 타박이야, 타박이. 원, 별 개코같은 소리를 다 듣겠네."

그러더니 휭하니 몸을 돌려 동동걸음으로 계단을 올라갔다. 맘 같아서는 당장 뒤쫓아서 부러진 낫자루라도 집어 두들겨 패고 싶었지만 그것도 옛말이었다. 부진의 한쪽 귀가 잘 들리지 않는다는 것을 안 것은 부진이 운전면허를 딸 때였다. 검사 결과는 뜻밖에 고막 파열이었다. 보청기도 낄 수 없다는 진단을 받았다. 부부싸움 중에 따귀를 때린 것이 그렇게 되었다는 것은 뒤에 알았다. 언제부턴가 콧등이 세진 부진은 종두가 하는 말이라면 귓등으로도 듣지 않았다. 부진이 발악하며 게들면 종두는 지레 알아서 자리를 피해야 했다. 종두가 나이 들수록 하지 지낸 뜸부기가 되어 가는 반면 부진은 갈수록 물고 차는 상사말이 되어 갔다.

갑작스레 부진이 몸을 돌리는 통에 그만 얼떨떨해진 종두는 맥살이 풀리면서 삐질삐질 진땀을 흘렸다. 외양간 곁에 세워둔 트랙터에 오르며 힘껏 문을 닫아걸었다. 농기계 때문에 조금씩 늘린 마당은 승용차와 경운기, 트랙터와 트레일러를 들여놓아도 될 만큼 너끈했다. 그러면서 마당가에는 과실나무들을 빼곡하게 심었다. 산울타리가 따로 없었다. 집 주변으로 사백여 평에 이르는 오래뜰이 펼쳐져 있었고, 그 가운데 반은 군유지였지만 과실나무라면 종류를 가리지 않고 심었다. 큰 나무들로 마당을 가리면 좋지 않다는 할머니 말씀도 귓등으로 들었다. 땅은 한 뼘이라도 빈터로 남겨 두지 않았다. 하다못해 논머리 콘크리트 수로 옆 좁은 터에도 콩이며 팥을 심었다. 이웃에서는 새 떼들로 골머리를 앓았지만 귀머거리 시늉을 하며 뭉땄다.

트랙터의 시동을 걸었다. "술 먹고 무슨 운전이야?" 거실 창문을 열고 부진이 벼락같이 소리쳤다. "씨부랄 년!" 종두는 중중거리면서 가속페달을 꽉, 꽉 밟았다 떼며 소리를 키웠다 줄였다, 약을 올렸다. 순식간에 화는 휘발되고 그 자리에 빗물처럼 슬픔이 괴었다.

백 마력짜리 존디어 트랙터는 다른 어떤 농기구보다 애지중지했다. 마을에 딱 한 대밖에 없었다. 종두에게 탈것이란 전쟁 중에 만난 B-29 그리고 '제무시'와 '쓰리꼬다'로 불렸던 GMC 트럭과 쓰리쿼터 트럭뿐이었다. 수풀 속에 숨었다가도 사방에 포탄이 떨어지면 그 폭격기를 보겠다는 일념으로 덤불 밖으로 머리를 내밀었다. 불기둥이 코앞에 떨어지는 것을 보고서야 질겁해서 꿩처럼 엉덩이를 하늘로 치켜들고 덤불 속에 머리를 박았다. 중공군과 인민군들이 산속이건 마을이건 맨발과 꽹과리로 헤덤벼치며 전쟁을 벌였던 반면 미군과 국방군들은 하늘에서는 헬리콥터로, 숲과 마을에서는 트럭과 탱크로 신작로를 따라다니며 전쟁을 했다.

일억을 주고서라도 존디어를 사야겠다고 했을 때 찬성하는 사람은 아무도 없었다. 잔고장이 많다는 게 이유였지만 종두는 고집을 꺾지 않았다. 돈이 아까워 트럭은 매번 낡은 중고를 샀지만 트랙터는 예외 없이 새것이어야 했다. 부품 값도 만만찮았지만 기꺼이 감당했다. 전쟁 통에 맛본 허쉬 초콜릿 맛이 여태도 종두의 혀끝에 남아 있었던 것처럼, 종두에게 미제는 다다를 수 없는 최고의 꿈이었다. 국산 트랙터를 버리고 존디어 트랙터를 샀을 때 비로소 종두는 자신이 이 땅에 굳건하게 자리 잡았음을 온몸으로 가슴 벅차게 느꼈다. 그런 트랙터였지만 술을 마시고 운전하다 서너 번 논두렁에 꼬라박혔다. 자신의 팔이 부러진 것보다 트랙터가 망가진 것이 더 애잡짤했다.

운전대를 서너 번 쓰다듬어 준 뒤 종두는 트랙터에서 내려섰다. 곧바로 창고에서 목낫을 찾아들었다. 외양간 옆 두엄더미 둘레를 중심으로 빈터 곳곳은 온통 접시꽃 천지였다. 부진이 아끼고 괴며 좋아하는 꽃들이었다. 하얗고 붉은 꽃잎들이 눈을 찔러 댔다. 살금살금 능구렁이 강담을 넘듯 접시꽃 떼 판 속으로 스며들었다. 한모숨씩 움켜쥐고 모두베기했다. 고깃국을 먹는 사람처럼 뻘뻘 땀을 흘렸다. 죽창 같은 그루터기만 남았다. 그악스러울 정도로 땅속 깊이 내려간 뿌리들은 당장 어쩌지 못했지만 그래도 좋았다.

"씨부랄 년, 제 년이 아무리 그래 봤자지. 감히 누구한테 포악질이여, 포악질이? 세상천지 무서운 게 없다고. 흥, 무서운 게 없어?"

창고 처마 아래에 아무렇게나 퍼질러 앉았다. 땀이 국숫발처럼 흘러내렸다. 러닝셔츠를 잡아끌어 얼굴에 흐르는 땀을 닦아 냈다. 모두베기를 한 외양간 둘레는 건둥했다. 건장마가 지나고 나면 또다시 이파리들을 키울 테지만 그때까지는 눈앞이 훤할 것이었다.

덴덕스럽던 기분이 오이냉국이라도 한 사발 들이킨 것처럼 개운했다.

숨이 가빠 할근거리면서도 담뱃갑을 꺼냈다. 담배도 눅눅했다. 담배를 한 개비 꺼내 고르게 매만진 뒤 불을 붙였다. 무려 이천 원이나 담뱃값이 뛰었지만 여전히 끊지 못했다. 디스 플러스 담뱃갑에 그려진 고래 그림을 볼 때마다 모래사막 사우디아라비아를 떠올리곤 했다. 땅두멍 같은 가슴 속에 가라앉았던 앙금이 부옇게 일며 술렁술렁했다.

윤오가 다른 나무도 아닌 아름드리 호두나무를 베어 낸 날, 살충제를 마셨다. 피란길에서 돌아와 불탄 자리에 다시 터를 잡고, 거적으로 움막을 진 뒤 나무부터 옮겨 심었다. 그 나무가 바로 성주신과 다름없던 호두나무였다. 해거리도 없이 해마다 주먹만 한 열매들을 맺었다. 딸들이 한여름 물외처럼 쑥쑥 자라던 시절엔 호두나무에 덕을 메고 멍석을 깔았다. 그곳에서 딸들과 함께 한뎃잠을 잤다. 논들 위를 까막까막 반딧불이가 떠돌고 하늘 높은 곳엔 은하수가 강물처럼 흐르는 날엔 딸들과 함께 손에 잡힐 듯 가까워 보이는 별들을 헤아렸으며 한순간 별똥별이라도 떨어질라치면 재빠르게 소원을 빌곤 했다. 까르르거리는 웃음소리가 끊이질 않았다.

술김이었다. 지질했고, 매미 허물처럼 허허로웠다. 아니, 갈대밭으로 바뀐 지뢰밭을 걷는 듯 조마조마했다. 밤이면 식은땀을 흘렸다. 죽은 사람들이 꿈자리를 어지럽혔다. 알 수 없는 공포가 목을 옥쬤다. 새까맣게 탄 마음은 천 길 낭떠러지 아래로 곤두박질치곤

26

했다. 어떤 출구도 보이지 않았다. 벼랑 끝에 나무 뿌다구니를 더위잡고 간당간당 매달려 있는 심정이었다.

"저 영감탱이가⋯⋯. 시상에, 꽃들이 무슨 잘못이라고! 하이고, 저놈의 인간이 정말 단단히 미쳤네. 아, 꽃들이 무슨 죄여? 시상에, 이게 무슨 날벼락이래. 나와, 난딱!"

음식물 찌꺼기가 든 이남박을 들고 출입문 계단을 내려서던 부진은 소리부터 질러 댔다. 얼른 땅바닥에 담배를 비벼 *끄고선* 부진이 멈칫거리는 사이 종두는 트랙터에 올라앉았고, 이남박을 마당에 둘러엎은 부진은 종두를 향해 열고나게 달려들었다. 운전석 출입문 아래 서서 동동 발을 구르며 출입문을 두드려 대더니 기어코 바퀴에 발길질을 해댔다. 설삶아 놓은 말고기처럼 얼굴이 벌게진 부진의 쉰 목소리가 붕어 입처럼 보였다. 위협하듯 트랙터 버킷을 들어 올렸다. 그제야 부진은 한 발짝 뒤로 물러섰다. 종두는 트랙터를 몰고 마당을 벗어났다. 땀으로 온몸이 친친했지만 그쯤은 괜찮았다. 트랙터는 마치 수레가 자갈길을 굴러가는 것처럼 덜렁덜렁, 흔들흔들했다.

3

"몇 번 말했어? 칼 바꿔 쓰지 말라고. 꺼져, 당장 꺼지라고!"

목소리에 쌩하게 찬바람이 일었다. 화가 날수록 목소리가 커지는 게 아니라 차분해졌다. 이글이글 잉걸불이 타는 듯 눈길이 사나워 졌으며 에로스의 화살을 문신한 팔뚝의 근육들은 거칠게 꿈틀거렸 다. 좁은 마루 벽들이 사방에서 압박해 들어오고, 천장이 내려앉는 듯 몸을 옥죄었다. 머리통이 수박처럼 쩍쩍 갈라졌다. 주먹을 말아 쥐며 어금니를 사리물었다. 핏물을 뒤집어쓴 것처럼 눈앞이 깜깜 했다. 머릿속으로 수없이 잽을 날리면서 카운트를 했다. 겨우겨우 십 초를 센 뒤 가쁘게 몰아쉬던 숨을 고르며 천천히 주먹을 폈다.

"나가라면 못 나갈 줄 알고. 그깟 칼이 뭐라고? 하이고, 머저리, 등신 같은 놈! 병신이 육갑한다고 진즉에 알아봤어야 하는데. 하이 고, 쫀쫀한 놈!"

뒤에서 지껄이거나 말거나 홍주는 싱크대 도마 위에 있던 칼과 함께 칼꽂이에 걸려 있던 칼들을 죄다 훌 걷어들고 마당으로 나왔 다. 수돗가에 가만히 칼들을 내려놓았다. 가슴이 벌름거렸다. 감나 무에 앉았던 참새 떼를 발을 굴러 쫓아 버렸다. 물결치듯 이리저리 옮겨 다닐 뿐 참새 떼는 호락호락 자리를 떠나지 않았다. 머리를 흔들었다. 천둥이 울리고, 번개가 쳤다. 한쪽 귀를 막아 소리를 죽였다. 포탄이 떨어진 자리처럼 커다랗게 구멍이 패었다.

제자리에 있어야 할 숫돌이 보이지 않았다. 헛간을 샅샅이 둘러봤다. 부들부들 손이 떨렸다. 헛간 쥐구멍에서 고무신짝만 한 쥐가 튀어나오는 것과 동시에 구석에 놓여 있던 숫돌이 눈에 띄었다. 전과 같았으면 작대기를 찾아서 쥐부터 때려잡았겠지만 그럴 겨를이 없었다. 숫돌을 냉큼 주워 들며 손으로 쓰다듬었다. 그제야 가까스로 안도했다. 남들이 아무리 인조숫돌이 편하다고 일러도 홍주는 큰 산 숯 가마터에서 직접 캔 사암으로 숫돌을 만들어 썼다.

숫돌을 수돗가 굽도리에 내려놓고, 발부리로 힘을 주어 고정시켰다. 지금은 사라지고 없는 할미재 아래 대장간에서 맞춘 칼부터 숫돌에 갈기 시작했다. 두 손으로 칼끝과 칼자루를 나눠 쥐고 아래위로 칼날을 움직이며 날을 갈았다. 거칠어졌던 숨결도 박자를 맞추듯 차츰 고즈넉해졌다. 흩어졌던 신경 조각들이 다르륵다르륵 제자리를 찾아들었다. 손등으로 이마에 흐르는 땀을 닦아 냈다. 물을 끼얹어 숫돌지게미를 씻어 낸 뒤 햇볕에 칼을 비춰 보며 칼날을 집게손가락으로 훑었다. 미세한 걸림조차 느껴지지 않았다. 빈틈없이 완벽했다. 숫돌에 갈린 은청색의 칼날은 신랄한 쇠 냄새를 풍겼다. 안개가 낀 듯 뿌옇던 머릿속이 차츰 환해졌다. 아무런 잡념도 없었다.

그때 등 뒤 마당으로 자동차 들어오는 소리가 났다. 택시였다. 홍주는 뒤돌아보지 않았다. 택시 문이 닫히는 소리가 들리자 크게 숨을 내쉬었다. 벌써 다섯 번째였다. 붙잡고 싶지 않았다. 살림하던 여자들은 아무렇게나 칼을 썼다. 견딜 수 없었다. 칼을 함부로 쓰지 말라고 당부하는 일은 살림을 시작할 때 홍주가 제일 먼저 하는 말이었지만 여자들은 아무도 귀담아듣지 않았다. 오히려 웃긴다는 표정이 또렷했다. 걸레질을 하지 않거나 설거지를 하지 않아도 아무 말 하지 않았지만 채소를 썰어야 하는 칼로 생선을 다듬는 날에는 사정이 달라졌다.

"그게 무슨 신주단지라도 돼? 채소 써는 칼이 있고, 고기 자르는 칼이 따로 있어? 차라리 살기 싫어졌다고 솔직하게 말해, 나쁜 새끼야!"

여자들은 가방을 싸면서 되지도 않는 소리를 지껄였지만 대꾸하지 않았다. 누구든 칼을 함부로 쓰면 이상스런 치욕스러움을 느꼈다. 사람마다 기운이 다르듯 칼에도 칼이 가진 고유한 기운이 있었다. 검객이 쓰는 칼이 있었고, 주부가 쓰는 칼이 있었다. 누군가에게는 영혼을 담은 상징이었고, 또 누군가에게는 음식을 만드는 도구였다. 멧돼지의 멱을 따는 것도 칼이었고, 고름이 든 종기를 가르는 것도 칼이었다. 칼로서 같았으나 또 그 칼로서 서로 달랐다. 날카로움으로 사람을 벴고 또 그 예리함으로 사람을 살렸다. 흙과 불, 쇠가 어우러져 빚어낸 그것이 바로 칼이었다.

홍주에게 칼과 소금은 부적과 다름없었다. 가족이 뿔뿔이 흩어지기 전 피란길에 어머니는 바닷가에서 미역을 뜯고, 어린 고모는 막장을 동냥했다. 세간살이라고는 하나 없는 빈털터리 피란민이었다. 옹기항아리가 깨진 이징가미에 미역을 담고 미군들이 버린 씨레이션 깡통에 막장을 끓였다. 좁쌀 몇 알이 둥둥 떠다니는 묽은 죽이었지만 소금과 장이 있어 한 끼를 넘기곤 했다. 홍주보다 대여섯 살 더 많았던 형은 숟가락 술총이 아닌 술잎으로 장을 퍼먹는다고 어머니께 머리통을 얻어맞던 기억은 어제 일처럼 삼삼했다.

가을이면 소금을 구하기 위해 서해 염전을 찾아 고개를 넘었다. 이젠 전설로 남은 읍내 바닷가 염전 터를 물어물어 찾아가 본 뒤였다. 자염, 바닷물을 끓여서 만든 소금은 동해안에서도 구웠다. 옛일이었다. 소금버캐로 남은 장항아리의 하얀 소금을 가슴속에 간직했다. 피란길에서 어머니를 잃고 돌아온 뒤 고모는 먹을 것이 없으면 장항아리의 소금버캐를 숟가락으로 박박 긁어 물에 탔다. 짭조름한 간기가 남아 있는 장국물은 한 끼 밥이 되었다. 하늘이 노랗게 보이던 허기가 꺼지고 달라붙었던 뱃가죽이 일어서면서 허리가 펴졌다.

서해 염전에서 구한 소금자루는 삼 년 이상 헛간에 세워두고 간수를 뺐다. 간수를 제대로 뺀 소금은 보송보송하면서 반짝반짝 윤이 났다. 단맛은 깊어지고 쓴맛은 가벼워졌다. 소금기가 습샌 소금항아리를 보고 있는 것만으로도 한세상 얻은 듯 뿌듯하고 벅찼다. 그런 소금으로 젓갈을 담고 배추를 절였다. 살림을 차린 여자들은 음식점을 하는 것도 아닌데 아무 소금이나 쓰면 어떠냐고, 혀를 찼다. '아무 소금이나' 소리가 나오면 홍주는 봉변을 당한 것처럼 얼굴이 화끈화끈했다. 축사에 갇혀 있는 소들에게도 따로 소금을 먹였다. 흔했지만 없으면 목숨이 위태로운 것, 바로 소금이었다.

한밤중에 요와 이불에 오줌을 싸면 고모는 이른 아침에 머리에 키를 뒤집어씌운 뒤 소금을 얻어 오라며 어린 홍주를 마당 밖으로 내몰았다. 메주를 먹은 듯 쥐구멍이라도 찾고 싶었지만 소금을 얻어 오지 않으면 밥을 굶어야 했으므로 이웃집 마당으로 들어섰다. 부엌에서 아침밥을 짓던 아낙들은 슬그머니 웃음을 깨물며 다시는 오줌 안 싸겠다는 다짐을 받은 뒤 들고 있던 바가지에 소금을 담아 주곤 했다. 그보다 먼저 마당 한가운데 키를 뒤집어쓴 그의 머리 위로 소금을 흩뿌려 댔다. 허공에 뿌려지는 소금 알갱이들은 마치 우박처럼 요란하게 키를 때리며 마당으로 쏟아져 내렸다.

요양보호사로 일하던 수미와는 일 년 육 개월을 살았지만 또다시 택시를 타고 떠났다. 수미까지 치면 살림은 다섯 번쯤 차렸다. 삼 개월도 살고 오 년도 살았지만 무슨 일인지 아이는 생기지 않았다. 떠난 계집들과는 한 번도 혼인식을 하지 않았다. 아니, 하지 못했다. 전쟁 통에 아버지는 북으로 갔고 남은 식구들과 피란길에 올랐던 어머니는 공중폭격으로 사망했다. 형제만 살아남았지만 홍주는 곧 혼자가 되었다. 조상들 대대로 태를 묻은 고장이었지만 할아버지의 나라와 아버지의 나라 그리고 홍주가 사는 나라는 서로 이름이 달랐다. 국경이 아닌 변방의 거주자가 되었으며 고향이었으되 역사에서 사라진 고향이었다.

38선 이북이었던 마을은 휴전할 즈음 일진일퇴하는 치열한 공방전의 싸움터로 변했다. 건장한 남자들은 전장으로 떠나야 했고, 늙은 여자들과 아이들만 남아 삶을 꾸려야 했다. 백여 리도 채 못 가고 주저앉은 피란길은 그야말로 악전고투해야 하는 무간지옥이었다. 휴전 뒤 마을은 남한 땅이 되었으나 일 년여 동안 미군정기를 거친 다음에야 진정한 수복지구, 접경지대가 되었다. 전쟁 통에 혼자된 고모 손에서 자랐다. 사진으로도 남지 못한 부모 얼굴은 기억에 없었다. 피란길에서 돌아온 형은 땔나무를 하러 앞산, 잡목 숲에 들어갔다 지뢰를 밟고 그 자리에서 폭사했다. 그때 형의 나이 열하나였다. 마을에서는 흔한 죽음이었지만 내 피붙이의 죽음은 언제나 청천벽력이었다.

마을을 둘러싼 동서남북, 산 기스락은 온통 지뢰밭이었다. 하루가 멀다 하고 지뢰 터지는 소리가 들리던 때도 있었다. 지뢰 폭발 사고는 마을 사람들을 공포의 도가니로 몰아넣었다. 우리 집 식구가 아니면 이웃 집 누군가가 목숨을 잃는 조종 소리였기 때문이었다. 일명 목침지뢰라고 불리던 M3대인지뢰, 또 발목지뢰라고 불리던 M14대인지뢰는 연일 불꽃 튀던 공방전이 벌어지던 휴전 즈음 국군이 심어 놓은 것이었다. 그야말로 별처럼 촘촘하게 박혀 있었다. 형의 죽음 앞뒤로 지뢰로 인해 여럿이 목숨과 다리를 잃었다. 산짐승들조차 지뢰로부터 자유롭지 못했다.

차라리 아버지처럼 생사를 알지 못한 채 어디 먼 곳에 있다고 여길 수 있었다면 덜 외로웠을까, 가끔 생각했다. 이산가족 상봉 운운할 때마다 텔레비전을 껐다. 참을 수 없는 그리움이 아니라 견딜 수 없는 외로움 때문이었다.

젊은 고모는 잠투정이 심했던 어린 홍주를 배 위에 올려놓고 잠을 재웠다. 몰랑몰랑한 젖가슴에 귀를 대고 있으면 나른하면서도 신비롭고, 아득하게 울리는 맥박 소리는 그대로 자장가가 되었다. 고모는 젊은 나이에 세상을 떠났다. 입이 마르는 '소갈병'이라고들 했지만 어린 홍주가 할 수 있는 일은 거의 없었다. 기껏 이웃 어른들이 시키는 대로 해당화 뿌리를 캐고, 율구라고 부르던 열매를 따는 정도였다. 바싹 말랐던, 다 퍼먹은 김칫독처럼 쑥 들어갔던 고모의 눈은 오래도록 잊히지 않았다.

왕왕거리는 소리가 들려 고개를 돌렸다. 종두가 몰고 다니는 존디어 트랙터였다. 초록빛 우람한 트랙터가 마당으로 들어왔다. 덩치가 어마하게 커서 공상과학영화에 나오는 초록 괴물을 보는 듯한 착각이 들곤 했다. 트랙터 바퀴는 이십오 톤 덤프트럭 바퀴보다도 컸다.

"칼은 왜 또? 여기 마당에서 택시가 나가던데. 무슨 일이여?"

"갔어요."

"누가, 제수씨? 자네 그 버릇만 고치면 좋을 텐데. 아, 전화 안 할 참이야?"

"전화는 무슨?"

"이봐. 자네 나이가 지금 몇인가? 얼른 전화해."

"돌아오지 않을 거요. 벌써부터 간다 간다 노래를 해댔으니까. 간나들 맘은 도통 모르겠소."

"그래도 이젠 나이 생각을 해야지. 낼모레면 칠십이네, 칠십."

34

"형님은 무슨 그런 말씀을. 형님, 마침 잘됐소. 횟감으로 오징어 썰어 놓은 게 있는데. 근데 트럭은 어쩌고 트랙터요? 어디 약 치시 려고?"

"약은 무슨? 농사고 뭐고 다 시들해지는 걸 보니 죽을 때가 된 모 양이여."

"왜요?"

"논을 내놔야 할 것 같아. 새끼가 아니라 웬수여, 웬수."

"논을요? 왜 또? 잠깐만 기다리쇼. 술상 좀 봐 올 테니까."

어른 손바닥만 한 호두나무 이파리들이 짙은 그늘을 만들고 있었 다. 마당가에 아름드리 호두나무는 홍주가 터를 잡을 때 종두가 심 어 놓은 것이었다. 뒤란과 울타리 없이 살게 된 지금은 오히려 오 래뜰의 나무들이 든든한 울타리가 되어 주었다. 집집을 이르던 택 호와 뒤란은 새집을 지으면서 사라졌다. 제법 너른 뒷마당 둘레에 는 살구나무와 자두나무, 오갈피나무와 음나무를 줄느런히 심어 놓았다. 눈 내려 쌓이는 한겨울이면 새 떼들로 온통 야단법석이었 지만 그래서 또 좋았다. 하지만 한여름 바람 한 점 없이 찌물쿠기 만 하는 날에 들어야 하는 새소리는 또 소음처럼 들그러웠다.

살짝 언 상태로 내온 오징어는 알맞추 고들고들해서 씹는 맛이 좋았다. 그토록 흔했던 오징어도 이제는 나다 말다 했다. 구경하기 도 쉽지 않았다. 마른 오징어는 스무 마리를 묶어 한 축이라고 했 고, 명태는 스무 마리를 묶어 한 두름이라고 했으며 북어는 스무 마리를 묶어 쾌라고 부르던 시절이 있었다. 하지만 이제는 열 마리

단위로 오징어를 묶어 팔았으며 가격도 턱없이 뛰었다. 한여름엔 오징어 덕장이, 한겨울엔 명태 덕장이 부둣가를 중심으로 동심원처럼 퍼져 바닷가 근처 모래밭은 물론 촌에도 너른 빈터에는 한겨울, 한시적으로 덕장이 세워지곤 했었다.

"오징어가 맛있네."

"이른 아침에 오징어 났다고 전화가 왔더라고요."

홍주는 고추냉이를 푼 간장에, 종두는 초고추장에 채 썬 오징어를 찍었다. 고모는 한 명 남은 친정피붙이인 홍주가 오래오래 살기를 바라는 마음을 담아 홍주를 읍내에 있는 배를 가진 선주네 수양아들로 이름을 올려놓았다. 찔레꽃머리가 되면 수양아버지는 목선에 돛을 올렸다. 오징어잡이 첫 출항은 노상 해가 뉘엿뉘엿 질 무렵에 이루어졌다. 대여섯 명의 어부들이 탄 목선은 지는 해를 받으며 황금빛으로 출렁거리는 너른 바다로 나갔다. 항구를 벗어난 배에서는 짚단으로 만든 홰에 불을 붙여 바다에 던졌다. 무사귀환과 만선을 염원하는 고사였다.

선주들은 상여 앞에 나갔던 만장 가운데 첫 만장을 앞다투어 수집했고, 그것이 한편 자랑이기도 했다. 잡은 고기로 배가 그들먹해지는 만선이면 그동안 잘 간직해 두었던 여러 개의 만장을 꽂아 천지 사방에 그 기쁨을 고했다. 그렇게 해서 먼 곳에서도 바닷바람에 자랑스레 휘날리는 만선의 깃발을 볼 수 있었다. 그렇게 삶이 죽음으로 죽음은 다시 삶으로 이어졌다.

"태풍이 오려는지 날이 왜 이리 무덥기만 한지. 도열병 약을 쳐야 하나, 어째야 하나 그러고 있네. 차라리 한바탕 쏟아붓고 나면 괜찮을 텐데. 찌물쿠기만 하는 게 영 마뜩찮네."

"논은 왜요?"

"독촉장이 왔어. 이놈이 나 모르게 대출을 낸 모양이야. 애들 어멈이 도장을 찍어 줬겠지. 자그마치 칠천이네. 내가 이러니 살 수가 있나? 푼푼이 돈 모으면 뭐 하느냐고. 한입에 다 털어 넣고 마는 걸. 다 저 위해 그러는 줄은 모르고."

"그걸 모르셨단 말요?"

"조합장이 그놈 고등학교 선배잖아. 한 삼 년 된 모양이야. 이자 독촉장이야. 원금도 아니고."

"형님 명의로 된 게 아니고?"

"어디? 애들 어멈이 하도 닦달을 해서 벌써 여러 해 전에 저기 큰 산 아래 논배미는 애들 어멈 명의로 돌려놨거든. 보나마나 그걸 담보로 잡혔겠지. 이걸 어쩌면 좋나? 당최 살맛이 안 나네."

땅이 꺼지도록 한숨을 쉬는 종두의 눈이 떼꾼했다. 마치 염낭거미를 보는 듯했다. 벼 이파리에 알을 낳고 집을 짓는 염낭거미는 알이 부화할 때까지 돌돌 말고 들어간 이파리 집에서 한 발짝도 움직이지 않았고, 끝내 새끼들에게 제 몸뚱이까지 다 파먹혔다. 그렇게 흔적 없이 아니 새끼들 속에 유전자로만 남았다.

"그렇다고 죽네 사네 해요? 살아야지, 살아야 하고말고요. 전쟁 때도 살아난 목숨 아뇨? 그때 얼마나 살고 싶어 했소. 앞뒤, 사방팔방에 펑펑 대포알 떨어지고, 빗발치듯 총알 날아들고. 그때 생각하면 죽네 마네 하는 소리하면 안 되는 거요, 형님! 난, 악착같이 살 거요. 우리 고모 생각해서라도. 목숨이 꺼지려니까 지푸라기처럼 참 가볍습디다. 그러니까 형님, 그런 소리는 입 밖으로라도 내면 안 되는 거요, 정말이오."

"그래서 악착스레 갖은 모질음을 다 쓰며 살아왔는데, 요즘 같아서는 딱 죽고 싶은 마음밖에는 없으니……. 사람 목숨 질기다 질기다 해도 나 같이 질긴 놈도 없을 거여. 그랬는데 이젠 그만 죽고 싶은 마음밖에 없으니……. 아무리 사는 게 풀잎 끝에 매달린 이슬 같다고는 하지만서도. 당최 허망하다는 생각밖에는 안 드네. 참, 씨부랄 것들!"

"애들도 돈 벌잖소? 더구나 며늘애기는 학교 선생이니 꼬박꼬박 월급 나올 거 아뇨?"

"여편네가 하도 등쌀을 대서 다방을 차려 줬더니만, 못살겠네. 종원네 고시 붙은 아들놈 검사 됐다고 노상 자랑자랑해 대는 거 자네도 알지 않나? 참, 뇌꼴스러워서……. 그래도 그게 자식 키운 보람일 텐데……. 우리 집 새끼들은 애비 등쳐 먹을 궁리나 하고 있으니. 무자식이 상팔자네, 무자식이."

홍주는 가만히 술잔에 술을 따랐다. 호두나무 우듬지로 떼로 날아들었던 참새 떼가 이번에는 감나무 우듬지로 멸치 떼처럼 쉼 없이 옮겨 다녔다. 마을에서 떠도는 소문을 홍주라고 모를 리 없었지만, 아니 종두가 마을이장을 하면서 홍주의 일상을 일일이 관청에 보고했었다는 것을 모르지 않았지만 농사를 짓겠다고 고향으로 돌아왔을 때 처음으로 논을 내주고 건잠머리를 잡아 준 사람이 종두였다. 도지가 세다고 남들이 군소리를 해댔지만 홍주는 그저 고맙기만 했다. 도짓소를 빌려준 사람도, 아니 빨갱이 새끼라고 남들이 뒤에서 손가락질하고 등을 돌릴 때도 뒤를 싸 주던 사람은 종두뿐이었다.

기억에도 없는 아버지가 인민군 장교였다는 것은 뒤에 고모한테서 들었지만 홍주에겐 그저 소문에 지나지 않았다. '수복지구'였으니 인민군이었다는 게 대수로운 일은 아니었다. 그렇지만 남과 북이 입때껏 대치하고 있는 상황이었고, 큰 산 기스락에 군부대가 자리하면서 형편은 매우 나빠졌다. 북쪽에서는 '미수복지구'이라고 해서 원통해했고, 남쪽에서는 또 '수복지구'라고 해서 득의양양해했다. 일가친척 없이 혼자 살아남은, 월북한 아버지를 둔 빨갱이 자식에 대한 정보가 그들의 보고서 목록에 필요했을 것이고, 그것을 전달하는 사람이 다른 누구도 아닌 종두여서 괜찮았다. 아니, 괜찮다고 애써 생각했다. 더 이상 갈 곳이 없었으므로 덕분에 조심조심했다. 검은 지프가 유령처럼 마을을 배회했지만 용케 피할 수 있었다.

"형님, 그래도 없는 것보다 있는 게 좋아요."

"그러면서 왜 전화는 안 해? 얼른 전화하게. 멀리 가지 않았을 테니까."

"웬걸요. 엊그제 읍내 나가 보니 통장이 말끔하게 정리됐더라고요. 가려고 진작부터 준비한 거요. 그런 사람 붙잡으면 뭐 하겠소?

촌에는 맘 없는 사람이 그만큼 살았으면 오래 살았지. 얼마 전부터 애들한테서 전화가 오는 눈치였소."

"애들이 있었어? 그래도 그렇지, 순 도둑녀러 갈라네."

"인천인가, 그 근처에 사는 모양이던데, 사는 게 그냥 그런가 봐요."

"자네도 참. 그걸 그냥 두나 그래. 돈 아까운 줄 모르면 나중에 생고생한다고. 죽을힘 다해 번 돈을 왜 그냥 주나? 나 같으면 그 냥……. 참, 못돼 먹은 갈라네. 경찰에 신고해. 어디 못 가게."

"뭘 그렇게까지 해요?"

"여봐. 늙을수록 돈이 있어야 해. 보되 몰라? 요양원에라도 갈라 치면 뭐니 뭐니 해도 돈이 있어야 대우도 받고 그러는 거지. 왜 돈을 그렇게 허투루 쓰나?"

"논은 얼마에 내놨소?"

"못 받아도 오만 원은 받아야지. 거기가 그래도 상답 중에 상답 인데. 아이고, 열불이 나서. 갈수록 오그랑장사니 내가 제명에 못 죽을 거야. 씨부랄 것들! 그걸 장만하느라고 아글타글 얼마나 애를 썼는데……. 안 할 말로 평생을 납작하게 엎드려서 살았다고. 재산 좀 불리려고. 그랬는데, 그랬는데 시방 그걸 한입에 다 털어 넣고 있네. 한입에 말여. 씨부랄 것들!"

종두는 거푸거푸 물 마시듯 술을 들이켰다. 홍주는 건너편 나무들을 바라다보며 가만히 손거스러미를 물어뜯었다. 참새 떼들이 한꺼번에 날아올랐다. 온통 웅신했다. 선풍기 바람도 후텁지근해지고 셔츠도 축축해졌다. 물기를 말리느라 늘어놓은 칼날만이 눈이 부시도록 쇠리쇠리했다.

"아무리 알탕갈탕해도 안 되는 일은 안 되는 거 아뇨? 애쓴다고 다 될 것 같으면 무슨 어려움이 있겠소. 그러니까 맘을 좀 편하게 가져요. 형님 말마따나 우리 나이가 지금 몇인데 자꾸 그러신데?"

"여봐, 되는 집에는 가지나무에도 수박이 열린다고 했네."

"가지나무에 수박이 달리면 그거야말로 이상한 거 아뇨?"

"종원네를 좀 보게. 저 버덩말 천수답들을 죄다 사들였다는 소문은 자네도 듣지 않았나? 자그마치 만 평이네, 만 평! 아무리 천수답이라고 해도 논 만 평이 적나? 누구는 빚더미에 올라앉아 허덕허덕하면서 있는 것도 팔아치워야 하는 판국에. 살아 보려고 그렇게 기를 썼는데도 왜 나는 갈수록 쪼그랑바가지가 되느냔 말여. 못살겠네. 속이 타서 못살겠어."

전쟁이 끝나고 정치군인들이 일으킨 쿠데타로 정권이 바뀐 뒤 종원의 아버지는 개선장군이 되어 마을에 모습을 드러냈다. 먼발치서 바라보며 배돌던 종두는 남모르게 술병을 싸 들고 종원의 아버지께 인사를 갔다. 뒤늦게 문중 전답 때문이었다는 소문이 무성하게 떠돌았다. 종두네는 전쟁 전까지만 해도 문중을 이루고 삼촌들이 중학교에 다닐 정도로 살림살이가 포실했었지만 전쟁 통에 한마을에 살았던 일가친척 대부분이 죽고, 월북하고, 생사를 몰랐다.

"여봐! 술 떨어졌네. 술 없나?"

홍주는 소리 없이 자리에서 일어나 부엌으로 들어갔다. 종두는

이미 술이 얼근덜근했지만 말릴 생각이 없었다. 술로 곤드레만드
레 머릿속이 그믐밤처럼 깜깜해진다고 해도 내일 새벽이면 어깨에
삽을 메고 논들로 나설 사람이었다, 종두는. 누구보다 홍주는 잘
알았다. 아니, 잘 안다고 넘겨짚었다.

4

동수는 땀을 뻘뻘 흘리며 손을 흔들었다. 버스 정류장에는 나무 그늘 한 점 없었다. 먼지를 일으키며 신작로를 달려오던 자동차는 종원이 운전하는 파란색 봉고 트럭이었다. 급정거를 한 종원이 창문을 내리며 운전석에서 소리쳤다. 동수는 그만 올렸던 손을 슬그머니 내렸다. 종원이 트럭인 줄 미처 알아보지 못했던 것이었다.

"무슨 일이여?"

"아니, 읍내에 택시가 없다네."

"왜, 김 씨는 어디 갔대?"

"글쎄, 전화를 안 받네. 갈 건가? 가면 좀 태워 주고."

"우리 집 풍산개가 새끼를 낳을 것 같아서 지금 사육장에 가는 길이네. 버스 올 때 되지 않았나? 버스 타고 가게. 난 바빠서."

미처 대답도 하기 전에 종원이 운전하는 봉고 트럭은 저만치 사라지고 없었다. "드런 놈! 니놈이 그래 봤자지. 농협 이사가 뭐 별거나 되는 줄 알고. 기껏 돈이나 주고 사면서도 낯부끄러운 줄도 모르고, 유세는!"

동수는 피우던 담배꽁초를 발로 비벼 끄면서 멀어져 가는 봉고 트럭 뒤꽁무니에다 대고 가래침을 길게 돋워 타악, 뱉었다.

"에구머니나, 여태도 그 가래침 뱉는 버릇을 못 버렸데요 그래?"

"남이사."

"그래, 어딜 가요?"

"장에."

"오늘은 어째 택시를 안 타시고 버스를 기다리신데?"

"날이 더워서 그런지 택시 차부에 택시가 없다네."

"뭔 일이래? 택시 차부에는 노상 택시가 나래비를 서 있더구만."

옥선은 정류장 바람막이 안으로 들어서며 머리에 이었던 임을 내려놓았다. 기름내와 탄내가 풍길 정도로 아스팔트가 지글지글 끓어오르고 있었다. 목에 걸쳤던 수건으로 팥죽처럼 얼굴에 흐르는 땀을 닦았다. 바람막이 안으로 들어선 동수는 긴 의자 가장자리에 엉거주춤 앉으며 할근할근 거칠게 숨을 몰아쉬었다. 옥선이 머리에서 내려놓은 짐 보따리가 제법 묵직해 보였다.

"뭐요?"

"다슬기요."

"저수지 둑 높임 공사한다고 개울이 온통 흙탕물이던데, 다슬기가 있나?"

"여기 개울 말고, 저기 옹기점골 개울에서요. 그나저나 몸은 좀 어때요?"

"아직은 그만그만해요."

"그런데도 담배를 못 끊고 여적 담배를 태우신데요 그래?"

"담배 끊는다고 나을 병이겠나? 다 제 주어진 명대로 사는 거지."

동수는 얼마 전 폐암 진단을 받았다. 까무잡잡했던 얼굴은 푸석 푸석해지고 살집 없이 짱짱했던 몸집은 아주 갱핏해졌다. 옥선은 슬며시 고개를 돌려 먼 데를 바라보다 다시 동수를 바라보며 물었다.

"그랬으면 좋겠구만. 어디, 다방 가요?"

"장에 간다니까, 다방은 무슨?"

전에 없이 동수는 발끈, 화를 냈다. 그렇지만 동수가 읍내에 나가는 이유 가운데 하나는 다방 때문이었다. 젊은 시절에는 색시가 있는 술집이었고. 동수는 옥선이 남편 살아생전에는 둘도 없는 단짝이었다. 둘이 짝짜꿍해서 옥선이 남편이 모는 오토바이를 타고 사흘이 멀다 하고 읍내 출입을 하곤 했다. 하루는 사흘이 지나도록 남편이 돌아오지 않자 이제는 옛사람이 된 동수 부인 호순이 앞장을 섰다. 십 리 신작로 눈길을 걸어서 읍내에 갔다. 여윈 개 겻섬 뒤지듯 읍내 술집들을 찾아다니며 술청을 뒤졌다. 술집 주모라고 선선히 대답해 줄 리 없었다.

네 번째 집을 지나 다섯 번째 집에 들렀을 때였다. 가만히 술집 출입 미닫이 유리문을 열고 들여다본 술청에는 아무도 없었으나 안쪽에 있는 내실에서 왁자지껄한 웃음소리와 노랫가락이 뒤섞여 들려왔다. 내실 출입문 아래 서너 켤레 신발이 놓여 있는 것을 본 호순이 손가락을 입으로 가져갔다. 옥선은 영문을 몰라 한순간 무르춤했다. 호순이 앞장서고, 옥선은 뒤섰다. 그때 호순이 동수 신발을 손에 들고 옥선에게도 눈짓을 했다. 그때서야 옥선은 남편 신발을 찾아 손에 들었다. 그렇게 신발을 감춘 뒤 다시 호순이 앞장을 섰다. 그때까지도 내실에서는 웃음소리가 끊이지 않고 있었다.

왈칵, 내실 문을 밀어젖혔다. 대낮이었는데도 방 안 천장에는 알전구가 뿌옇게 빛을 뿌리고 있었다. 저고리 가슴팍을 여미는 년, 자리에서 벌떡 일어나며 치맛자락을 매무시하는 년, 무슨 일인지 그때까지 깨닫지 못한 채 그대로 굳어 버린 동수와 옥선이 남편은 그야말로 파리 잡아먹은 두꺼비처럼 멀긋멀긋 두 아낙을 올려다보고 있었다.

"나와, 난딱!"

그렇지 않아도 힘이 장사였던 호순이 술청에 있던 주전자를 휘두르며 방 안에다 물을 쏟아붓기 시작했다. 여기저기서 악악 소리를 지르며 저마다 까치발로 바람벽에 기대섰다. 벌 받는 아이들 차림새였지만 호순은 멈추지 않았다. 화기애애했던 내실은 순식간에 폭탄 터진 전쟁터로 돌변했다. 옥선은 술상을 둘러엎었다. 찌개냄비와 술잔들이 방바닥으로 와그르르 쏟아져 내렸다. 곁들이 부조였다. 혼자라면 감히 생각지도 못할 행동이었다. 동수와 옥선이 남편은 바람벽에 그림처럼 붙어 있고 그 가운데 치맛자락을 매무시하던 여자가 앞으로 나섰다.

"뭐야, 이것들이? 영업장 방해하면 어떻게 되는 줄 알아? 안 나가!"

"너 말 잘했다. 남의 남편 꼬드겨서 깝대기 벗기는 간나는 그래 잘했냐, 잘했어? 어디서 악다구니야!"

서너 명이 둘러앉으면 서로 어깨를 맞대야 할 만큼 비좁은 방안은 이미 어질러질 대로 어질러진 깍두기판이었다. 두 여자가 말씨름을 하는 사이 동수와 옥선이 남편은 부엌문을 통해 빠져 달아나고 있었다. 술집 여자가 노린 것도 동수와 옥선이 남편을 그렇게 뒤로 빼돌리려는 것이었을 터였다. 이때를 놓칠 새라 옥선이 부엌문으로 들이닥쳤다. 손에는 빗자루를 들었다. 어디서 그런 용기가 났는지 뒤에 생각해도 절로 웃음보가 터졌다. 남편이라면 고양이 앞에 쥐처럼 얌전했던 옥선이었다. 풍풍 말대꾸나 했을 뿐, 감히 남편에게 대드는 일은 꿈도 꾸어 보지 못한 일이었다. 그랬는데 빗자루를 들고 도망치려는 남편 등허리를 쥐 잡듯이 내리쳤다. 그지없이 통쾌했다.

"이 갈라가 미쳤나? 왜 이래 이거, 이거 놔!"

옥선이 남편이 홱 돌아서며 빗자루를 낚아챘다. 바닥에 주저앉아 빗자루에 매달린 꼴이 되었지만 옥선은 빗자루를 놓지 않았다. 그러는 사이 내실과 술청에서는 호순과 술집 주모가 머리끄덩이를 잡아당기며 엎치락뒤치락 난탕을 쳤다. 갑자기 물벼락이 쏟아졌다. 저고리 앞섶을 여미던 년이 어느새 구정물통을 들어 사람들에게 끼얹었던 것이었다. 맨발이었을 동수는 이미 자취를 감춘 뒤였고, 빗자루 끄트머리를 잡고 있었던 옥선도 흠씬 구정물을 뒤집어썼다. 분란을 부추긴 사내들은 어느 틈에 삼십육계 줄행랑을 놓았고 계집들만 남아 삼파전, 아니 사파전 양상이 되어 아락바락 악을 쓰며 서로를 향해 덤벼들었다. 비 맞은 생쥐 꼴이 되어 꾀죄했지만 탁자를 밀치며 엎치락뒤치락 악다구니판은 퍽 걸질겼다.

그때 옥선이네는 물론 동네 사람들 거의가 코가 석 자는 빠져 마을 이장네서 장리쌀을 내다 먹는 형편이었다. 한겨울이면 반복되는 일이었지만 남정들은 새끼들이 굶는지 먹는지 아랑곳없이 투전판에서 패를 쪼거나 아니면 읍내 색싯집에 틀어박혀 난봉을 피우면서 뒤주에 생쥐처럼 집안 살림을 거덜 내고 있었다. 망신살이 무지갯살 뻗치듯 했다며 한동안 아내를 윽박지르곤 하던 옥선이 남편은 병을 얻어 일찍 세상을 떠났고, 억척스럽기로 둘째가라면 서러웠을 호순도 병을 얻어 동수보다 일찍 저세상 사람이 되었다. 그렇지만 동수는 색싯집에서 술집으로, 술집에서 다시 다방으로 전전하며 읍내 행보를 멈추지 않았다.

"어디, 장에 가요?"

하얀 포터 트럭을 몰고 다니는 홍주였다. 옥선이 먼저 한 발 앞으로 나서면서, 동수는 꾸무럭거리며 의자에서 일어서면서, 동시에 고개를 끄덕이며 대답했다.

"타요."

"곧, 버스가 올 텐데……." 그러면서도 옥선은 짐 보따리를 얼른 집어 들고 앞자리에 저 먼저 올라앉았다. 몸집이 작은 동수였지만 세 사람이 나란히 앉아 가려니 마음에 들지 않았다. 하지만 뙤약볕에 서서 오지 않는 버스를 기다리는 것보다는 낫겠다 싶어 늘쩡하게 차에 올랐다. 에어컨이 돌아가는데도 좌석은 굴속에 들앉은 것처럼 후텁지근했다.

"장에 가나? 오늘 장날인데."

"아니, 다른 볼일이 있어서요."

"제수씨 갔다는 말이 있던데. 아주 갔어?"

"그렇게 됐소. 어디 병원에 가쇼? 좀 괜찮아요?"

"그만저만해. 병원은 다음 주에 가네. 예약 날짜가 그래. 다른 것은 안 그러면서 뭔 사람이 그래? 늘그막에는 그래도 등 긁어 주는 사람이 있어야 해."

"왜, 새장가 가시려고? 내 걱정 마시고 몸조리나 잘하쇼. 담배도 좀 끊고."

"가고 싶은 맘이야 굴뚝같은데 지집이 있어야 말이지. 살던 여편네도 달아나는 판국인데 뭐. 요즘은 지집들 값이 얼마나 올랐는지 옛날 같지가 않아. 자네가 더 잘 알 거 아녀? 어디 맞춤한 색시 있으면 소개 좀 시켜 봐. 당최 읍내 걸음 하는 것도 힘들어서 못하겠네. 옆집 이 씨 영감 얘기를 들으니까 현금 삼천을 달라고 하더래. 젊은 아도 아니고 나이 육십이 다 된 여편네인데. 거기에 애들도 서넛이나 있다지. 시집오겠다면서 돈부터 흥정하는 지집은 내 보다 첨 보네. 세상 말세야, 말세."

홍주와 동수 사이에 짐 보따리를 홀어미 유복자 위하듯 무릎 위에 올려놓고서는 잔뜩 주눅 잡힌 모습으로 앉아 있던 옥선은 이쪽저쪽 말을 들으며 애먼 웃음을 흘렸다. 그러고는 동수 쪽을 돌아보며 입을 열었다.

"아주버니도 참, 요즘 누가 그냥 시집을 와요? 영감이 먼저 죽는

49

다고 치면 재산이 있으나 없으나 새끼들이 나서서 재산 싸움부터 할 텐데. 재취 자리라고 어디 한 푼이라도 쥐어 줘요? 어멈과 아들이 재산 때문에 싸움을 하는 판인데. 그러니 애초 그런 싹을 자르기 위해서라도 재산 분할해 달라는 건데, 그게 그른 거요? 말이야 바른 말이지, 나중 줄 거 먼저 달라는 게 뭐가 이상해요? 그래야 나중에 딴소리 안 하고 서로 얼굴 붉힐 일도 없으니 모두에게 좋지 않아요. 이 씨 영감님 욕심이 탱천해서 좋은 자리 놓친 거는 모르고서는."

"아무리 그래도 그렇지. 돈부터 앞세우는 게 그게 좋은 거냐? 원, 그렇지 않고서도 잘 사는 사람들도 많더구만."

"요즘 세태가 그런 걸 어쩐대요. 젊은 애들이 저 외국에서 색시 데려오는 것도 다 돈이 있어야 하지 않아요. 새삼스럽게."

동수는 지금은 세상 떠나고 없는 아내가 아이들 셋을 데리고 혼자 살던 홀어미였던 것을 떠올렸다. 베트남전에서 살아 돌아온 동수는 혼인은 하지 않겠다고 맘먹었다. 정글 속 전쟁터에서 만난 여자들 삶은 말 그대로 아귀지옥이었다. 동수 또한 아귀지옥을 만드는 무리 속에 함께 있었다. 하지만 우물에서 빨래를 하던 호순에게 홀딱 반해서 같이 살자고 졸라댔다. 베트남 전쟁터는 까맣게 잊었다. 산판 사고로 남편을 잃고 혼자서 삼남매를 거두며 살던 호순을 아내로 맞아 이십삼 년을 살았다.

여장부 같던 호순은 우둔한 것이 범 잡는다는 옛말을 입에 올리며 덥석 동수 제안을 받아들였고, 아이들 셋을 앞세우고 집으로 들

어왔다. 세 칸 오막살이가 그들먹해졌다. 오막살이 옆에 손바닥만
한 별채를 하나 꾸미고 아이들을 내몰았지만 아이들은 제 어미 품
에서 떨어지지 않으려고 했다. 보다 못해 안방을 아이들에게 내주
고 동수가 호순이 손을 잡고 별채로 나앉았다.

"그런데 왜 집을 나갔대? 아재가 노름을 했나?"

"노름은 무슨? 살기 싫다고 가는 걸 무슨 수로 잡아요. 연이 그뿐
인 게지요."

"연이라는 게 만들면 인연이지. 인연이 따로 있나? 아재가 살고
싶은 맘이 없는 모양이요. 그렇지 않고서야 뭐가 아쉬워서 제 발로
나갔겠나?"

"어디 노다지광이라도 손에 넣은 모양이지요."

"아재는 괜찮은 모양이오?"

"사는 게 어디 맘먹은 대로 된답디까? 이번에는 해로해야지 했는
데, 참내."

홍주는 힐끗 옥선을 돌아다봤다. 그러고는 슬며시 웃었다. 동수
부인이 죽고 얼마 안 돼 동수와 옥선이 혼삿말이 오갔다. 어릴 때
부터 봐 온 사이이고 서로 혼자되었으니 늘그막에 함께 살면 좋지
않겠느냐고 물정 모르는 젊은 이장이 나섰다. 실없는 말이 송사 간
다고, 먼저 옥선이 집안에서 벌 떼처럼 들고 일어났다. 며느리들은
눈치 보느라고 그랬는지 잠자코 있었으나 막내아들이 한사코 왼고
개를 쳤다. 그러자 이번에는 동수네 집안에서도 소동이 났다. 그렇
게 해서 혼삿말은 그만 흐지부지되고 말았다. 옥선은 가타부타 말

이 없었으나 동수는 꽤 오랫동안 그 일을 아쉬워했다.

"날이 여간 찌물쿠는 게 아니에요."

"이런 무더위는 내 살다 살다 첨 보네. 선풍기를 틀어도 당최 밤에 잠을 잘 수가 없네. 이럴 줄 알았으면 진즉 에어컨 들여놓으라는 말을 들었을 텐데 말여."

"절기는 못 속인다고, 그래도 입추 지나고 나면 한풀 꺾일 텐데요."

"당장 죽겠으니 하는 말이지."

옥선은 두 사람이 주거니 받거니 하는 말을 들으면서 종두를 떠올렸다. 시야가 좁아졌다. 눈살을 찌푸리며 야무지게 입을 다물었다. 턱이 떨리고 가슴이 욱신거렸다. 관광계를 부어도 부부 동반 항목이 있어 홀로 사는 옥선은 남들 다 갔다 왔다는 중국 여행을 한 번 못 갔다 왔다. 그럴 때마다 먼저 가고 없는 남편보다 눈앞에 있는 종두를 원망했다. 남모르게 한숨을 내쉬었다. 숨구멍이었다고 여겼던 것이 깊은 수렁인 줄은 뒤에 알았다. 무릎 위 보따리를 손가락 뼈마디가 질리도록 움켜쥐었다.

"어디, 예서 내리겠소? 나는 부두엘 가야 돼서."

포터 트럭은 주유소를 지나 사거리 농협 건물 앞에서 멈춰 섰다.

"고마워요, 아재." 옥선이 보따리를 움켜잡고 목례를 하는 사이 동수가 먼저 내렸다. 뒤이어 옥선이 짐 보따리를 가슴에 안고 겨우겨우 트럭에서 내려 보니 동수는 뒤도 돌아보지 않은 채 저만치 해안도로를 따라 횡하니 걸어가고 있었다. 스물 안팎의 젊은이 찜 쩌

먹을 만큼 날쌘 걸음걸이였다. 동수 앞길에는 바깥벽에 붙박아 놓은 금강다방 돌출 입간판이 아침 햇살에 반짝거렸다.

옥선은 사돈 영감 제사상 바라보듯 동수의 뒷모습을 바라보다 횡단보도를 건넜다. 장날이라 그런지 농협 건물 앞이며 재래시장 입새에는 장날에만 들르는 이동 장사꾼들 트럭과 승용차들이 도로를 점령한 채 뒤엉켜 난장판이었다. 머리가 벗겨질 만큼 햇살이 뜨거웠다. 옥선은 어스렁토끼 재를 넘듯 눈 깜짝할 새 사람들 사이로 사라졌다.

5

침대 끄트머리에 뚜하게 앉은 미스 오는 쟁반을 침대 위에 내려
놓고서는 맥주잔에 소주와 맥주를 부어 폭탄주를 만들고 있었다.
바람벽에는 낡은 선풍기가 덜덜거리며 돌아가고 있었지만 끈끈하
고 무더운 기운을 몰아내기에는 더딜뭇했다. 윤오는 옷도 벗지 않
은 채 침대머리맡에 앉아 손바닥만 한 창을 물끄러미 내다보고 있
었다. 전작이 있었던 듯하나 그렇다고 만취한 것은 또 아니었다.
전에 없던 일인지라 미스 오는 긴장하면서도 또 한편 궁금증이 일
었다. 여관에서 부를 때 담배 심부름을 시키는 경우는 있었어도 맥
주와 소주를 사 가지고 오라고 한 적은 없었기 때문이었다. 미처
자리도 못 잡았는데 폭탄주부터 만들라는 소리를 듣고서는 잘못 들
었나 싶어 잠시 우두커니 서 있었다.

해안도로가에 있는 화진여관은 윤오의 단골이었다. 침대 하나
가 방을 다 차지하고 있었으며 샤워기와 변기 하나만 있는 여관방
은 좁디좁아서 덩치가 큰 미스 오는 화진여관 소리만 들어도 숨이
막힐 듯 멀미가 나고 그래서 싫었지만 윤오는 매번 화진여관 203
호, 구석진 끄트머리 방만을 고집했다. 창이라고는 두 손바닥을 펼
치면 다 덮을 수 있을 만큼 작아서 열어 놓으나 마나 했다. 윤오는

침대머리맡에 윗몸을 기댄 채 여전히 아무 말이 없었다. 가면을 쓴 듯 온기 없는 얼굴은 창백해 보였으며 이상스레 눈길은 멀고 아마득해 보였다. 맥주병과 소주병에서 흘러내린 물방울로 쟁반 바닥이 흥건했다. 자동차 소리는 뜸해졌으나 은행나무 가로수에 들러붙은 말매미 소리는 한밤에도 그칠 줄 몰랐다.

"드세요."

"응? 아니, 됐다."

"폭탄주 말라고 했잖아요?"

"그래? 아니, 이리 줘 봐."

맥주잔을 들고 있던 미스 오는 멀거니 윤오를 바라봤다. 어디 딴 세상에 있는 사람처럼 눈에 초점이 없었으며 건드리기만 해도 짚단처럼 풀썩 넘어질 듯 맥아리가 없는 것이 영 마뜩찮았다. 그렇게 먼 곳을 보는 듯하더니 불쑥, "야, 미스 오야! 세상에서 제일 슬픈 게 뭔지 아니?" 하고 물었다.

뚜렛뚜렛 윤오를 살피던 미스 오는 소리 나지 않게 쿡, 웃었다. '슬픔이라고? 아휴, 더워! 이봐. 아무도 없는 캄캄한 지하실 좁은 화장실에서 새끼를 낳고도 죽었는지, 살았는지 알지도 못한 채 비닐로 싸서 가방에 쑤셔 넣어야 하는 거, 집 나갔던 엄마가 말기 암 환자가 됐다고 매일같이 병원비 내놓으라고 전화통 붙잡고 울고불고 하는 거, 그런 게 슬픈 거야. 알아?' 눈에 힘을 주고 대답은 하지 않은 채 다음 말을 재촉하듯 윤오 얼굴을 맞바라봤다. 브래지어가 째고 땀이 차서 얼른 벗어 버리고 싶었다.

"아예 아무것도 몰랐으면 좋았을까? 아, 왜 그랬을까? ……. 누나야, 누나야. 강변에……. 그래, 그래. 강변에 살자. ……. 왜 그랬을까? 강변에 살자, 누나야. 누나야……." 윤오는 창밖을 바라보며 치통 앓는 사람처럼 웅얼웅얼했다.

여름이면 그늘 아래 돗자리를 펼쳐 놓고 엎드려서 낮잠도 자고 밥도 먹었으며 이따금 개를 묶어 놓기도 했던 아름드리 느릅나무가 집 마당가에 있었다. 축사를 덮친 산불은 느릅나무조차 가만두지 않았다. 나무는 순식간에 거대한 불덩어리로 바뀌었다. 다급한 이장의 피난 방송이 줄달아 이어지는 동안 아버지는 경중경중 고삐 풀린 망아지처럼 뛰어다니며 가림막을 말아 올리고 축사 출입문을 활짝 열어 놓았다. 소들은 꿈쩍하지 않았다. 태어나서 한 번도 바깥 구경을 하지 못한 소들은 엉덩이를 들두드려 대도 문밖으로 나가지 못했다. 하는 수 없이 축사 문만 열어 놓은 채 식구들은 트럭을 타고 읍내로 피난했다.

뜬눈으로 밤을 지새운 아버지는 잔불이 여전한 축사로 득달같이 달려갔으나 이미 열 마리가 넘던 소들은 모두 연기에 질식해서 죽은 뒤였다. 마을 입새부터 매캐한 탄내와 짐승 털가죽 그을린 냄새로 머리가 지끈거렸다. 나무들은 새까만 숯덩이로 변했고 집과 동물 우리들은 잿더미만 남았다. 불탄 집들과 축사는 폐허, 아비규환의 지옥이었다. 추깃물로 뒤범벅이 된 축사에 뒤엉켜 나자빠져 있던 소들, 숨을 쉴 수 없을 만큼 넘쳐나던 냄새는 잊은 듯하다가도 갑작스럽게 떠오르곤 했다. 무심한 흑백의 세상은 몹시도 무서웠다. 타다 만 검은 숯등걸 같던 소들 앞에 주저앉은 아버지는 어깨만 들썩거릴 뿐 소리쳐 울지도 못했다. 몰락은 갑작스러웠다. 아버지는 그때부터 술에 감겨 살았다.

"괜한 소리를 했다. 그래, 술에 소주나 더 타라. 독하게. ……. 음. 음. 음. 누나야. 강변에. 그래……. 강변에. 살자. 살자니까. 살자고. 음음음. ……. 살자."

발칵 짜증이 난 미스 오는 '그럴 거면 양주나 배갈을 사 오라고 할 것이지. 날도 더운데 두벌놀음하게 만들고 지랄이야.' 그러면서도 휴지통에 맥주잔을 기울여 술을 조금 쏟아 버리고 다시 소주를 섞었다.

"여기 있어요."

며칠 뜸했던 술을 입에 댔다 하면 아버지는 엄마의 머리채를 휘어잡고 돌아쳤다. 읍내 식당을 오가며 일을 하던 엄마는 그때부터 가출을 반복했다. 초등학교 오 학년이었던 미스 오, 어린 인옥은 남동생들과 아버지 밥을 차려야 했다. 라면을 먹지 않았던 아버지 때문에라도 끼니때마다 밥을 해야 했다. 전기밥솥이 하는 밥이었지만 쌀을 씻어 밥솥에 안치는 일까지 기계가 대신 해 주는 것은 아니었다. 축사는 아버지가 돌아가실 때까지 검은 기운을 감추지 못한 채 횅댕그렁했다. 두 번 다시 소들의 울음소리는 들을 수 없었다. 검은 흙더미 위로 이따금 이웃집 누런 암탉과 샛노란 병아리들이 떼를 지어 나타나곤 했지만 아버지의 고함에 놀라 곧장 튀밥처럼 흩어지곤 했다.

"근데, 미스 오야. 니는 우리 마누라가 중학교 선생인 거는 아니? 몰라? 야, 다방 간나가 그 정도 고객 정보는 확보하고 있어야지, 어째 그것도 모른단 말이니? 세상천지 모르는 사람이 없는 우리 마누라를 니가 모른다니 어째 이상하다. 니 참말 금강다방에서 일하는 아 맞나?"

"정말 선생님이에요?"

"이 간나 좀 보게. 그것도 모르면서……. 근데, 미스 오야. 우리 집에는 새끼가 두 마리, 그래 두 놈이 있는데 그 새끼들이 누구 새끼들인지 모르겠다는 말이지. 오늘 그놈들 생일이라고 친구들 불러 생일빵인지 뭔지를 한다고 하루 종일 법석구니를 놓았는데, 나는 왜 이렇게 슬픈 것이냐?"

"아들 생일인데 슬프긴 뭐가 슬퍼요? 좋은 날인데. 얼른 집에 가세요."

"이 간나야. 그러니까 니가 단골이 적은 거야, 알아! 흥, 집이라고, 개 콧구멍 같은. 그게 내 집이냐, 우리 마누라 집이지. 나, 집 같은 거 없다. 다 우리 마누라 거지. 내 것은 이 세상에 단 하나도 없단 말이다. 알아? 술 한 잔 더 따라 봐. 재밌는 얘기해 줄 테니까. 내가 말이다, 방위 마치고 나서 두 번째 예비군 훈련 때 수술을 했거든. 근데, 우리 마누라는 새끼를 두 마리나 깠어. 어떻게 생각하니?"

술이 넘치는 줄도 모르고 미스 오는 고개를 돌려 윤오를 바라보았다. 술 냄새가 콧구멍을 찌르면서 목이 졸리는 듯한 느낌이 들었다. 구두덜거리듯 입을 뗐다.

"무슨 얘기인지 모르겠어요. 자다가 봉창 두드리는 것도 아니고. 가시든지, 아니면 주무시든지. 어떻게 하실래요?"

"오늘은 그냥 얘기나 좀 하자. 티켓값 줄 테니까 걱정하지 말고. 그래, 돈 준다, 돈 준다고. 봉창 두드리는 소리라고? 그랬으면 좋겠다. 아, 차라리 니녀러 간나 말처럼 자다가 봉창 두드리는 소리라면 나도 좋겠다. 씨발, 참 사는 게 좃같다. 강변에 살자는데. 강변에 살고 싶다고 했는데. 아, 왜 이렇게 복잡한 거냐. 응? 왜 이렇게 복잡한 거냐고!"

흘러넘친 술을 수건으로 닦아 낸 뒤 미스 오는 윤오가 내다보고 있는 창문 쪽으로 눈길을 주었다. 창밖은 가로등 불빛만 희미할 뿐 아무것도 보이지 않았다.

"이 창문 너머 길 저쪽에 보면 짓다가 그만둔 아파트가 있다. 너 여기 온 지 얼마나 됐니? 아직 두 달 안 됐지? 십 층짜리 아파트를 짓다가 부도가 나는 바람에 공사가 중단된 건물이 하나 있는데 방치된 지 거진 십 년은 됐을 거다. 거기 옥상에서 내 친구, 아니 내 군대 시절 선임이 떨어져 죽었거든. 그 새끼, 중학교 때 공부도 잘하고 대학도 갔는데, 방위 받다 선임한테 바지가 벗겨진 뒤 미쳐서 의가사 제대했다. 그랬는데 저기 저, 건물 꼭대기에서 떨어져 죽었다. 머저리 같은 새끼! 그 새끼 제삿날이다, 오늘. 우리 집 새끼들은 태어나고, 그 새끼는 죽고. 웃기지 않냐? 아, 근데 우리 집 새끼들은 누구 새끼냐 말이다. 그 선임 새끼, 그 새끼 때문에 내가 수술을 했는데, 우리 집 마누라는 새끼를 두 마리나 깠단 말이지. 그것도 쌍둥이로. 이게 말이 되니? 생각 좀 해 봐라. 생각을 좀 해 보라고."

"사장님? 잘 건지, 갈 건지 확실하게 해 주세요. 더워서 죽겠단 말이에요."

"이 간나 좀 보게. 사람이 죽느냐 사느냐 하는 판에 기껏 더위 타령이나 하고. 더우면 벗으면 될 거 아냐? 너, 내가 왜 이 방을 좋아하는지 아니? 내 얘기 들으면 다시는 이 방에 못 올 거다. 으스스해서. 뭘 그렇게 놀라? 왜, 사람 죽은 거 한 번도 못 봤냐? 한번 보여 줄까? 죽으면 어떻게 되는지, 흐흐. 우리 집 꼰대는 자기를 안 닮았다고 날 을근거리며 거들떠보지도 않고, 우리 집 새끼들은 누구 새끼인지 알 수가 없고. 참, 씨발!"

"사장님, 하지 않을 거면 그만 갈래요. 술도 다 떨어졌어요. 보세요."

미스 오는 빈 맥주병을 윤오 눈앞에 대고 흔들어 댔다. 목덜미가 서늘해지고, 손바닥에는 땀이 찼다. 바람벽뿐인 뒤를 자꾸 돌아다 봤다. 덜덜거리며 돌아가는 붙박이 선풍기 꼭대기를 흘끔거렸다. 선풍기 대가리는 금방이라도 아래로 곤두박질칠 듯 위태로워 보였다. 돈도 돈이었지만 무엇보다 마음이 대껴서 견딜 수 없었다.

"이 간나야, 그러는 게 아니야."

"사장님, 저 정말 더워서 죽겠단 말이에요. 땀 흘리는 거 안 보이세요. 여긴 완전 찜질방이란 말이에요."

"차라리 돌부처 앞에서 얘기할 걸 그랬다. 니녀러 간나를 부르는 게 아니라. 됐다, 오늘은 그냥 가라. 그래, 강변에 살자. 갈대가 되어, 조약돌이 되어. 고추 먹고 맴맴. 그래도 되었는데……. 아, 나는 무엇을 바라서 이 모양이 되었는지. 무엇을. 강변에, 강변에. 조약돌……. 강변에 살았어도 되었는데. 씨발, 강변에……."

"다음에 잘해 드릴게요. 사장님, 오늘은 정말 안 되겠어요. 그래도 티켓값은 주실 거죠?"

"알았다, 알았어. 돈이라면……. 난 여기서 한숨 자고 갈 테니까. 먼저 가라. 그리고 여기 있다. 개도 멍첨지 소리를 듣는다고, 니녀러 간나가 환장하는 돈이다. 그깟 돈이 뭐라고. 참, 좆같네. 강변에, 금빛 물결 넘실거리는, 윤슬로, 윤슬로 빛나는 강변에……. 그래도 되었을 텐데……. 강변에 말이다. 미스 오야, 그래도 되었을 텐데. 그렇지? 우리 아버지는 왜 그랬을까? 왜?"

그러면서 윤오는 검은 지갑에서 오만 원짜리 지폐를 꺼내 들고 쥘부채처럼 흔들어 댔다. 그때였다. 아무런 기척 없이 출입문이 벌컥 열렸다. 돈을 받으려고 손을 뻗었던 미스 오는 그대로 털썩 침대 위에 주저앉았다. 두 팔로 머리를 감싸 안으며 질끈 눈을 감았다. 지폐를 쥐고 흔들고 있던 윤오는 고개를 끄덕이며 비긋이 웃음을 흘리고 있었다. 문을 열어젖힌 사람은 문고리를 잡고 서서 문밖에서 소리쳤다.

"나와, 나오라고요!"

그제야 미스 오는 문 쪽으로 고개를 돌리며 천천히 앉은 자리에서 일어났다. 가슴을 쓸어내리며 허리를 곧게 펴며 빳빳이 고개를 세웠다. 자신과 비슷한 키에 몸집이 두루뭉술한 여자가 문밖에 서 있었다.

"우리 집 마나님께서 왕림을 다 하시고. 흐흐, 좋은 일이지, 좋은 일이야. 미스 오야 인사 드려라. 우리 집 마나님, 중학교 선생님이시다. 아, 인사 안 하고 뭐해? 들어와, 들어오라고. 왔으면 들어와야지 그렇게 문밖에 서 있을 참인가? 술 한잔하자. 미스 오, 너도여기 앉아라. 그렇게 뻣뻣하게 서 있지 말고."

문 쪽과 침대머리맡을 갈마들며 바라보던 미스 오는 그 와중에도 윤오 손에서 너풀거리던 지폐를 낚아챈 뒤 번개처럼 빠르게 커피 쟁반 보따리를 싸서 들고서는 문 앞으로 다가갔다. 같잖고 어이없다는 표정으로 문밖에 서 있는 여자를 갈겨보던 미스 오는 손가방으로 한 대 후려칠 기세로 짓씹듯 말을 뱉었다.

"비켜요! 재수가 없으려니까. 별, 거지같은 꼴을 다 보겠네."

"이봐요, 무슨 말을……. 거지같다니?"

"아, 졸라 재수 없어. 어디서……. 잘난 척 그만해."

"뭐예요?"

"아, 비키라고."

미스 오는 오른손에 든 손가방을 눈앞까지 번쩍 치켜들었다 내렸다. 미숙이 한 걸음 뒤로 물러나며 문 뒤로 빗더섰다. 출입문 앞에서 서로 엇갈리면서 미스 오는 한 번 더 문밖 여자를 흘겨보더니 좁은 복도를 뒤뚱거리며 걸어 나갔다. 딸각딸각하는 하이힐 소리가어둑한 복도를 길게 울렸다.

"대체 왜 그래? 나와 당장!"

"여기서 잘 거라니까 그러네. 내가 당신한테 전화했나? 당신도 이곳이 어떤 곳인지 잘 알지? 모른다고 하면 안 되는 곳이지, 이곳은. 오늘은 말이야, 그냥 여기서 자게 날 좀 내버려 둬. 그러고 싶으니까. 당신은 몰라, 모른다고. 아, 씨발 좆같네. 그냥 가라, 제발. 나 좀 내버려 두고 그냥 가! 오늘 쌍둥이들 생일이라면서? 얼른 가. 제발 부탁이다."

"그럴 거면서 전화는 왜 해? 창피하지도 않아?"

"창피 같은 소리 하고 자빠졌네. 야, 근데 전화를 했다고? 너한테? 웃기고 있네. 너한테 전화를 했다고? 내가 너한테? 무슨 전화를 했다고 그래? 그래도 오늘은 그냥 가. 가라고. 제발 나 좀 내버려 둬."

"다시 병원에 가고 싶어?"

"당신, 우리 엄마, 아버지, 다 지긋지긋해. 딱 죽었으면 좋겠는데, 그것조차 내 맘대로 안 되네. 아, 씨발! 당신, 당신은 알지? 여기가 어떤 곳인지? 당신은 아는데 모르는 척하는 거지, 그렇지? 그런데 미스 오는 어디 갔냐? 걔한테 들인 돈이 얼만데. 그녀러 간나 오늘 아주 횡재했네. 아, 당신은 왜 온 거야? 이만큼 살아 봤으면 당신도 뭐 좀 느끼는 거 없어? 나란 놈, 누구보다 잘 알 거 아냐? 그러니까 이제 그만 나 좀 놔줘. 대체 나한테 왜 그러는데? 넌, 내가 지겹지도 않니? 난 네가 아주 끔찍해! 꺼져, 꺼지라고. 제발!"

"가자. 집에 가자고."

"야 남미숙, 그게 내 집이야? 네 집이지. 안 가, 안 간다고. 날 좀 내버려 둬. 제발 좀 내버려 둬! 지겹다고. 너도, 애새끼들도 생각만 해도 토할 것 같다고. 그런데 내가 널 불렀다고? 웃기네. 일일구를 불렀으면 불렀지, 내가 널 불렀다고? 귀신이 곡하겠네. 아 씨발, 참 엿 같다."

이미 술에 먹힌 목소리였다. 수달 눈처럼 새까맣던 눈동자가 맛이 간 동태 눈깔처럼 희뿌옇게 바뀌었다. 짓질리도록 봐온 상황이었다. 조심해야 했다. 침대에 그대로 쓰러진 윤오는 왼팔로 두 눈을 가린 채 웅얼웅얼 알아들을 수 없는 목소리로 구시렁거리고 있었다. 살얼음을 밟고 선 것처럼 윤오를 내려다보고 있던 미숙은 마침내 아무 소리 없이 돌아섰다. 조심스레 스마트폰을 꺼냈다. 첫마디도 채 떨어지기 전이었다. 해파리처럼 늘어져 있던 윤오가 표범처럼 달려들어 미숙을 덮쳤다.

"이 간나가 정말? 보자 보자 하니까. 죽고 싶어? 그만하라고 했지."

눈 깜짝할 사이에 윤오는 미숙의 어깨 너머로 긴 손가락을 뻗쳐 미숙이 들고 있던 스마트폰을 날쌔게 가로챘다. 미숙이 미처 대응할 사이도 없이 스마트폰을 창문 밖으로 내던져 버렸다. 미숙은 어리벙벙한 표정으로 말뚝처럼 서 있었다.

"죽었으면 죽었지, 내가 거길 또 갈 거 같아? 니녀러 간나를 믿었던 내가, 그래 내가 미친놈이다. 씨발, 꺼져! 당장 꺼지지 않으면 니녀러 간나도 저 휴대폰처럼 박살이 날 거야. 알아? 알았으면 제발 꺼져. 꺼지라고!"

"왜 그래? 당신 때문에 나도 미칠 것 같다고."

"꺼지라니까. 내 눈앞에서 꺼지란 말야. 개녀러 간나!"

"뭐? 개녀러……. 말 다했어?"

"아, 씨발녀러 간나! 진짜 웃기고 있네. 꺼지라고. 무슨 말을 더 듣고 싶어? 니녀러 간나는 사악해. 뱀 같다고. 알아?"

"뭐라고?"

"왜 하필 나였냐? 하고 많은 사람 중에 왜 나였냐고!"

"다른 누구도 아닌 너였어야 했으니까."

"미친녀러 간나. 꺼져, 꺼지라고!"

"이거 놔!"

윤오는 미숙의 어깨를 쥐어흔들며 악장을 쳤다. 희번덕거리는 윤오의 눈빛은 쫓기는 짐승처럼 불안하게 흔들렸다. 이미 딴 세상 사람이었다. 단추가 뜯기고 블라우스 앞섶이 찢어졌다. 미숙은 윤오의 두 팔을 기를 쓰며 뜯어낸 뒤 침대 위로 윤오를 밀쳐 냈다. 윤오가 미처 자세를 잡을 사이 없이 그대로 방을 뛰쳐나왔다. 올무에 걸린 멧돼지처럼 울부짖는 윤오의 웃음소리가 좁은 방 안을 가득 채웠다. 한동안 잠잠해서 잊힌 줄 알았다. 미숙은 식은땀을 흘리며 복도 바람벽에 등을 기대며 주르륵 미끄러지듯 주저앉았다. 복도를 밝히던 희미한 불빛이 꺼졌다.

6

"어디, 농약 치고 오시는 길이쇼?"

트랙터를 몰고 논들에서 돌아오던 종두와 마주쳤다. 홍주는 강담을 타고 올라간 호박 넝쿨에서 겨우 어른 주먹만 한 애호박을 하나 찾은 뒤였다. 종두의 초록색 트랙터에는 커다란 물탱크와 호스 등 농약살포기가 실려 있었다. 점심때가 가까워 오면서 해는 대장간 쇠붙이처럼 시뻘겋게 달아오르고 있었다. 강담 아래 살피꽃밭에 심어 놓은 봉선화와 분꽃도, 닭장 울타리를 타고 넘나드는 호박 이파리도 시들시들했다. 호박벌도 좀처럼 눈에 띄지 않았다. 땀에 전 셔츠가 온몸을 휘감았다.

"저녁나절에 다시 나와야지 당최 쪄서 더는 논에 못 들어가겠네. 날이 물쿠어서 그런지 도열병이 도네. 논두렁에도 제초제를 쳐야 하는데 영 짬이 안 나고. 무슨 날이 이런지 모르겠어."

"우리 논은 괜찮던데요."

"자네 논, 그게 논이나? 온통 피투성이더구만. 사람이 게으른 것도 아니고 그래서야 어디 제대로 수확이 나겠나? 농약을 쳐야지. 농약 없었어 봐. 무슨 수로 수만 평씩 논농사를 지을 수 있었겠나?"

"저야 만 평도 안 되는 구메농사인데요, 뭐. 그리고 수확이 좀 줄

66

나면 어때요? 나는 농약 그거 싫소. 아, 동수 형님 보되 몰라요? 그 형님 월남에 갔다 왔다고 자랑자랑해 대더니 결국 폐암으로 고생하지 않소. 엊그제 보니 영 말이 아닙디다. 말은 안 했지만 얼마 못 갈 것 같아요. 제초제 그거 다 월남전에서 쓰던 고엽제와 같은 성분이라고, 아시잖소? 그리고 바랭이 죽는 제초제 쳐 봐요. 나중에는 바랭이만 살아남잖소. 그게 제대로 된 거요? 바랭이 죽으라고 친 농약 때문에 나중에는 바랭이만 살아남는 거. 이상하지 않소?"

홍주는 논두렁 제초도 제초제 농약 대신 예초기로 빤빤하게 깎았다. 모 심어 놓고 적어도 세 번 이상은 그렇게 논두렁 풀을 벴다. 제초제를 치는 사람들은 그런 홍주를 시대에 뒤진 사람이라고 손가락질해 댔으나 홍주는 모르쇠를 놓았다. 논두렁에 제초제를 치면 풀들은 시뻘겋게 타들어 갔다. 그것도 시나브로 색이 변하는데 나중에는 시커먼 대궁만 을씨년스럽게 남았다. 그런 뒤 곧바로 다시 풀들은 싹을 틔웠지만, 풀들이 타 죽는 시간은 천년처럼 길게 느껴졌다. 또한 풀뿌리가 잡아 주지 못하는 논두렁은 뭉텅뭉텅 쉽게 허물어졌다. 요즘은 한 번에 백여 미터까지 농약을 살포할 수 있는 광역 살포기까지 등장했다. 논배미 둘레에 방죽과 둠벙이 없어지고 머위며 돌미나리가 자취를 감춘 것도 다 제초제, 농약 때문이라고 홍주는 믿었다.

"여봐. 기계며 농약, 비료 덕분에 이만큼이라도 우리가 살게 된 게 아녀? 논이 한두 마지기인 것도 아닌데. 나는 농약이 풍년을 기약하는 일등 공신이라고 믿네. 아, 농약 없었어 봐. 무슨 재주로 내가 삼만 평이나 되는 논농사를 지을 수 있었겠어? 사람 손으로는 죽었다 깨도 못하는 거를, 안 그래? 고맙지, 고맙고말고."

트랙터 운전석 문을 열어 놓고 앉은 종두는 연신 수건으로 땀을 닦으며 고개를 주억거리고 있었다. 그 농약 때문에 또 사람이 죽는 다고, 살자고 하는 일이 마침내 사람을 죽이는 일이라고 홍주는 대 꾸하려던 말을 속으로 삼키고 말았다. 홍주는 흔히 말하는 친환경 농법으로 논농사를 지었다. 오래전에는 논에 새끼 오리를 풀어 풀을 제거했으나 다 큰 오리를 처리하는 게 곤란해서 몇 해 전부터 는 우렁이로 바꾸었다. 새끼를 까는 토종 우렁이와는 달리 외국에 서 들여온 왕우렁이는 새빨간 알을 깠다. 겨울에도 얼어 죽지 않고 살아남았다. 다 자란 왕우렁이는 또 벼 포기는 물론 미나리와 같은 풀들을 먹이로 삼았다. 그런 까닭에 얼마만큼 논바닥 제초가 끝났 다 싶으면 논에서 물을 빼야 했다.

친환경농법이라고 해도 문제는 여전히 남았다. 논에 새끼 오리를 풀어놓으면 너구리와 족제비가 들끓었다. 농약을 사용하는 이웃들 은 그러면 또 못살겠다며 오리농법으로 농사짓는 이웃을 허물며 끌탕했다. 그러나 농약을 치는 이웃과 논두렁을 함께 쓰는 홍주는 또 그와 다른 처지에서 골머리를 앓았다. 이웃이 논에다 뿌린 제초 제며 살충제는 물길과 바람을 타고 고스란히 홍주 논배미를 넘나들 었기 때문이었다. 한마을에 산다는 이유로 여름 내내 온몸으로 농 약 냄새를 견뎌야만 했다.

"거, 농약 칠 때는 방제복에 마스크도 하고 그러쇼. 맨몸으로 하지 말고."

"날이 이렇게 찌물쿠는데 방제복까지 입으면 쪄 죽으라는 얘기지 그게. 사정이 그렇지 못하다는 거는 자네도 잘 알면서 또 그 방제복 타령인가?"

"다 사람 살자고 하는 일인데 사람 먼저 살고 봐야지요. 농약 중독으로 죽은 남 씨 영감을 보면서도 그런 말씀을 하쇼? 길러 낸 사위도 아닌데 어째 그렇게 제 몸 아낄 줄을 모르는지, 원."

"여봐, 죽으면 다 썩어질 몸뚱어리야. 그러지 말고 자네도 논 한 번 둘러보게. 우리 논만 그런 게 아닌 듯하니."

"집에 가시는 길이면 국수 한 그릇 자시고 가쇼. 막 국수를 삶으려던 참이었는데. 더우니 다른 생각은 없고 자꾸 찬 것만 찾게 되네요. 괜찮으시면 트랙터 저 마당가에 세우고 들어오쇼."

"자네가 국수 하나는 참 잘 삶지. 그렇지 않아도 배도 허출하고 목도 타던 참이었네만 집에 가서 먼저 좀 씻어야겠네. 도무지 끈적거려서 더는 못 참겠네. 머리도 지끈거리고. 내 몫이 있으면 집에 가서 씻고 곧장 옴세."

"그러쇼."

홍주와 종두는 농약 때문에 번번이 티격태격, 목소리를 높였다. 보다 못해 지지난해에는 아예 똥딴지와 유황 등을 이용한 친환경 제초제를 만들어 종두를 비롯한 몇몇 이웃들에게 나눠 주었다. 그랬더니 종두는 먼저 '마세트'라고 하는 제초제를 친 뒤 홍주가 나눠 준 제초제를 또 쳤다. 이유를 물었더니 친환경이라고 하는데 어떻게 믿느냐고 했다. 홍주가 나눠 준 것은 다만 성의를 봐서 쳤다는 얘기였다. 종두는 농약에 대해서만큼은 어떤 의심도 허용하지 않았다. 볍씨를 담글 때부터 시작된 농약 사용은 가을걷이 직전까지 이어졌다. 다른 일은 손발이 잘 맞았지만 농사짓는 일에서만큼은 극과 극을 달렸다.

굶어 죽어도 종자는 베고 죽는다는 말도 다 옛말이었다. 농약과 비료는 물론 하다못해 볍씨며 못자리 흙까지 해마다 새로 다 사들여야 했다. 유전자 조작과 교배를 통한 종자 개량은 더 이상 농부들에게 종자주권을 허락하지 않았다. 주식인 쌀, 벼조차 이미 유전자 조작, 실험이 끝났으며 그 결과물을 오늘내일 시장에 풀 날만 기다리고 있었다. 고추와 참외, 고구마와 수박들은 죄다 모종을 사서 심어야 했다. 씨앗을 틔워 모종을 심던 일도 이젠 다 옛일이었다. 땅에 딸려 있었으나 이미 뿌리는 허공에 들려 있었다. 내 것이라고 여겼으나 돈을 지불할 수 있을 때만 겨우 내 것이 되었을 뿐, 이제 영영 내 것은 없는 셈이었다.

시장에 내는 농작물은 무엇보다 싱싱하고 때깔이 좋아야 했다. 화학비료와 농약이 그 밑절미였다. 농작물이 자라는 속도가 마디거나 탐탁지 않으면 '영양제'라는 이름으로 농약을 쳤다. 행정기관에서 시키는 대로 품종을 바꿨으며 권하는 대로 농약을 쳤다.

허구한 날 그렇게 농약을 쳐대면서도 종두와 종원은 집에서 먹을 양식은 또 농약을 적게 쳤다며 자랑하기 일쑤였다. 퇴비를 만들지 않았으며 똥오줌으로 거름을 만들지도 않았다. 숲정이에 풋나무가

70

우거져도 냇가에 갈대가 넘쳐도 거름은 물론 소꼴로도 베지 않았다.

홍주는 강판에 간 날 옥수수를 앉은뱅이밀가루와 섞어 반죽한 뒤 냉장고에 넣어 잠시 숙성시켰다. 앉은뱅이밀가루와 날옥수수를 섞으면 구수하면서도 식감이 졸깃한 게 퍽 좋았다. 날옥수수가 없으면 늦가을에 주워 모은 도토리가루나 하지감자 캐고 지스러기를 썩혀 얻은 감자 녹말가루, 날콩가루를 섞어 반죽을 하는 까닭에 홍주가 만든 국수는 마을에서 꽤 이름을 떨쳤다. 홍주는 메주를 띄워 막장과 고추장을 담갔고, 간장을 달였다.

밀가루 반죽을 홍두깨로 얇게 민 뒤 호박잎을 깔아 물기를 흡수했다. 둘둘 만 반죽을 가늘게 채를 썰고 있는데 종두가 들어섰다. 선풍기가 돌아가고 있었으나 후끈한 열기를 잠재우기에는 힘이 달렸다. 홍주는 고개를 가로저으며 "형님, 밖에 호두나무 아래 평상에 가 계쇼. 곧 나갈 테니까. 거진 다 됐어요. 여기는 더워서 안 되겠소. 한데부엌을 쓴다는 게 그만 앉은자리서 하다 보니 아주 옹기가마네."

낡고 오래된 개다리소반에 상을 차렸다. 찬물에 헹군 국수사리 위에 가늘게 채 친 오이를 얹고, 톱톱한 콩국물을 넉넉하게 부었다. 얼음은 종두 대접에만 얹었다. 상 위에는 따로 얼음을 넣은 콩국물 한 대접과 소금 종지 그리고 맞춤하게 익은 열무김치 보시기를 놓았다. 콩국물 대접은 종두 앞으로 옮겨 놓았다.

"드쇼. 농약 치느라 고생하셨을 텐데."

"아까 손에 들고 있던 애호박은 어쨌나? 나는 국수장국이려니 했는데."

"그럴 생각이었는데, 형님 보니 맘이 바뀌 콩국수를 말았는데, 왜 싫소?"

"싫기는, 미안스러워 그렇지. 아무튼 잘 먹겠네. 콩은 또 언제 삶아서 갈았나? 입이 호강하네. 마누라도 성가시다고 안 해 주는 음식을 자네 덕에 먹네."

밀수제비며 밀범벅에 물릴 법도 했건만 종두는 홍주만큼 국수를 좋아했다. 그걸 알고 있었으므로 일부러 콩국수를 말았다. 서리태와 백태는 논두렁에 심는 것만으로도 장을 담그고 두부를 만들어 먹을 수 있을 만큼 넉넉했다. 노르스름하면서도 뽀얀 콩국물은 부드러우면서도 고소하고, 잡맛 없이 담백했다.

"참, 깨고소하네 그래."

"술 한 잔 어때요?"

"얻어먹는 놈이 이밥 조밥 가릴까? 이러나저러나 얻어먹었다는 소리 듣기는 매일반일 테니, 있으면 한 잔 주게. 허허."

손바닥으로 입가를 훔치며 종두는 모처럼 기분 좋게 웃었다. 호두나무 우듬지 위로 날아든 참새 떼와 까치 떼가 왁자글왁자글 분주탕이었다. 사람이 있건 없건 아랑곳하지 않았다.

"제수씨한테는 연락 없나?" 술잔을 내려놓으며 종두가 지나가듯 물었다.

"에구, 형님! 떠난 간나들은 다시 오지 않아요. 다시 오지 않는다고요."

"거참 이상하이. 자네 같은 사람도 찾기 쉽지 않을 텐데. 어디 딸
린 식구가 있나, 돈 보태 달라고 할 피붙이들이 있나. 자네가 먼저
전화라도 해 보지 그랬어?"

"늙어서 운신할 수 없을 지경이면 요양원에 갈까 하고요. 저기 연
꽃마을에 또 요양원 들어온다고 엊그제 보니 터 닦기 합디다. 이젠
내남없이 늙고 병들면 갈 곳은 그곳뿐인 듯싶소. 그러니 형님도 윤
오 때문에 애면글면 속 태우지 마쇼. 젊은 놈들은 또 어떻게든 살
아갈 테고, 나이 먹은 우리들은 우리 걱정이나 하십시다. 보세요,
형님! 저기 살피꽃밭 보이죠? 저기에다 간나가 좋다고 해서 큰 산
에 들어가 백작약, 붉은 작약이며 요강나물, 곰취 들을 캐다 심지
않았겠소. 꿩의바람꽃 타령을 하도 해서 저기 큰 산 암자에 가서
몰래 캐다 심기까지 했소. 냇가에 피는 금꿩의다리까지. 다 소용없
습디다. 꽃들조차 옮겨 심어서 그런지 주눅이 잡히는 게 영 시들시
들하고……. 꽃 지고 나니 간나들도 떠납디다. 갈 마음먹은 사람
붙잡아 주저앉힌다고 그 마음이 숙지겠소? 바람 든 고무풍선 같은
데, 그게……. 저 꽃들 내년이면 또 피겠지만 한번 간 사람은 영영
돌아오지 않습디다. 아시잖소? 떠난 사람, 다시 돌아오지 않는다는
거. 누구보다 잘 아시면서 그래요?"

"우리 어머니가 재가한 뒤 할머니와 살 때 소원은 식구를 아주 많
이 만드는 것이었네. 이따금 종원이네 들르면 식구들이 둥그런 밥
상에 둘러앉아 두런두런 얘기를 나누면서 밥 먹는 게 퍽 보기 좋았

거든. 식구들이 많으니 당장은 먹고사는 게 어려웠지만 그래도 그게 어떻게나 부럽던지. 그래서 애들은 생기는 대로 낳자고 맘먹었지. 한 열두 명쯤 말여. 그랬는데, 어쩌다 외톨밤 하나를 얻고는 말았네 그려. 그나저나 자네야 음식 솜씨며 살림 솜씨 야금박스러운데 왜 여자들이 그렇게 못 붙어 있는지 모르겠단 말여. 제수씨가 옆에 있을 때는 혈색도 좋아 보였는데, 아쉽네."

"간나들 맘속은 굴속 같은 게, 도무지 모르겠소. 이럴까 싶으면 저렇고, 저럴까 싶으면 어디에 있는지조차 가늠조차 안 되는. 나이 들면 저절로 알게 되지 않을까 했는데 턱도 없는 노릇이었소. 죽어서도 아마 모를 거요. 난 말요, 다음 생 같은 게 있으면 지지배, 간나로 태어나고 싶소. 알록달록한 치마도 입어 보고, 뾰족한 구두도 신어 보고. 뭐, 그래요. 내가 지지배, 간나로 살아 보면 간나들 맘을 명개만큼은 알 수 있지 않을까? 이번 생은 안 되겠소. 도무지 헤아릴 수가 없단 말요. 그러니 제 걱정은 하지 마시고. 자, 술이나 한 잔 더 드쇼."

"하긴, 나도 우리 마누라 보고 있으면 점점 더 무섭다는 생각만 드는 게 영. 도무지 지는 법이 없어. 윤오 놈 문제만 해도 그때 의사 말을 들었더라면 어땠을까 하는 후회가 자꾸 드네. 마누라가 하도 퇴원하자고 등을 떠미는 바람에 마지못해 퇴원수속을 밟기는 했지만……. 엊그제는 오랍뜰에 심어 놓은 나무들을 죄다 베어 버렸다네."

"나무요?"

"봄에 자네랑 같이 읍내 묘목판매장에 가서 사다 심은 구지뽕나무 있잖은가. 가시나무인 줄 알았다고 하니 기막히지 않나? 아니, 가시나무 모르고 구지뽕나무 모르겠나? 날 엿 먹이자는 심보가 아니라면 말이지. 그놈은 그저 내가 하는 일은 뭐든 어깃장을 놓지 못해 안달하는 놈이야, 돼먹지 못한 놈. 그놈 때문에라도 내가 제명에 못 죽을 거야. 배부른 놈은 고량진미를 주어도 무슨 맛인지 모른다고 하더니만. 씨부랄 것들!"

"몰라서 그랬겠지, 지어먹은 맘이 있어 그랬겠소? 장사는 괜찮나? 부둣가는 고기가 잡히지 않아서 불황이라고 다들 아우성이던데."

"다방이 돈이 된다고 하도 제 어미랑 나서서 공갈을 놓는 통에 울며 겨자 먹는다고 가게를 차려 줬더니만. 아무리 생각해도 잘못한 것 같네. 이미 성가한 놈 아닌가? 제 놈 일은 제 놈이 알아서 하게 내버려 뒀어야 했는데, 애를 그냥 두지를 않으니 이거는 원. 꾀꾀로 집엘 오르내리는 게 영 불안하고 답답하이. 무슨 일인지 물어도 대답도 않고. 새끼가 아니라 아주 웬수여, 웬수!"

홍주는 슬그머니 눈길을 돌리며 엄지손톱을 잘근잘근 씹었다. 강담을 타고 올라간 새빨간 능소화가 눈을 찔렀다. 비바람이 지나가면 벌건 꽃송이들이 송이째 떨어져 무덤을 이루곤 했던 자리는 비어 있었다. 아무런 포장을 하지 않은 마당은 바랭이며 비단풀이 납작 엎드리며 영역을 넓혀 나가고 있었다. 보리까끄라기도 쓸모가 있다고 했던 것처럼 사람들이 지긋지긋하다고 치를 떨곤 했던 잡초였지만 바랭이는 바랭이대로, 비단풀은 또 비단풀대로 쓸모가 있었다. 그러나 땅바닥을 기는 비단풀은 밟히는 줄도 모르고 밟혔고, 또 밟는 줄도 모르고 밟았다.

홍주는 빈 국수그릇들을 주섬주섬 거두고서는 오징어젓갈만을 술안주로 다시 상에 올렸다. 지난해 막 배에서 부려 놓은 오징어를 손질해서 항아리에 넣고 소금으로 절였다. 그렇게 일 년쯤 삭힌 오징어를 꺼내 짠맛은 씻어 내고, 송송 채 썬 뒤 매운 고추와 마늘 등으로 양념했다. 소금에 삭혀 무친 오징어젓갈은 짭조름하면서도 달큰했고, 곰삭은 맛이 감칠맛을 더했다. 점심 국수상이 술상으로 이어지고 있었다.

"애들 일로 이젠 그만 애면글면하쇼. 형님 말씀대로 이미 혼인해서 살림까지 내준 애들 아뇨? 그런데 여태도 애들 때문에 속을 썩으니 참 모르겠소."

"새끼니까, 새끼니까 그렇지. 죽어야 잊히겠지. 아니 죽어서도 잊지 못할 거여. 봐, 우리들 제사 모시지 않나? 죽은 사람, 산 사람을 이어 주는 제사. 제삿날도 모르는, 아니 생사도 모르는 우리 아버지 기어코 제사를 모시지 않나? 그래서 무서운 거네. 핏줄이라는 게. 잊는다고, 모르는 척한다고 그렇게 된다면 얼마나 좋겠나? 내가 왜 나이 들어 죽을병이 든 우리 어머니를 다시 모셨는지 아나? 어린 우리들 버리고 재가한 어머니를 말여. 죽을병이 들어 혼자 끓여 드신다는 소식을 들으니 못 견디겠더라고. 그게 핏줄이 아니면 할 수 있겠나. 핏줄이니까 했지."

76

"형님도 아시다시피 저는 아버지, 어머니 얼굴도 몰라요. 아니 기억에도 없단 말요. 그래서 꿈에서도 뵐 수가 없소. 부모 자식 사이라면 꿈에서는 볼 수 있어야 하는 거 아뇨? 내가 눈 먼 장님도 아닌데. 아닙니다. 우리 셋째 고모는 지금도 생생하게 기억해요. 왜, 밥 먹여 주고 길러 줬으니까. 핏줄 때문이 아니라고요, 형님. 함께 부대끼고 함께 지낸 세월 때문이라고요."

"그놈만 생각하면 울화가 치미는 걸 어쩌겠나? 생각을 끊을 수가 없네. 물가에 내놓은 애 같이 조마조마한 게 한시도 맘을 놓을 수가 없네."

"윤오도 벌써 애를 둘씩이나 키우는 애 아범이지 않소? 애가 아니고. 이따금 형님이 이해가 안 될 때가 있어요. 어릴 때는 집안에 없는 왼손잡이라고 알탕갈탕하더니. 손주까지 둔 여태도 안절부절 못하니 말요. 부모가 아직껏 그렇게 감싸고도니 애가 언제 어른이 되겠소?"

"다 저 잘되라고 그러는 것을 그렇게도 모른단 말여? 말 못하는 짐승이 아닌 다음에야 그만큼 정성을 쏟았으면 뭐 좀 달라지는 게 있어야 할 게 아녀? 사람이면 말여."

"선의가 꼭 선의로 돌아오는 거는 아니잖소?"

"그 얘기는 그만하세. 얘기를 하면 할수록 진구렁에 빠져드는 것 같은 게 기분이 아주 고약해진다네. 뭐랄까, 첫 단추를 잘못 꿴 기분이랄까? 지우개로 쓱싹쓱싹 지우고 다시 쓰고 싶은 마음, 알겠나?"

"글쎄요. 새로 시작하고픈 생각이야 저도 굴뚝같지만, 이미 이만큼 살았는데……. 다음 생이라면 모를까?"

"다음 생이라……. 그런 게 있을까?"

7

　다방 출입문을 열어젖혔다. 이름을 알 수 없는 가수의 노랫소리가 꽝 꽝 귀청을 때리며 눈앞을 가리듯 흘러넘쳤다. 노랫소리로 그들먹한 다방은 그러나 휑했다. 하다못해 수족관조차 하나 없는 실내는 마치 길거리 휴게소처럼 빈 의자들뿐이었다. 동굴 속처럼 퀴퀴한 곰팡이 냄새와 오래된 댓진 내가 뒤섞여 공기 중에 떠돌았다. 팔뚝에는 오소소 소름이 돋았다. 동수는 카운터 앞 낡은 가죽의자에 언제나처럼 앉으면서 주머니에서 담배부터 꺼냈다. 장날인데도 여느 날과 다르지 않았다. 휴지를 꺼내 가래침을 뱉었다. 날이 갈수록 숨 쉬는 게 버거워졌다. 전에 없이 꿈자리가 뒤숭숭 어지러웠다.

　"날이 여간 더운 게 아니네. 여기 쌍화차 좀 따끈하게. 달걀도 하나 띄우고. 그리고 그 음악 좀 바꾸면 안 되나? 원, 당최 시끄러워서. 무슨 노래가 나긋나긋한 맛이 없어. 게사니처럼 꽥꽥거리기만 하고."

　조미미가 부른 '개나리처녀'를 좋아하는 동수는 다방에 들를 때마다 음악 때문에 마담과 실랑이를 벌였지만 마담은 좀처럼 음악을 바꾸지 않았다. 이따금 조미미가 낫네, 이미자가 낫네 타시락타시락 말싸움을 하지만 다방마담이 조미미가 부른 '단골손님'을 안다는 이유만으로도 마담을 타박하는 일이 한결 줄어들기는 했지만 여전했다. 조미미가 사망했다는 사실을 알려 준 이도 다방마담이었다.

"저는 아이스커피요. 언니야, 여기 쌍화차 하나, 아이스커피 하나!" 마담이 주방에다 대고 소리친 뒤 곧이어 "덥지도 않으셔요? 이럴 때는 아이스커피가 제격인데. 사장님, 임재범이 노래를 얼마나 잘하는데 그러세요. 사장님도 젊은 애들이 듣는 노래도 좀 듣고 그리하셔야 젊어지신단 말에요. 곰팡스럽게 옛날 노래만 듣지 마시고." 핀잔하는 투로 살짝 눈을 흘겼다.

"무슨 소리여? 노래는 그저 조미미가 최고지 최고, 아암. 내가 월남에 갔을 때 조미미가 위문공연을 왔었네. 그때는 가수들이고 코미디언들이고 월남에 위문공연을 퍽 많이들 왔었지. 이미자도 물론 왔고. 아, 남진이라고 있지. 전역한 뒤에 '님과 함께'를 부른 가수 있잖은가? 나훈아와 쌍벽을 이뤘던. 남진은 나와 같은 해병대 출신이라고. 나처럼 전투는 하지 않았지만. 이미자 공연하는 것은 못 봤고, 내가 조미미 노래하는 것은 앞자리에 앉아서 봤다네. 복스럽게 생긴 얼굴에 노래는 또 얼마나 잘하던지. 조미미는 정말 최고였네, 아암 최고였고말고. 김세레나, 김부자, 현미 등 내로라하는 가수들은 죄다 한두 번씩은 다 위문공연을 왔었지. 그런데 조미미가 죽었다니 퍽 아쉽네 그래. 우리 미스 오가 그 옛날 조미미 얼굴을 쏙 빼닮았어. 아나, 그거?"

동수는 다시금 가슴을 문질렀다. 한여름이면 선풍기가 덜덜거리며 돌아가면서 더운 땀을 식혀 주고, 한겨울이면 조개탄 난로 위에 엽차가 끓고 있는 주전자가 있어 찬 기운을 몰아내는 게 딱 좋았는데 요즘은 여름이건 겨울이건 냉난방기를 틀어서 다방 안 공기는 싱겅싱겅하거나 후텁지근했다. 영 아쉬웠다.

목구멍이 타는 듯 따가웠다. 처음엔 감기려니 했다. 월남파병전우회에서 고엽제 운운할 때도 강 건너 불 보듯 구경만 했다. 베트남을 떠올릴 때마다 부비트랩과 네이팜탄이 기억 속에서 요동쳤다. 북쪽 베트콩들이 부비트랩을 설치하면 남쪽 미군과 한국군은 네이팜탄을 쏟아부었다. 뜨거운 화염과 총소리, 비명 소리에 이따금 가위눌리곤 했다. 젊은 시절에는 잊고 살던 전쟁터가 발병한 뒤부터는 부쩍 자주 꿈자리를 어지럽혔다. 젊은 마을 이장의 형수로 시집 온 열일곱 먹은 베트남 처녀를 보면서 문득 그날을 떠올렸지만, 한 번도 입 밖으로 낸 적이 없었다. 불타던 마을, 아우성치던 늙은 여자와 아이들, 기억에서조차 잊어야 했다.

"근데, 미스 오는 어데 갔나?"

"배달."

마담은 노래 얘기만 나왔다 하면 번번이 같은 이야기를 죽 떠먹듯 해서인지 판판이 듣는 둥 마는 둥 귀 밖으로 들었다. 버릇처럼 담배개비를 그루박으면서 동수는,

"우리 동네까지 배달 오면 내 매일 부를 텐데. 언제 오나? 미스 오 말이여."

"곧 와요. 티켓 끊으시면 가죠. 못 갈까?"

"미스 오가 온다면야 그까짓 티켓을 못 끊을까? 끊지, 아암 끊고 말고. 그런데 티켓값이 어지간해야지. 한 시간에 삼만 원이나 하니 늙은이가 무슨 재주로 매번 그 돈을 감당하겠나? 그래도 우리 미스 오는 맨날 보고 싶단 말이지. 참 이상해. 갸는 어딘지 모르게 퍽 끌리는 데가 있어. 내가 장가를 일찍 갔으면 그만한 손녀가 있었을 텐데. 아가 참 복스럽지 않아? 피붙이처럼 살가운 데가 있어. 안 그런가?"

마담은 어이없다는 듯 콧방귀를 뀌며 새끼손가락으로 귀를 후볐다. 동수와 마담, 그 적막하고 냉랭한 공기가 흐르는 사이로 주방장이 직접 쟁반을 들고 나타났다. 냉커피는 얼음만 가득하고, 쌍화차는 미적지근했다. 음악 소리는 어느 사이 조금 숙진 상태였다.

"거 좀 뜨겁게 하라니까. 차가 밍밍하면 어디 차 마시는 맛이 나나? 귀에 못이 박히게 일러도 원. 이러면서도 단골 운운하면 곤란하이."

그때 출입문이 열리면서 느릿느릿 코끼리처럼 굼뜬 동작으로 미스 오가 들어섰다. 누구보다 먼저 반긴 것은 다름 아닌 동수였다. 후텁지근한 바깥 공기까지 더불어 따라왔다.

"호랑이도 제 말 하면 온다더니 여 왔네. 언니야, 이리 와. 이리 와서 좀 앉아 봐라. 뭐 마실까, 우리 언니는? 아이구, 더운데 고생이 많네. 어여, 이리 와."

"걔는 다이어트를 하느라고 마시는 게 따로 있으니까. 주방 언니야, 야는 자몽 주스 마신단다."

마담은 미스 오에게 물어보지도 않은 채 주방장한테 제일 비싼 생과일 자몽 주스를 주문했다. 땀으로 범벅인 미스 오는 동수에게 까닥 고개를 숙이는 것으로 인사를 대신하고서는 화장실로 내뺐다. '어휴, 저 영감탱이는 왜 또? 더워서 미치겠는데.' 화장실로 냅뛰는 걸음이 무겁고, 느렸다. 최 씨 영감을 볼 때마다 묘하게 기분이 언짢아졌다. 퍽 잘 아는 사람 같기도 하고, 어디서 많이 본 듯한 사람 같기도 했다. 최 씨 영감을 처음 봤을 때는 췌장암으로 죽은 아버지가 살아서 돌아온 줄 알았다. 얼핏 보면 그대로 아버지 모습이었다. 작달막하고 다부져 보이는 키, 까무잡잡한 피부며 살짝 광대뼈가 불거진 얼굴에 숯 검댕 같은 시커먼 눈썹까지. 화장을 할 때마다 미스 오는 아버지의 흔적을 지우기 위해 눈썹을 밀어야 했다. 팥망아지가 기어 다니는 것 같다는 놀림을 숱하게 받았다. 싫은데 선떡이라고, 최 씨 영감 눈썹이 꼭 그랬다.

샤워할 시간은 없었으므로 입고 있던 민소매를 훌러덩 벗고, 브래지어를 들추고 물수건으로 대강대강 땀을 훔쳤다. 재빠르게 겨드랑이와 목덜미만 물수건으로 닦았다. 며칠째 하루에 두세 번씩 옷을 갈아입고 있었다. 자동차로 왔다 갔다 하고 다방 안에도 에어컨과 선풍기가 돌아가고 있었지만 물을 뒤집어쓴 것처럼 온몸이 땀으로 젖었다.

"그래, 거 자몽 주스 한 잔 주라. 이 쌍화차도 좀 따끈하게 데우고. 난 미적지근한 것은 영 싫단 말이지. 우리 언니, 덥겠다. 어여

와, 어여. 그래, 그래.”

　화장실에 다녀온 미스 오는 느질느질 그러면서도 싱겁게 웃음을 띤 얼굴로 동수 옆에 앉으며 재떨이를 동수 앞으로 밀어 놓았다. 동수는 담배개비를 그루박기만 할 뿐 선뜻 피울 엄두를 내지 못하고 눈치를 살피고 있었다. 담배를 피웠다 하면 다방 언니들이 참새 떼처럼 나서서 옥시글옥시글 짓떠들었기 때문이었다.

　“여기 얼른 자몽 주스 한 잔 줘. 덥지? 날이 여간 더운 게 아니다.”

　“궁금한 거 있어요. 저기 청파다방 사장님, 사장님과 같은 동네 살죠?”

　“왜, 무슨 일 있어? 정 사장은 왜?”

　“그냥요. 사람이 좀 이상해요.”

　“갸가 좀 그렇지. 안됐어, 안됐고말고.”

　“무슨 일인데요?”

　“미스 오, 정 사장 만났나? 갸 만나지 말아. 괜히 큰일 난다. 진짜다. 내 말 들어. 나중에 후회하지 말고.” 손사래를 치던 손으로 다급하게 입을 가리고서는 쿨럭쿨럭 기침을 했다.

　“왜요? 사장님, 어디 아파요?”

　“아녀. 근데, 마담이 얘기 안 해 줬나? 다 아는 얘긴데?” 그러면서 동수는 마담 얼굴을 봤다. 휴지를 꺼내 가래를 뱉으면서 마담을 맞바라봤다. 마담은 고개를 흔들었으나 이미 미스 오가 동수 팔에 매달린 다음이었다.

84

"어차피 알게 될 걸 숨긴다고 모르겠나? 정 사장이 좋아하던 다방 아가 있었다. 죽고 못 살겠다고 그랬는데, 정 사장 집안에서 두 사람을 갈라놨다. 마누라에 애들까지 있었으니 집안에서 가만히 있을 리가 없었지. 결국, 그 아가 죽었다. 목매서."

마담은 고개를 돌렸고, 미스 오는 동수 옆모습을 빤히 치어다 봤다.

"설마요?"

"더운 밥 먹고 식은 소리 할 일 있나? 여, 쌍화차 좀 뜨겁게 데워서 내오라니까. 거, 에어컨 좀 끄게. 춥지들 않나, 원. 시서늘한 게 영 좋지 않구먼."

"마담언니, 그래서 나 학교 앞 하우스에 보낸 거나? 다른 언니들 안 보내고?"

"무슨 소리야? 우리 다방에서는 네가 젤 어리니까 보낸 거지. 팁도 많고. 그리고 그건 이제 다 지난 얘기다. 새삼스럽게 최 사장님은 아무것도 모르는 미스 오한테 그런 얘기는 뭣 하러 하시고 그런데요?"

"사실이잖아? 없는 소리를 지어냈을 새 말이지. 정 사장도 안됐다, 안됐고말고. 참, 돈 있다고 걔 아범 유세가 대단했었는데 말여. 어멈은 또 어떻고. 그랬는데 그만 아가 그 꼴이 됐으니."

"미스 윤이라고, 읍내 다방에서는 드물게 어렸던 스물두 살쯤 된 아가 있었다. 요즘 젊은 애들이 어디 다방에 오려고 해? 다들 룸살롱이나 노래방으로 빠지지. 우리 다방에 오려다가 어찌어찌해서 청파다방으로 가게 됐는데, 그만 정 사장이랑 눈이 맞았다. 정 사장 바람기는 워낙 유명짜했거든. 그 댁 마나님은 또 자리를 가리지 않고 찾아다니면서 남편을 불러내는 사람으로 이름을 떨쳤고. 그러니 한동안 읍내가 시끌시끌했지. 그래도 다 지난 얘기니까 맘 쓰지 마라. 갸도 미쳤지, 죽기는 왜 죽나? 앞길이 구만리 같은 젊디젊은 나이에. 어디 그런 일이 미스 윤뿐이겠니? 뱃놈들 등쌀에, 군인 애들 성화에. 사내라고 생긴 것들은……. 죽어나는 거는 그저 다방 애들뿐이지."

미스 오는 멍하니 마담 얼굴을 쳐다봤다. 차마 203호냐고 묻지 못했다. 식은땀이 흘렀다. '개새끼! 미친 새끼!' 자몽 주스가 담긴 유리잔을 이빨로 덥석 깨물었다. 속에서 커다란 불덩이가 치솟으며 머릿속이 깜깜해졌다. 깨진 유리 조각을 아작아작 씹었다. 입술에 붉은 피가 맺힌 것을 아무도 보지 못했다.

"정 사장이 군대 갔다 잘못돼서 의가사 제대를 했다. 부모 맘이 오죽했겠나? 그러니까 저 하고 싶은 거 있다면 다 해 줬지. 그만한 재력은 됐지. 시골 부자라고 해도 부자는 부자였지. 지금이야 거진 다 팔아먹고 제 명의로 된 논밭전지는 얼마 되지 않겠지만 말여. 정 사장 때문에 그렇게 됐다. 부자가 망해도 삼대는 간다는 말도 이젠 다 옛말이다. 아니 야, 미스 오야! 니 왜 그래, 왜 그러냐고!"

미스 오는 입술에 묻은 피를 손바닥으로 쓰윽 닦아 냈다. 깨진 유리 조각을 주스 잔에 뱉어 냈다. 마담은 한쪽으로 외틀고 앉아 동수의 어깨를 지나 건너편 바람벽을 매섭게 노려보며 입술을 옹다물었다. 턴테이블에 엘피판은 다시 또 한 바퀴를 돌고 있었다. 창턱에 앉았던 노란 무늬 고양이가 거붓하게 탁자 위로 뛰어내린 뒤 앞다리를 모으고는 두 귀를 쫑긋 세웠다.

"화진여관으로 부를 때 알아봤어야 했는데. 아니다. 팁 많이 주는 하우스에 날 가라고 했을 때 알아봤어야 하는데. 마담언니도 그러는 거 아니지요. 제가 정 사장 그 새끼 때문에 얼마나 무서웠는지 알아요, 아느냐고요. 정말?"

앉은자리에서 엉덩이를 들썩이던 미스 오는 눈에 칼을 세우며 건너편 의자에 앉은 마담을 쏘아보았다. 탁자 아래로 뛰어내린 노란 무늬 고양이가 미스 오 하이힐 앞에서 멈췄다.

"이 갈나 눈 좀 보게. 팁 많이 준다고 생각해서 보내 줬구만. 시방 뭐라고 지껄이는 거니? 야, 왜 그러는데? 왜 나한테 지랄이니, 지랄이? 화나는 일 있으면 정 사장한테 직접 따져야지. 안 그래?"

"왜 그래, 미스 오야? 왜 그러는데, 야가 갑자기 왜 이러나?"

동수는 불똥이 떨어질까 봐 옆자리에 앉은 미스 오를 피해 슬쩍 엉덩이를 옆으로 옮겼다. 쌕쌕, 숨이 가빠졌다. 오른손으로 꾹꾹 가슴께를 눌러댔다. 그러거나 말거나 미스 오는 내처 마담을 흘겨보던 눈찌를 풀지 않았다.

"그런 미친놈한테…… 놀라서 죽는 줄 알았단 말이에요. 정 사장 마누라까지 들이닥치고. 아, 정말……. 이놈의 동네를 얼른 떠나든지 해야지. 지겨워, 정말!"

"뭔 소리니? 자세히 말 좀 해 봐. 마누라가 어쨌다고?"

마담은 화난 목소리를 누그러뜨리며 달래듯 미스 오에게 물었다.

"엊그제도 화진여관에 갔는데, 정말 미친놈 같다고요. 횡설수설 얼더듬는데…… 아, 정말! 누가 건물 옥상에서 떨어져 죽었다는 소리를 할 때는 동공이 완전히 풀렸는데, 얼마나 소름이 끼쳤는지 알아요? 마누라까지 들이닥치는 바람에 있는 쪽 없는 쪽 다 팔리고. 아우, 정말! 생각만 해도 끔찍해. 금방이라도 창문 밖으로 뛰어내릴 것처럼, 완전 미친놈이었다고요. 이제 어떡해요?"

미스 오는 고개를 숙이고 두 손으로 얼굴을 가린 채 어깨를 들썩거렸다.

"괜찮다, 괜찮아. 사람 안 죽은 아랫목 없다고 했다. 여관뿐이냐? 태어난 자리가 죽는 자리고, 죽을 자리가 또 사는 자리이기도 하지. 미스 오, 오늘 점심은 너 좋아하는 물회 먹자. 까짓, 내가 낸다."

"사는 게 슬프지 않은 사람이 어딨어. 미친놈! 그런 일로 사람 겁을 주고."

손에 들었던 찻잔을 슬그머니 내려놓으며 동수는 오른손으로 가슴께를 지그시 눌렀다. 그러면서도 두 여자를 번갈아 바라보며 고개를 저었다. 도깨비에 홀린 것 같았다. 가슴에 전해 오는 통증이 전보다 심해졌지만 내색하지 않으려고 애썼다. 숨이 찼다.

"처음부터 내키지 않았는데, 팁은 고사하고 티켓값도 제대로 안 주려고 발뺌하는 게 바로 그 정 사장이라고요. 그랬는데, 그런 놈한테 왜 절 보내신 거냐고요. 왜?"

"알았다, 알았어. 그만해라, 미스 오. 생뚱맞게 왜 자꾸 그래? 최 사장님도 계시는데. 그만하고 점심 먹자."

여태껏 탁자에 담배개비를 그루박고 있던 동수는 "그래, 그래. 점심 먹자. 다 먹고살자고 하는 일 아니냐? 물회는 식당에 가서 먹는 게 좋은데 말여. 배달시키면 그게 어디 제맛이 나더라고?" 다시 쿨럭쿨럭 기침을 했다.

"자리 비우면 안 되니까 배달시키자. 최 사장님, 괜찮겠어요? 찬 음식인데."

"괜찮네, 괜찮아. 맘 같아서야 뜨끈한 물곰국이 더 낫겠다 싶지만서도. 한여름엔 아무래도 이열치열이 좋은데. 다들 물회가 좋다고 하니, 그거 먹지 뭐. 이래저래 난 많이 먹지 못하니까. 괜찮네. 우리 미스 오가 물회를 좋아하는구만."

그때, 출입문이 거칠게 열리면서 다름 아닌 종두가 들어섰다. 동수는 고두리에 놀란 새처럼 어리둥절한 표정으로 엉거주춤했고, 미스 오는 얼굴에 흐른 피땀과 눈물을 훔치며 화장실로 내달았다. 마담은 재바르게 자리에서 일어섰다. 문 여닫는 소리에 바람벽에 걸어 놓은 금강산 구룡폭포 그림이 끼우뚱 흔들거렸다. 노란 무늬 고양이는 다시 창틀에 올라가 등을 돌린 채 골똘하게 밖을 내다보고 있었다. 뭉쳐 놓은 털실 뭉치처럼 보였다.

동수는 내심 수풀에서 뱀을 만난 것보다 더 놀라고 있었다. 종두는 돈이 무섭다고 다방이든 술집이든 좀처럼 출입하지 않았다. 그런 까닭에 허구한 날 다방에 들러 노닥거리는 자신을 시금털털하게 생각할 뿐만 아니라 몹시 한심스럽게 여기는 것을 동수는 알고 있었다.

"오래 살고 볼 일이네. 자네가 다방 출입을 다하고."

"어, 정 사장님 오셨네. 어서 오셔요. 오랜만이에요. 미스 오, 여기 얼음물부터 한 잔 가져와. 덥지요?"

마담이 살갑게 인사를 건네며 종두를 마중했다. 눈이 휘둥그레진 동수는 좌우를 갈마들며 두 사람을 올려다봤다.

"무슨 일이냐?"

재촉하듯 다시 묻던 동수는 입을 틀어막고 몹시 심하게 기침을 해댔다. 마담에게 팔을 붙잡힌 채 말없이 다방 안을 둘러보고 섰던 종두는 동수 맞은편에 자리를 잡고 앉았다. 동수는 눈물 콧물을 닦으며 땀으로 번들번들한 종두를 멀뚱히 건너다보았다. 홀엔 조미미가 부른 단골손님이 가만가만 흘렀다. 마담은 종두 옆자리에 사이를 두고 앉아 넌지시 종두를 돌아다보았다.

"커피 한 잔 주게."

"무슨 일 있나?"

"자네도 뭐 좀 마실라나?"

"아니, 시상에. 살다 살다 별일을 다 보겠네야."

"미스 오, 찬물부터 한 잔 가져오라는데도."

"내일은 해가 서쪽에서 뜨겠네야. 시상에."

8

앉은자리에서 다슬기 세 사발을 다 판 옥선은 어시장에 들러 고등어자반을 한 손 사서 들고서는 농협 건물로 들어섰다. 한 시간쯤 기다리면 마을로 가는 시내버스가 올 터였다. 마을에는 하루 다섯 번 시내버스가 드나들었다. 버스 시간을 제때 맞추지 못하면 택시를 타야 했는데 택시비가 만만치 않았다. 검은콩 한 되를 팔아야 겨우 택시요금을 댈 수 있었고, 흰쌀은 두 되 반을 팔아야 가능했으므로 섣불리 택시를 탈 수 없었다. 버스요금에 비하면 일곱 배쯤되었다. 그렇다고 걸어서 가는 일은 이제 엄두조차 나지 않았다.

영업장 창구 앞 벽을 따라 놓인 긴 의자에 우두커니 앉아 오가는 사람들을 구경하거나 아는 사람을 만나면 안부를 주고받으면서 버스를 기다리는 지루함을 덜었다. 대부분 농협 조합원들이었다. 이러쿵저러쿵 말도 많았다. 속사정이야 알 수 없으니 조합장이 바뀌면 바뀌는가 보다, 총회를 했다고 냄비를 나눠 주면 그런가 보다 했다. 출자금이 많지 않으니 그러려니 했지만 한동네 종원이 농협 이사가 된 것은 조금 뜬금없어 보였다. 까마귀 뭐 뜯어먹듯 무엇이든 제 것으로 만들어야 속 시원해하는 위인이 종원이었다.

뚜릿뚜릿 창구 안을 둘러보았지만 아는 얼굴은 만날 수 없었다.

뙤약볕이 내리쬐는 밖은 숨조차 쉬기 어려웠지만 그와 달리 건물 안은 또 소름이 돋을 만큼 시서늘했다. 건물 안에 같이 붙어 있는 '농협마트'는 휴가객들로 발 디딜 틈 없이 붐볐지만 창구 안은 드문드문 가장자리 소파에 앉아 있는 늙은이들이 전부였다. 그럴 줄 알았더라면 차라리 단골 미용실에 가서 커피나 한 잔 얻어 마시면서 시간을 보낼 것을 그랬다 싶었다. 먹는 것은 아껴도 한 달에 한 번 미용실에 들러 머리 손질하는 일은 거르지 않았다. 단발파마를 하고, 꽃핀을 꽂았다. 환·진갑을 지내고도 여전히 알록달록한 꽃무늬 스키니진을 즐겨 입는다고 동네 아낙들 입길에 오르내리는 줄은 알았지만, 흥이야붕이야 했다.

허리 통증이 도졌다. 통증이 뒷목까지 치고 올라오면 진통제로 다스려야 했다. 지난해 가을 외딴 밭두둑에 심어 놓은 감나무에 올랐다가 떨어져 허리 수술을 했다. 그래서 그런지 날이 궂거나 바람이 차면 허리 통증이 한결 심해졌다. 옛날 어른들이 감나무에는 올라가지 말라고 당부했지만 오종종 새빨갛게 달린 대봉감을 차마 그냥 두지 못하고 나무에 올랐다가 그대로 곤두박질했다. 목이 부러지지 않은 것이 천행이라고 이웃들은 입을 놀려 댔다. 깻단을 정리하러 밭으로 가던 종두의 눈에 띄어 날래게 병원으로 이송될 수 있었다.

버스 출발 시간을 이십여 분 남짓 남겨 두고 농협 건물을 벗어났다. 눈이 시리고 귀가 멍멍했다. 도로 양쪽에는 자동차들이 줄지어 서 있었고, 그 한가운데서는 오도 가도 못하는 차들이 외나무다리

에서 마주 선 개들처럼 으르렁대고 있었다. 농협 건물 주변 사거리
는 언제나 사람보다 자동차가 더 많았으며 장날이면 유독 심했다.
자동차 다니는 길은 만들어도 사람 다니는 길은 없었으므로 자동차
와 사람이 뒤엉키기 일쑤였다. 촌에는 아예 인도라는 것이 없었다.

모퉁이를 돌아서는데 뒤에서 빵, 짧게 경적이 울렸다. '어느 놈
이?' 그러면서도 힘겹게 뒤를 돌아다봤다. 한눈에 봐도 낡고 구지
레한 종두의 흰색 포터 트럭이었다. 힐끗 돌아보는 모습을 본 종두
는 슬금슬금 옥선이 옆구리를 스칠 듯 가까이 다가와 멈춰 섰다.

"타!" 고개를 창밖으로 내밀며 종두가 소리쳤다. 뙤약볕 아래를
걷고 있던 터라 먼저 반가웠다. 앞뒤 생각 없이 고등어자반 한 손
이 든 시장 가방을 왼손으로 갈마쥐고서는 조수석에 올라앉았다.
트럭 뒤에서 연이어 경적이 울렸다. 종두는 창문 밖으로 고개를 빼
고 뒤를 돌아다봤다. 발판이 높아 숨이 찼다. 온몸이 땀범벅이 되
어 겉옷까지 친친하게 땀이 배어 나와 아주 트적지근했다.

"장에?"

"농약 좀 사려고. 차 시간이 됐나?"

"예. 어디가 아푸? 눈이 떼꾼한 게 피죽 한 그릇도 못 자신 얼굴
이네."

"아프긴, 더워서 그렇지 뭐."

"농약은 왜요?"

"도열병이 도네. 거는 괜찮나?"

"아직 괜찮은데, 두고 봐야지요. 연일 이렇게 찌는 듯 무더우니

벼들이라고 온전하려고요."

"날이 덥네."

"그러게요."

옥선은 창밖으로 고개를 돌렸다. 옥선과 종두는 한동네서 나고 같이 자랐다. 혼기가 차면 둘이 혼인하리라는 사실을 믿어 의심하지 않았다. 종두가 해병대에 입대할 때까지도 약속이 깨질 것이라고는 누구도 생각지 못했다. 입대를 며칠 앞둔 어느 날, 종두는 돌아올 때 꽃신과 금가락지를 사다 주겠노라고 복사꽃 핀 과수원에서 속삭였다. 머리 위로 떨어지는 분홍빛 꽃잎으로 옥선의 목덜미는 빨갛게 물이 들었고, 종두의 어깨에 내려앉은 해뜩발긋한 복사꽃에서는 비릿한 꽃냄새가 났다. 벌과 나비들이 두 사람 사이를 날아다니며 꿀을 모았다.

그러나 종두가 미처 군대에서 돌아오기도 전에 옥선은 연지곤지 찍고 족두리를 쓰고, 같은 마을 청년 황에게 가마 타고 시집갔다. 너무 무서워서 올무에 걸린 짐승처럼 옴짝달싹할 수 없었다. 골방에 갇혀 밥을 굶었지만 쓸데없었다. 가슴을 쥐어뜯는 통곡 소리조차 무심한 바람결에 쓸려 갔다. 허공에 뜬 발로 초례청에 섰다. 퍼드덕거리는 닭 날개 위로 종두의 얼굴이 나타났다 황의 얼굴이 드러났다, 술에 취한 듯 어지러운 가운데 잔치는 끝났다.

간에 복수가 찼던 아버지 때문에 많은 빚을 졌고, 그 빚은 맏딸이었던 옥선이 앞날까지 바꾸어 버렸다. 전쟁 중 향로봉전투에서 노무자로 짐을 날랐던 아버지는 허리를 다친 뒤 술병을 얻었다. 식

전부터 시작한 술은 한밤중이 되어도 끝날 줄 몰랐으며 술에 감기면 패악스런 짓도 서슴지 않았다. 아이들 앞에서도 어머니 머리채를 휘어잡고는 마당에 내동댕이쳤다. 그것도 모자라 어머니를 발로 짓밟으며 주먹질을 하는 등 때 없이 감때스러워졌다. 몽둥이찜질에서 벗어나면 어머니는 술병에 좋다는 나무열매며 풀뿌리를 캐러 들과 산을 헤매고 다녔다. 아버지가 술을 마시기 시작하면 식구들은 넌더리가 날 만큼 바잡게 지내야 했다.

"막내는 요즘 어떠우?" 차 안 공기가 친친했다.

"그렇지 뭐. 더 나빠지지 않으면 다행이지."

"병원에는 다니나?"

"병원은 무슨? 품에서 떼 놓지 못하니 하고 싶은 대로 둬야지. 별수 있나?"

"참 대단한 이야, 그이는."

옥선은 창밖으로 고개를 돌렸다. 논밭은 물론 멀리 숲까지 온통 초록빛깔이어서 아주 미욱해 보였다. 큰 산에서 시작해 마을을 휘감고 돌아가는 냇물도 메마른 지 오래되었다. 고기다래끼를 들고 반두로 물고기를 잡던 종두의 뒤를 졸졸 따라다니던 냇가는 온통 갈대밭으로 바뀌었다. 벚나무 가로수들이 전봇대처럼 쓱쓱 지나갔다. 속이 메스껍고, 눈앞이 어지러웠다.

마을 초입 다리를 건너자 옥선은 대뜸, "여기서 세워 줘요." 소리를 질렀다. 종두는 힐끗 고개를 돌리더니 가속페달을 더욱 세게 밟았다. "애들도 아니고 뭔 소리여. 다 왔는데." "내려 달라는 데 그러네. 더워서 안 되겠어." "다 왔는데, 걸어가는 게 더 덥겠네." 들고 있던 시장 가방으로 종두의 등이라도 한 대 후려치고 싶은 걸 꾹 참았다.

"차 세우라니까!"

옥선은 나이 오십도 채 안 돼 혼자되었다. 술병으로 시난고난 앓던 남편은 마흔다섯에 세상을 떴다. 삼십 대 중반부터 술병을 앓았다. 마당 한 귀퉁이에 버려진 경운기는 빨갛게 녹이 났고, 그때부터 농사는 온전히 옥선이 몫이었다. 남편이 가고 난 뒤 떠안은 농협 빚만 삼천만 원이 넘었다. 그 빚을 가리는 데 꼬박 칠 년이 걸렸다. 꼭두새벽부터 늦은 밤까지 논밭에서 지냈다. 아니, 밥 먹는 시간까지 쪼개 가며 김을 매고, 씨앗을 뿌렸다. 농사일 틈틈이 봄철이면 숲에 들어 고사리와 고비를 뜯어 말리고, 바다에 나가 김을 뜯고 다시마를 주워 말렸다. 겨울이면 명태 덕장에 나가 명태를 뗐다. 손발에 얼음이 박혔다. 그런 옥선이 극성맞다고 부진이 입길에 올리면서 동네 아낙들조차 깔깃한 눈초리로 옥선을 쳐다보았다. 심지어 부녀회원들끼리 심심풀이로 하는 십 원짜리 화투판에서조차 옥선을 돌려놓았다.

위로 시누이 다섯을 둔 외아들과 혼인한 외며느리였다. 어린것들을 거두고, 시어머니를 봉양했다. 시어머니는 아들 술병도 며느리 탓이었고, 딸 없이 아들만 넷을 낳은 것도 흉이었다. 첫째를 낳았을 때만 미역국이라고 끓여 주더니 그다음부터는 해산바라지조차 스스로 해야 했다. 둘째를 엄동설한에 해산하고서는 꽝 꽝 얼어붙은 개울을 도끼로 깬 뒤 해산 빨래를 했다. 온몸에 바람이 들고 뼈마디가 아팠지만 속으로만 이를 악물었을 뿐, 얼굴에 내비치지 못했다.

남편이 골방지기가 된 뒤 혼잣손으로 짓기에는 더넘스러웠고 그렇다고 소작을 주기는 또 어지빨라서 하는 수 없이 이웃에게 도움을 청했다. 가장 가깝다고 여긴 종두가 옥선이네 논농사를 건사하기 시작했다. 그것은 남편이 먼저 생각해 낸 일이기도 했으며 남편과 종두는 어릴 때부터 호형호제하던 사이이기도 했다. 모내기부터 가을걷이까지. 이앙기며 콤바인, 트랙터를 가졌으니 자연 그리 되었지만 그렇게 종두가 도맡아 논농사를 짓게 된 뒤로 옥선이 남편은 남편대로, 종두 부인은 또 종두 부인대로 시퉁한 얼굴이었다.

모를 심고 나서도 농약이나 비료를 치고 나면 종두는 반드시 트랙터나 경운기를 옥선네 마당에 세워 놓고 술이든 커피든 청해서 마시곤 했다. 정성스레 받대접했다. 한 해 농사가 종두의 손에 달렸다고 해도 지나친 말이 아니었기 때문이었다. 그럴 때마다 옥선의 남편은 문지방에 턱을 괴고 앉아 종두가 마당을 벗어날 때까지 눈을 떼지 않았다. 털을 잔뜩 세우고 허세를 부리는 수탉과 다르지 않았으나 그런 날이면 옥선은 밤새도록 남편 술주정을 받아야 했다. 소금을 안주로 됫병 소주를 마시는 남편은 바람벽에 들붙듯 누워 자고 있는 옥선에게 발길질을 해대면서 짜드락짜드락 분대질을 쳤다. 삼 년을 못 넘기고 다른 이에게 논을 맡겨야 했다.

종두의 부인은 또 종두의 부인대로 종두를 닦달했다. 종두의 부인은 꼭 마당에 나와 반찬 먹은 고양이 잡도리하듯 왜자기며 고함쳤다. 그 목소리가 신작로와 골목을 휘돌아다녔다. 고함 끝에는 개밥그릇이 나뒹굴었고 누렁개 울음소리가 터져 나왔다. 한동네 살면서도 서로 얼굴 마주치지 않을 수도 있었다. 그랬던 것이 속 모르는 맏아들이 우겨 옥선네 집 앞 오래뜰에 새로 농가주택을 지으면서 신작로를 사이에 두고 종두네 마당과 마주 보는, 아니 옥선네도 남향이고 종두네도 남향이었으니 옥선네가 종두를 등지는 꼴이 되어 버리긴 했지만, 매우 가까이 살게 됐다.

옥선네 농가주택은 이층 구조로 아래층은 잡동사니를 넣을 수 있는 창고로 이층은 말하자면 살림집이었다. 불행한 것은 이층 주방에서 내다보면 종두네 마당과 불 켜진 마루가 들여다보인다는 것이었다. 부진은 속옷 바람으로 방과 거실을 아무렇게나 돌아다녔다. 개수대에 서서 설거지를 하다 보면 속옷 바람으로 청소기를 돌리면서 거실을 돌아치는 모습이 훤히 내려다보였다. 어떤 날은 아예 속속곳 차림이었다. 그럴 때마다 깜깜한 살의로 벌벌 몸을 떨었다. 주먹 쥔 손이 하얗게 변했다. 이마에 흐른 땀으로 눈이 따가워지면 그제야 욕실로 들어섰다. 뱀 허물 벗듯 알몸이 되면 샤워기 아래에 쪼그리고 앉아 아래층 창고 바람벽에 매달아 놓은 약초들을 떠올리곤 했다.

천남성은 물론, 초오 뿌리도 있었다. 왕조시대 사약의 재료들이었다. 살펴꽃밭에는 일부러 아주까리를 심었다. 아주까리 이파리는 묵나물로 먹었지만 열매는 따로 보관했다. 아주까리 또한 그 열

매만으로도 능히 그를 죽일 수도 있고, 내가 죽을 수도 있는 독초였다. 약초를 캐다 심으면서 남들 눈에 잘 띄지 않는 구석진 자리에 양귀비를 가꿨다. 붉은 꽃이 눈에 띄지 않도록 감쪽같이 보살폈다. 속앓이를 할 때면 비상약으로 썼다. 풀빛이었던 양귀비 열매가 차츰 밤톨 같은 색을 띠면 열매를 땄다. 열매 겉면에 상처를 내면 젖빛 같은 하얀 진액이 흘러나왔다. 그것을 고았다가 숟가락에 개서 먹었다. 이따금 모아 놓은 아편을 한꺼번에 입속에 털어 넣고 고통 없이 세상과 영결하는 꿈을 꿨다.

"사람이 왜 그래?"

"더워서 안 되겠다니까."

"제발 그러지 좀 마. 원, 사람 맘을 그리도 모른단 말여."

"맘 같은 소리 하고 있네. 아, 차 세우라니까!"

"그래, 동수랑은 같은 차를 타도 되고, 왜 내 차는 안 된다는 거여?"

"또, 그 소리네. 아, 차 세우라니까."

종두는 자신의 집 입새에서 차를 세웠다. 옥선은 부루퉁한 얼굴로 차에서 내렸다. 보고 있는 것만으로도 숨 막히게 밉광스럽고 괘씸했다. 멱살이라도 잡고 뒤흔들고 싶었다. 이를 옹다물었다. 등허리가 축축했다. 옥선은 간신히 인사치레를 하며 차에서 내렸다. 차마 뒤를 돌아볼 수 없어 앞만 뚫어지게 치어다보며 휑하니 신작로를 걸었다.

남편이 죽고 난 뒤 종두는 전보다 자주 옥선네에 들러 이것저것

보살피며 챙겨 주었다. 농사일을 다시 거들어 주게 된 것이 가장 큰 이유였다고 옥선은 생각했지만 언제부턴가 부득부득 해가 진 뒤에도 차 한 잔 내놓으라며 거실 문을 두드렸다. 비료와 농약, 물꼬 아니면 비가 온다는 등 갖은 이유를 댔다. 종두가 찾아오면 마루에서 텔레비전을 보던 막내아들은 제 방으로 들어가며 있는 힘껏 소리가 나도록 문을 닫아걸곤 했다. 어떤 날은 드러내 놓고 종두를 향해 으르렁댔다.

어느 한때 개장수와 정분이 났다는 소문이 돌았다. 아이들 학비를 대느라고 기르기 시작했던 개 때문이었지만 남편이 죽고 혼자되자 이상스레 자주 구설에 올랐다. 그러자 개장수 부인이 들이닥친 게 아니라 종두가 벼락에 소 뛰어들듯 맨발로 거실로 뛰어들었다.

"뭔 소리여, 시방?"

"무슨 소리야?"

"개장수 말여? 개장수!"

논물을 보고 들어와 막 머리를 감고 욕실에서 나오던 옥선은 수건으로 젖은 머리를 닦으며 멀거니 종두를 바라봤다. 하도 어이가 없어 그대로 개수대 앞으로 가서 가스레인지에 주전자를 올려놓았다.

"아닌 밤중에 홍두깨도 아니고. 커피나 한 잔 자시우. 난 또 뭔 소리라고."

"얘기 좀 해 봐. 개장수라니? 하고많은 사람 중에 개장수라니?"

"개장수가 어때서? 별 시답지 않은 소리를 다 듣겠네. 그리고 개장수면 어떻고 소장수면 어때. 무슨 상관이여?"

"그걸 말이라고 해? 개장수는 안 돼. 차라리 나랑 살자. 나랑 살아!"

커피잔에 인스턴트 막대 커피를 쏟아붓고 뜨거운 물을 따르던 옥선은 아주 느질게 고개를 돌려 등 뒤에 서 있던 종두를 봤다. 섬광처럼 두 사람 눈이 부딪혔으나 찰나였다. 개수대 모서리를 꽉 움켜잡았다. 까마득한 바닥으로 끝도 없이 추락했다. 창가에는 빗물이 무늬져 흘러내렸다. 목이 졸리고 얼굴이 벌겋게 달아올랐다. 옥선은 잔에 뜨거운 물을 마저 채우고는 녹지 않은 인스턴트커피 알갱이들을 숟가락으로 으깨듯 꼭꼭 눌러 저었다.

"이혼해, 그럼."

"이혼?"

"그럼, 같이 살게."

종두는 입을 딱 벌리고 놀란 토끼 벼랑바위 쳐다보듯 옥선을 바라봤다.

"이혼해. 그럼 같이 살게."

종두의 얼굴을 똑바로 바라보며 옥선은 다시 한 번 칠판에 분필로 쓰듯 또박또박 말을 뱉었다.

"아니면 다시는 그런 말 입 밖에 내지 마. 내가 개장수를 만나든 소장수를 만나든 무슨 상관이여? 가, 그만."

쟁반에 받쳐 들고 있던 커피잔이 소리 없이 흔들렸다. 폭설이었다. 나무가 꺾이고, 먹이를 찾지 못한 산짐승들이 골짜기를 따라 마을로 내려왔다. 눈보라가 휘몰아쳤다. 하늘과 땅이 맞붙었다. 발밑이 푹푹 빠졌다. 깊디깊은 진구렁이었다. 공기는 희박해지고, 숨은 점점 가빠졌다. 지푸라기라도 잡는 심정으로 종두를 올려다봤다. 때때로 그리웠던 얼굴이 거기에 있었다. 그러나 옥선의 기세에 눌린 종두는 주춤, 뒷걸음쳤다. 그 순간 옥선의 얼굴이 푸석돌처럼 허물어지며 봄날 눈사람처럼 녹아내렸다. 종두의 두 손이 허공에서 흔들리다 그대로 멈췄다. 손에서 놓친 쟁반이 바닥으로 떨어져 내렸다.

꺽꺽, 목이 멨다. 흘레구름처럼 때론 엉기기도 하고 또 어느 때는 풀리기도 하면서 정처 없이 휘몰아치기도 하는 마음이었다. 하지만 처음 품었던 마음을 곱다시 간직하고 있었다. 삼생가약의 언약을 저버릴 수밖에 없었지만 첫 마음만큼은 종두가 알아주길 바랐다. 한시도 마음속을 떠난 적이 없었다. 꿈속에서조차 잊은 적 없었다. 폭우였다. 산사태가 나고, 강물이 넘쳤다. 들판을 휩쓴 붉덩물 속에 온몸이 잠겼다. 끝내 그 강을 건너지 못했다. 손바닥으로 마룻바닥을 쓸면서 오래 울었다.

9

　마을 서쪽으로는 금강산에서 뻗어 내려온 거대한 짐승의 등뼈 같은 건봉산 큰 까치봉과 작은 까치봉이 파도치듯 향로봉으로 이어지고 있었고, 그 마루금 사이에는 아리랑고개가 있어 인제군으로도 수동면 남대천으로도 넘어갈 수 있었으며 북쪽엔 늙은산 산마루가 우뚝하여 그곳을 따라가다 보면 북녘 땅 해금강까지 갈 수도 있었다. 동쪽으로는 야트막한 산등성이들이 앞을 가로막고 있는 듯하였으나 그 사이를 향로봉산맥에서 발원한 내가 흐르고 흘러 동해로 나갔으며 남쪽 또한 학춤을 추는 듯한 산마루들이 너울처럼 흘러 남동쪽으로 내달렸다. 그 산 기스락에는 칠십 년대 초에 만든 토치카와 뱀 같은 긴 구렁들이 이어지고 있었으며 그 아래쪽에는 철조망이 겹겹이 지나 여태도 전시 중임을 일깨워 주고 있었다.

　봄날 마을 낮은 자리부터 꽃이 피듯 물은 아래로 흘렀고, 가을 단풍 산마루부터 시작하듯 산은 물을 넘지 못했다. 건봉산 어디쯤에서 시작한 냇물은 비스듬히 마을을 휘감고 동해로 흘렀는데, 그 옛날 도도했던 기운이 이제는 마르고 말라 갈대만 무성했고 내를 따라 높게 쌓은 둑에는 듬성듬성 오동나무와 아카시나무가 자리했다.

어스름 해 질 녘이면 물길을 따라 내려온 수달들이 물장구를 치며 놀았다. 인기척이 나면 재빠르게 물속으로 사라졌다 천천히 물 위로 머리를 내밀고서는 까만 눈을 빛내며 두리번두리번 주위를 살폈다. 인기척을 내며 발을 구르면 어펑바위에 똥 무더기만 남겨 놓은 채 순식간에 눈앞에서 사라졌다. 갈대가 숲을 이루기 전이었다. 가죽을 얻기 위해 수달을 잡던 때도 있었지만 이제는 누구도 수달이니 담비니 하는 산짐승들 이름을 입에 올리지 않았다. 가뭄에 콩 나듯 어쩌다 한두 번씩 그나마 숲 깊은 곳까지 들어가야 흔적이라도 눈에 띌 뿐이었다.

둑 아래 너른 빈터에는 남향을 한 마을회관을 중심으로 여러 채의 농기계 창고들이 줄느런했다. 새마을운동을 한다고 초가지붕을 벗겨 내고 슬레이트로 지붕을 올리더니 언제부턴가 메기 등에 뱀장어 넘어가듯 슬그머니 슬레이트 지붕을 벗겨 내고 양철로 지붕을 덮었다. 슬레이트 지붕이 발암물질이라는 이유였다. 겨울이면 처마 아래서 즐겨 따 먹었던 고드름은 그러면 석면, 암을 일으키는 발암고드름이었던 셈이었다. 매일 산을 허물고, 길을 넓혔다. 창고 뒤쪽으로는 미추룸한 소나무들이 드문드문했다. 죄다 옮겨 심은 나무들이었다. 마당 한가운데는 또 아름드리 느티나무를 옮겨 심고 나무를 중심으로 둥그렇게 나무의자를 만들어 놓았다. 그곳에 되는대로 앉거나 또 몇몇은 맨바닥에 늘펀히 앉아 더위를 식혔다. 비탈진 둑에는 해당화나무가 숲을 이뤘다.

날은 살인이라도 날 것처럼 찌물큇으며 산마루는 이내가 내린 듯

희뿌옜다. 마을회의가 끝난 뒤 몇몇은 더워서 쉽게 자리를 뜨지 못하고 마을회관 둥구나무 그늘에 앉아 시시덕거리면서 뭉그적거리고 있었다. 연일 삼십 도가 웃도는 날씨에 모두들 기진맥진이었다.

목에 건 수건에서는 이미 땀내가 나기 시작했으며 오후 두 시의 한여름 뙤약볕은 콘크리트 마당을 자글자글 끓이며 달아올랐다. 살피꽃밭에 꽃들은 맥없이 아등그러졌으며 목줄을 풀어놓은 종원네 개 한 마리는 소나무 그늘에 혀를 빼물고 두 발을 모은 채 엎드려 앉아 주인의 움직임만 약삭빠르게 살피고 있었다. 새끼를 깐 도둑고양이는 마을회관 보일러실로 숨어든 뒤로는 그림자조차 보이지 않았다. 회관 바깥에 있는 수도에 긴 호스를 연결해서 한바탕 마당에 물을 뿌려 대도 순식간에 냉기는 휘발된 채 끈적끈적하고 후텁지근한 열기만 남았다.

화르륵 화르륵 해당화나무들 사이를 옮겨 다니는 참새 떼를 향해 돌멩이를 던지며 새 떼를 희롱하던 홍주가 이마에 흐르는 땀을 닦으며 이삭비료 운운했던 혼잣말이 시작이었다. 다리를 달달 떨며 슬리퍼 한 짝을 손에 움켜쥔 채 종원네 개를 노려보고 있던 종두가 냉큼 그 말을 받았다. "복중인데, 우리도 몸보신 좀 해야 되지 않겠나? 더워서 그런지 도통 입맛이 없어." 저만치 떨어져 맨바닥에 퍼질러 앉아 있던 종원이 "살갑기는 평양 나막신이라고, 그래 입맛이 없다는 사람이 막국수를 곱빼기로, 그것도 두 그릇씩이나 먹나?" 종두를 타박했다. 이때 돌멩이를 던져 참새 떼를 쫓던 홍주가 "말복에 개 한 마리 잡읍시다." 했다.

여러 마리 개들을 기르고 있는 종원은 못 들은 척 고개를 돌렸다. 풍산개 움직임이 예민해졌다. 종두는 옆자리에 앉은 홍주를 돌아다보았다. 둥구나무 그림자는 길어지고 있었으며 귀청을 때리는 매미 울음소리는 거세차지고 있었다. 매미가 들러붙어 있던 오동나무를 향해 또다시 돌멩이를 던지고 난 홍주가 "형님, 어때요? 복달임으로 개 한 마리? 종원이 형님, 개 한 마리 내놓으쇼." 목소리를 높였다.

"우리 집 풍산개들은 죄다 족보 있는 개라고 몇 번을 말해야 알아듣나, 원. 귀먹은 중 마 캐듯, 그만했으면 좀 알아듣게나. 안 되어, 우리 집 개들은. 죄다 족보 있는 개란 말이지." 종원이 왼고개를 쳤다.

"족보는 무슨, 거 있잖아? 발바리하고 흘레붙어 난 놈들이 있는 줄 온 동네가 번히 다 아는데, 그놈의 족보 타령은. 한 마리 내놔 봐. 몸보신 좀 하게."

"정 그렇게 몸보신이 하고프면 한 그릇 사 먹으면 되지. 왜 남의 집 개는 자꾸 잡자고 난리여? 안 되어, 난 못해. 아니 차라리 소를 잡지 그래. 사롯값 때문에 고생하지 말고. 그거야말로 몸보신으로는 최고 아녀?"

"소 얘기는 하지를 말아. 지난 그러께 경찰서며 군청에 불려 다니며 닦달당한 거는 다 잊은 거여? 사람이 그러면 안 되지. 한가위라고 마을에서 추렴해서 소 한 마리 잡은 것을 가지고 무슨 몹쓸 죄라도 진 사람처럼 오라 가라 해대고. 말이야 바른 말이지, 옛날에는 다 마을에서 추렴해서 소 잡아 명절에도 쓰고, 마을제사도 지내고 그랬는데, 이거는 무슨? 내 입때껏 법 초드는 놈들치고 법 잘 지키는 놈들을 본 적이 없네. 씨부랄 놈들, 지놈들이나 잘하지. 애먼 사람 잡지 말고."

"아, 법은 지키라고 있는 거지. 내가 우리 아들이 검사님이라서 하는 말이 아니라, 하지 말라는 거를 했으니 누가 뭐래도 백번 잘못한 거지 뭘 그래?"

"여봐. 사람이 그러면 안 되지. 다 같이 나서서 한 일을 가지고. 그때 자넨 쇠고기 안 먹었나? 오리발도 유분수지."

"오리발이라니? 우리 검사님 아들한테 좀스럽다는 소리 듣기 싫어서 나도 벌금 냈다고. 고기 한 저름 먹고는. 내가 소를 잡자고 했나, 고기를 나눠 달라고 했나? 그랬는데도 벌금 냈으면 됐지. 어디서 오리발 소리를 해?"

"어련하실까? 쇠고기는 누구보다 많이 가져갔으면서, 안 그래? 등심이며 다리 한 짝 가져간 사람이 누구였나, 응?"

"내가 공짜로 가져갔나? 다 제값 치르고 가져간 거야, 왜 이래?"

종두와 종원을 갈마들며 바라보던 홍주가 종원이 옆으로 나앉으며 종원이 허벅지를 잡고 흔들어 댔다.

"왜 얘기가 삼천포로 빠져서는. 그러지 마시고 형님, 발바리 한 마리 내놓으쇼. 갯값은 잘 쳐드릴 테니까. 추렴은 나중에 생각해 보고, 제가 갯값 드릴 테니까 한 마리 잡읍시다."

"유세도 그렇게 하는 거는, 원." 종두는 한 손에 들고 있는 슬리퍼로 나무의자를 내리쳤다. 종원은 모르쇠를 놓으며 먼산바라기였다. 땀이 흘렀다. 종두가 나무의자에 슬리퍼를 내리칠 때마다 저쪽 소나무 그늘에 앉아 헉헉대고 늘어져 있던 풍산개는 앞다리를 당기며 귀를 바짝 세웠다가는 제풀에 다시 퍼더버리곤 했다. 오동나무 우듬지로 날아올랐던 주황빛 호반새와 푸른빛 물총새가 둑 너머 냇가로 사라졌다. 그 뒤를 따라 개개비들이 떼를 지어 날아올랐다.

"형님 어때요, 십만 원?"

"뭔 똥개 한 마리에 십만 원씩이나? 오만 원만 해도 되겠구만. 갯값 떨어진 지가 언젠데?"

"개 사룟값이 또 올랐는데 무슨 소리야? 다른 데서 알아보게."

"십만 원 드린다니까."

"사룟값 오른다고 가축 가격 오르는 거 봤나? 사룟값 오르면 가축값은 곤두박질하는 게 다반사인데. 구제역으로 그 많은 짐승들 생매장했는데도 솟값이 올랐는가, 떨어졌는가?"

"그러면서 갯값은 그렇게 후려치나? 그래도 그게 풍산개 피를 나눠 가진 놈이라니까 그러네."

"알았어요. 내 십만 원 드릴 테니 한 마리 잡아요. 이제 얘기 끝난 겁니다."

"아니 추렴하는 갯값을 혼자 정하면 어떻게 해? 오만 원이면 떡을 칠 것을, 십만 원씩이나? 홍주 네가 알아서 해라. 난, 모른다."

"형님, 걱정하지 마쇼. 제가 알아서 한다니까 그러시네."

홍주가 갯값을 정하자 종두는 어이없다는 표정이었고, 종원은 그제야 허리를 곧추세우고 희미하게 웃음을 띤 채 문문하게 물었다.

"그런데 말이여, 옛날처럼 몽둥이로 때려잡을 건가?"

"아니 그럼 개를 때려잡지, 때려잡아야 고기 맛도 부들부들하니 좋은 거 몰라서 그래?" 손에 들고 있던 슬리퍼로 의자 바닥을 내려치면서 종두가 소리를 질렀다.

"요즘 누가 개를 때려서 잡아요?"

"떡은 치고, 국수는 말아야 하듯 개도 때려잡아야 제맛이 나지. 왜 자꾸 그래? 그러다 남의 집 제삿날도 우기겠네."

"그러면 형님이 하시겠소?"

"여봐. 그거는 자네가 잘하지 않나?"

"아니, 자네도 하지 못하는 거를 어째 홍주한테 시키나? 개 멱따는 소리를 어떻게 들으려고? 거 목매달아서 잡아요."

"무슨 소리여? 깔끔하기로 치면 망치로 정수리를 내려쳐서 잡는 게 제일 깨끗하고, 뒤끝이 없지. 홍주, 어떤가?"

"저야 뭐……. 형님들이 알아서 결정하십쇼."

"이봐, 종두! 그냥 매달아 죽이자는대도. 아니, 자네도 때려잡는 거는 못하겠다고 하면서 무슨 옹고집을 쓰고 그래?"

"개는 그래도 때려잡아야 맛이 있다니까. 홍주, 안 그래?"

"아니, 종두 자네는 갯값도 안 낼 거면서? 항우가 고집 쓰다 망한 거 몰라서 그래? 원, 어지간만해야지."

"갯값을 낼지, 안 낼지 자네가 어떻게 안다고 그래?"

"어디 하루 이틀 봐 온 사이라서?"

"그러면 동수 형님을 부를까요? 한 추렴 들고 싶어 할 텐데. 어떻소?"

그러자 동시에 종원과 종두는 입이라도 맞춘 듯 손사래를 치며 고개를 가로저었다. 홍주는 알면서도 일부러 동수를 불렀던 것인데, 역시나 그의 짐작이 맞았다.

"염려들 붙들어 놓으쇼. 모처럼 개장국 맘먹고 잘 끓여 드릴 테니. 개 잡는 거는 손도 대지 않을 거면서 감 놔라 배 놔라 하시기는."

슬리퍼로 의자 바닥을 투덕투덕 두드리고 있던 종두는 홍주에게서 고개를 돌리면서 모 꺾어 앉았고, 종원은 여전히 바닥에 알 수 없는 줄무늬를 그리고 앉았다.

"형님들, 은어가 올라왔을 텐데 낚시나 한번 가십시다. 복달임하기 전에. 저기 북천으로."

"고기가 올라왔을라고?"

"옛날 같았으면 앞개울에서 한창 칠성고기를 잡고 있었을 땐데, 그건 참 아쉬워."

"저수지 만들면서 고기들 다 죽였지 뭐. 개울에 보를 좀 봐. 사람도 올라 다닐 수 없게 만들었는데 고기들은 여북할라고. 이제 멱도 못 감는 물이 됐으니 참. 한밤중에 소개이로 횃불을 만들어서 들고, 웅덩이 바위 밑에 빨판을 붙이고 있는 칠성고기를 덥석덥석 잡던 그때가 그래도 좋았는데. 목장갑을 껴도 미끄덩미끄덩 기름 바른 것처럼 어떻게나 잘도 빠져 달아나던지. 잘 잡히는 날엔 비료포대로 하나씩 잡았지. 작벼리에 불 피우고 그 알불에 소금구이 해 먹으면 그만한 술안주가 없었는데. 강을 따라 이어지던 횃불도 장관이었고. 이제는 두 번 다시 해 볼 수 없는 일이 되고 말았어. 씨부랄 것들! 뚝저구며 모래무지들 씨글씨글하던 고기들 죄 죽이고. 우물에 그 많던 옹고지도 다 씨가 말랐으니 원.”

"옹고지국 한번 먹어 봤으면 좋겠어. 미꾸라지보다 먹는 맛은 옹고지가 더 좋은데. 어디 잡을 데가 없으니.”

"말뚝저구, 모래무지, 버들치, 곤돌메기, 기름종개들 눈에 삼삼한데 그러면 뭐해요? 옹고지국은 언제 먹어 봤는지 이젠 맛도 가물가물해요. 그게 다 농약 때문에 그렇게 됐잖소. 봇도랑 움벙에 그 많던 고기들 아까워요, 참.”

"그렇다고 농약을 안 칠 수도 없잖은가? 홍주 자네는 가끔 뜬구름 잡는 소리를 할 때가 있어?”

"그건 그렇지. 농약 없으면 무슨 수로 농사를 짓나 그래.” 그럴 때는 종원과 종두는 짝짜꿍이 잘 맞았다.

"아니, 눈으로 보면서도 그런 소리들을 하쇼? 그렇다고 또 떼부자라도 되었으면 몰라. 다들 농협에 빚들 많잖소? 밑돌 빼서 윗돌 괴면서도 그런답니까? 아니지, 깨진 독에 물 붓는 격이지. 답답해요, 다들.”

"이봐. 요즘 기계 없으면 당해 볼 재간이 없는데, 자네는 홀몸이니 그런 소리를 하지. 먹어야 살 게 아닌가, 안 그래? 그게 다 돈이여, 돈. 그런 객쩍은 소리는 그만두게.”

가지치기한 돌복상 나뭇가지로 땅바닥에 뜻도 없는 줄을 죽죽 그어대던 종원이 독 오른 독사처럼 고개를 발딱 세우며 홍주를 몰아

세웠다.

"등골 빠지게 일해서 남 좋은 일 시키니까 그렇지요. 트랙터 한 대에 일억이 말이 돼요? 트랙터뿐이요? 일 년에 한 번 쓰고 마는 이앙기, 콤바인 등은 또 어떻고. 그거 임대해서 쓰자니까 말들을 안 듣고."

"여봐. 어디 기계를 빌려서 쓰나? 내 것이어야 필요할 때 쓸 수 있지. 말이 임대지, 정작 필요할 때는 순서 기다리다 명 짧은 놈은 턱 떨어질 텐데, 무슨 소린가? 그리고 말여, 기계는 내돌리는 게 아녀."

"더워서 못 먹고 식어서 못 먹고, 핑계 없는 무덤 없다더니 이거는 원."

홍주는 벅벅 종아리를 긁어 댔다. 그러더니 숫제 그늘 아래 빈자리를 찾아 맨바닥에 그대로 드러누워 버렸다. 느티나무 이파리 사이로 별뉘 같은 하늘이 드러났다 사라졌다, 아른아른했다. 아름드리 느티나무는 중간중간 가지가 잘려 있었다. 마을회관을 옮겨 지으면서 옛 동사 마당에 있던 나무를 이식했기 때문이었다.

새뜻한 어린잎을 따서 쌀가루와 버무려 시루에 쪘던 느티떡은 고모가 일 년에 한 번쯤 해 주었던 떡이었다. 시루에 쌀가루와 팥고물을 격지격지 얹고 무쇠솥에 안쳤다. 아궁이 불길을 조심조심 다루던 고모의 손길은 새로웠다. 떡이 뜸 드는 시간을 기다리지 못해 부뚜막 앞에서 얄기죽거리며 고모 몰래 시룻번을 떼어 먹곤 했다. 거칠거칠 딱딱했으나 고소하게 풍기는 쌀 냄새 때문에라도 허기는 맹렬해졌다.

"홍주, 기계가 없었던 시절을 생각해 봐. 비닐하우스는 또 어떻고. 농약과 비료, 그것 때문에 오늘 우리가 이만큼이라고 살게 된 거네. 자네도 논물 보러 갈 때는 트럭 타고 가질 않나? 그게 다 기술이 발전한 덕분 아닌가? 아니면 여전히 손가락이나 빨며 쫄쫄 배곯고 있었을 걸세. 왜 그걸 인정하질 않나?"

"농업 기술이 발전했다고는 하지만, 땅이 죽고 있다는 거는 형님들도 아시잖소? 논바닥 한번 뒤집어 봐요? 좋은 냄새 납니까? 그리고 트랙터들이 밟아 대는 압력 때문에 땅바닥이 점점 더 딱딱해지는 거는 또 어떻고? 논밭에 지렁이 한 마리 없다고요. 소 먹이로 옥수수만 심는 곳에서 떼로 자라는 돼지풀은 또 어떻고. 고라니도 안 먹는다니까. 당장 먹기는 곶감이 달다고. 좀 멀리 보자는 거지, 멀리! 저야 새끼도 없지만, 형님들은 그렇지도 않잖소. 자식 있는 형님들이 더 걱정해야 하는 거 아뇨? 하루만 살고 말 거요?"

"그럼, 내일 잘 먹자고 오늘 굶으라는 소린가? 말도 안 되는 소리지, 그게."

번번이 부딪히는 문제였다. 종두는 담배를 피우면서 찌르퉁한 표정으로 소나무 아래 배를 깔고 길게 엎드려 있는 종원네 풍산개를 노려보고 있었다. 손에 움켜쥐고 있던 슬리퍼 한 짝은 나무의자 아래서 나뒹굴고 있었다. 이에 아랑곳없이 종원은 여전히 땅바닥에 알 수 없는 줄을 그어 대며 이따금 소나무 아래 엎드려 있는 풍산개를 건너다보곤 했다.

"그렇다면 형님들, 요즘 한 집 건너 한 집에 암환자가 있는 거는 어떻게 생각하쇼? 그게 다 땅과 물이 오염되어서 그렇다는 생각은 안 드쇼? 한 가지만 대고 싶어 대니까. 그리고 치고 또 쳐대는 제초제며 살충제, 화학비료들 때문에 그런 게 아니냐고요. 저 앞 버덩에 소 풀어서 기를 때는 소똥구리들, 지렁이들 널려 있었다고. 들판에서 햇빛과 비바람을 먹고 자라는 풀을 먹는 소와, 사방이 꽉꽉 막힌 축사에서 어디서 왔는지도 모르는 사료를 먹고 크는 소를 비교해도 단박에 답이 나오지 않소. 안 그렇소? 낫으로 눈을 가린다더니, 꼭 그 짝이네."

"오래 살게 되면서 일찍 죽었으면 몰랐을 병들을 알게 된 것이지, 그게 어디 땅과 물이 오염되어서 그렇겠나? 요즘은 내남없이 칠팔십은 기본으로 먹고 들어가는데. 그렇게 따진다면 인간 수명이 이만큼 늘어난 것은 그럼 뭐라고 설명할 텐가? 아무래도 홍주 자네가 너무 앞서가는 것 같네. 인간은 말이여, 영리하고 영악해서 그렇게 쉽게 망하지는 않을 거란 말일세. 내 살아 보니 그렇더구만."

"최소한 왜 그렇게 됐는지는 알려고 해야 할 거 아뇨? 난 말요, 옛날처럼 여름이면 소들은 버덩에 풀어놓고, 겨울이면 개울에서 개구리들 잡으면서 그렇게 살았으면 좋겠단 말요. 아무리 아등바등해 봐야 백 년도 못 살지 않소? 저 앞에 소나무보다도 못 살면서 욕심들은 왜 그렇게 많은지, 원."

욕심이 부엉이 같기는 종두와 종원이 둘 다 어금지금한데 욕감태기는 번번이 종두 쪽이었다. 똑같이 이장을 맡아도 종원은 있는 듯 없는 듯 제가 필요한 것들을 알쭌히 챙겼던 반면, 종두는 때때로 노골적이어서 인심을 잃고 반감을 샀다. 그 사이 종원은 슬그머니 자리를 털고 일어섰다. 종원이 움직이자 마당 바닥에 혀를 빼물고 너부죽이 엎드려 있던 풍산개 또한 몸을 일으키며 온몸을 뒤흔들어 댔다.

"가시려고?"

"한 바퀴 둘러봐야지. 도열병이 잡혔는지 어쨌는지. 안 들어갈 텐가?"

"날이 여간 아닌데. 일사병 조심하쇼."

"먼저 들어가네."

종원이 떠나자, 한 팔로 팔베개를 하고 있던 홍주는 아예 땅바닥에 벌렁 누워 버렸다. 팔이 자리자리했다.

"말 나온 김에 은어나 잡으러 갈까. 저녁에 어때? 날씨가 찌물쿠니까 만사가 트적지근한 게 영 좋질 않네."

"은어에 소주 한 잔, 좋습니다. 갑시다. 까짓것!"

땅바닥에 누웠던 홍주가 벌떡 몸을 일으켜 세우며 손뼉을 쳤다. 박수 소리에 놀란 새 떼가 낙엽처럼 흩어져 하늘로 날아올랐다.

10

"또 뭔 일이냐?"

마당에 승용차를 세우고 출입문 계단을 오르는 미숙을 보자 종두가 던진 말이었다. 읍내에 아파트를 사서 딴살림을 살고 있었지만 아들 내외는 하루가 멀다고 풀 방구리에 쥐 드나들듯 시집엘 들락거렸다. 따로 산다는 말뿐이었다. 종두는 그렇게 오르내리는 게 몹시 마뜩잖고, 시들했다.

"내가 좀 오라고 했소. 들어와라."

부진이 출입문을 열면서 종두를 밀치듯 앞으로 나서며 미숙을 맞았다. 미숙은 목례로 알은체하며 종두와 엇갈리면서 출입문 안으로 사라졌다. 계단을 다 내려와 마당에 선 종두는 콘크리트 마당에 퉤에, 퉷! 길게 가래침 응어리를 뱉어 냈다.

"저, 저것들을 그냥……." 창고로 들어선 종두는 예초기를 찾았다. 휘발유와 씨씨오일을 섞어 기름통에 넣은 뒤 부룽부룽 시동을 켰다, 껐다 소리를 살렸다, 죽였다 하며 우뚤렁우뚤렁했다. '며느리 사랑은 시아버지라고, 개뿔!' 혼자 중중거렸으나 부걱부걱 화만 괴어오를 뿐 도무지 속이 시원하지 않았다.

혼인하겠다고 인사 왔을 때부터 종두는 미숙이 탐탁해 보이지 않았다. 한눈에 봐도 아내 부진과 쏙 빼닮았다. 계집은 참해야 한다는 게 종두의 생각이었지만 아내든 며느리든 거리의 왈패 뜸떠 먹게 왁달박달했다. 아들보다 며느리가 더 많이 배운 것도 맘에 걸렸다. 아들은 겨우겨우 고등학교 졸업장을 손에 쥐었지만 며느리는 도내에서 알아주는 국립대를 나왔다. 부진은 혼인예식도 올리기 전부터 미숙을 괴며 좋아서 히쭉벌쭉했다. 그것도 맞갖지 않았다. 미숙이 이웃 마을 남 씨의 셋째 딸이고, 또 아들과 초등학교 동창인 줄은 뒤에 알았다. 가슴이 숯등걸이 되었다.

남 씨라면 자다가도 벌떡 일어났다. 남 씨 할아버지는 일제 때 면장을 지냈다. 남 면장 때문에 종두의 할아버지는 국방군에게 총살을 당했고, 아버지와 나이 먹은 형제들은 월북했을 것이라고 짐작만 할 뿐 생사를 몰랐다. 전쟁 통에 아버지 없이 양양까지 피란해야 했으며 일찍 철이 들어야 했다. 젊은 어머니는 재가했다. 종두는 해병대에 자원입대했다. 베트남에 가기 위한 방편이었다. 하지만 이런저런 이유로 베트남전 파병은 미뤄졌고 결국 베트남전엔 참전하지 못했다. 전역을 한 뒤 중동바람이 불었고, 군대 동기의 소개로 사우디아라비아 건설 현장에 갔다. 그때 모은 돈이 종자돈이 되어 살림을 일으켰다. 햇새가 더 무섭다고, 지푸라기 하나라도 허투루 버리지 않았다.

창고 앞에 쭈그리고 앉아 담배를 피우던 종두는 마당 한가운데 세워 놓은 미숙의 쉐보레 크루즈를 뚫어지게 건너다보고 있었다. 차를 세워도 꼭 마당 한가운데 세웠으며 삼 년마다 한 번씩 차를 바꿨다. 부진보다 잦았지만 누구도 말리지 못했다. 종두는 자신이 타는 포터 트럭이 팔 년이 넘었다는 말로 에둘렀지만 미숙은 눈도 깜짝하지 않았다. '씨부랄 것들, 그 돈이 다 누구 주머니에서 나가는데. 제깟 것이 벌면 얼마나 번다고. 선생 월급 그래 봤자지. 저 차가 가당키나 한가.'

윤오가 마당에 내동댕이쳐 두 동강이 난 낫날과 낫자루는 여태도 창고 구석에 나뒹굴고 있었다. 처음부터 잘못 뀐 단추였다. 종두는 앉은자리에서 벌떡 일어섰다. 눈앞에 거미줄인가 했더니 제비 두 마리가 눈앞을 지나 총알 같이 마당 끝 전깃줄에 날아가 앉았다. 순간 어찔했다. 피우던 담배를 마당에 내던져 신발 뒤축으로 짓뭉갠 뒤 성큼성큼 계단을 딛고 올라섰다. 숨을 고른 뒤 출입문을 열어젖혔다. 에어컨 냉기가 훅 얼굴에 끼쳤다. 종두는 저절로 미간이 째푸려졌다.

"야, 이건 뭐니?"

개수대와 양문 냉장고 앞 식탁에 어이딸처럼 마주 앉아 각각 냉커피와 맥주를 마시고 있던 두 사람은 동시에 고개를 돌렸다.

"저 영감이? 뭐요, 시방?"

"이 독촉장 말이다. 누구 맘대로 빚을 내? 그리고 빚을 냈으면 낸 사람이 갚는 게 도리지. 이게 왜 내 집까지 굴러들어 오게 만들어?"

"영감 아들이 쓴 돈이니 영감이 물어야지. 말이 말 같아야 대답이라도 하지." 부진은 그렇게 말대답을 하고서는 앞에 놓여 있던 맥주잔을 들어 단숨에 들이켰다. 그러고는 아무렇지도 않게 입술을

118

훔쳤다.

"있는 거 다 팔아먹고서도 모자라니? 그럴 돈 없다. 에미야, 이 빚은 네가 알아서 갚아라. 이젠 더 팔고 말고 할 논밭전지도 없다. 에미 너도 알잖니? 그동안 니들 앞으로 간 논밭전지가 얼마인 줄은. 나도 이제 힘없다. 낼모레면 팔십이다, 팔십! 남들처럼 외국 관광은 못 가더라도 어디 온천에라도 찾아다닐 나이인데 여태껏 논배미에 엎드려서 김이나 매고 있다. 사람이면 염치가 좀 있어야지. 에미 너도 이제 그만 오르내려라. 시에미 위하듯 남편을 받들었으면 윤오 병도 벌써 씻은 듯이 나았을 게다."

미숙과 부진은 동시에 눈이 회동그래졌다. 전에 없이 말이 길었다. 며느리 앞이라면, 아니 아내 앞이라면 두어 마디가 고작이었던 말이 굳던 종두였다. 부진은 신장대 떨듯 온몸을 부들부들 떨었다.

"이 영감이 실성을 했나? 시방 뭔 소리를 하는 거야?"

"아버님, 무슨 말씀을 그렇게 하세요? 윤오 씨는 아버님 아들이 잖아요. 그리고 저희가 가져갔으면 얼마나 가져갔다고 그러세요? 그건 아버님도 잘 아시잖아요."

"그래 갸는 내 아들이기도 하지만 네 남편이기도 하다. 그리고 성가를 했으면 어른이고 어른이면 가계살림도 책임져야 한다는 거는 알겠지? 애들 가르치는 학교 선생이니 더더욱. 그리고 당신, 이제 그만 정신 차려. 조선 바늘에 되놈 실 꿰듯 당신이 아무리 에미를 감싸고돌아도 윤오는 더 좋아지지 않는다고. 그걸 인정해. 그래야 당신도 살고, 우리들 모두가 살 수가 있어."

"들자 들자 하니까 이 영감탱이가 정말 못하는 말이 없네. 우리 아들이 뭐가 어때서? 왜 멀쩡한 애를 자꾸 이상한 애로 만드는 거야? 이러는 당신이 이상한 줄은 몰라? 날이 더우니까 별……. 하이구, 환장하겠네. 그깟 돈 얼마나 된다고? 당신, 문중 산 소나무 판 돈은 다 어쨌어, 어쨌냐고! 왜 나한테는 한 푼도 안 내놓는 거야? 그거면 애들 빚 가리고도 남겠네. 어디서 업둥이를 데려왔는지, 제 새끼한테 저렇게 박절한 인간은 세상에 다시없을 거야."

"에미 너, 그럼 이건 뭐냐? 우리 집 논밭전지 그 많던 것들이 다 어디로 갔단 말이냐? 내가 진노랭이 소리를 들어가면서 일군, 우리 집 논밭전지들. 땅으로 꺼졌겠냐, 하늘로 솟았겠냐? 니들이 팔아서 피시방도 하고 다방도 차렸던 거 아니냐? 뭐, 얼마나 가져갔냐고? 입은 삐뚤어졌어도 말은 바로 하랬다고."

"다방 차릴 때 제 친정에서 보태 주신 거는요? 그리고 제 월급 모아 둔 거 다 보탰어요. 아버님 그러시는 거 아니에요. 쓰면 또 얼마나 썼다고? 아버님 돌아가시면 애들 아범이 상속받을 거 아니에요. 그거 미리 주신다고 생각하시면 되는 것을. 그리고 지난봄에 문중 산 소나무 판 돈은요? 윤오 씨 장자예요. 이 집 제사 지낼 장자라고요. 저희들한테는 한 말씀도 안 하시고. 해도 해도 너무하시네요."

쌍둥이 자매 같은 미숙과 부진의 얼굴은 동시에 진흙처럼 뭉개지면서 목소리는 탁하게 갈라졌다.

"애들 가슴에 못 박는 소리 그만해. 그 논밭, 선산들은 내 땅이기도 해. 당신만 일했어? 나도 사철 논바닥에서 팥죽땀 흘리면서 농약 치고, 비료 주고 그랬어. 남들 안 다니는 저기 양구 해안까지 꼭 두새벽에 일어나 날품을 팔러 다니면서 한 푼 두 푼 모은 거야, 왜 이래? 그렇게 불린 살림이야. 당신 거라고? 원, 살다 살다 별 개코 같은 소리 다 듣겠네. 우리들 죽고 없으면 그깟 논밭전지가 무슨 소용이여? 보태 줄 수 있을 때 보태 주는 게, 그게 부모지. 싸안고 움켜쥐고 있으면 뭘 해? 애들이 죽네 사네 힘들어 하는데. 그 애 당신 새끼야, 알아? 죽을 때 가져가려고 재산 모았어? 다 애들 위해 그런 거지. 있을 때 도와주면 좀 좋아? 그걸 움켜쥐고 벌벌 떠는 위인은 내 첨 본다. 남도 아니고, 하나밖에 없는 제 새끼 일을. 하이고, 야멸치고 박정한 인간!"

뱀 본 새 짖어 대듯 떠지껄이는 소리에 종두는 그만 다리 힘이 풀리고 눈앞이 아슴아슴해졌다. 종두는 창가 소파로 가서 털썩 주저 앉았다. 소파는 잠자리이기도 했다. 안방은 부진이 혼자 쓰고 있었다. 침범할 수 없는 곳이 된 지 이미 오래였다. 밥조차 부진은 식탁에서, 종두는 소파에 앉아 따로따로 먹었다. 같은 밥상에 언제 앉았는지 기억나지 않았다. 부진은 전기밥솥에 삼사일은 먹을 수 있는 밥을 해 놓았고, 배고프면 때 없이 들어와 주발에 밥 푸고, 김치 보시기 하나 쟁반에 얹어 소파에 앉아 밥을 먹었다. 단지, 쓴지 아무런 생각 없이 허기를 채웠다. 밥 차려 달라는 소리를 하지 않는 대신 수저와 그릇 두어 개였지만 밥 먹은 설거지는 하지 않았다.

미숙과 부진은 살이 박힌 표정으로 종두를 쏘아보았다. '내가 이런 꼴을 보려고 형제들과 의까지 상하면서 그렇게 재산을 불린 건가, 그래?' 입에서 쓴 침이 괴어올랐다. 부진은 며느리뿐만 아니라 쌍둥이들만 보며 흠빨며 감빨며 야단법석이었다. 자기가 기쁘면 남도 기쁜 줄 안다고, 부진은 이제 금 간 데 없는 거대한 철옹성이었다.

"그 에어컨이나 좀 꺼! 어디 땅 파서 전기요금 물어? 원, 간나고 새끼고 도통 아끼는 거를 몰라. 그저 물 쓰듯 펑펑 쓰면 그 돈은 대체 어디서 나오는 거야? 에미 너, 또 한 번 말하지만 이젠 내 집에 오지 마라. 그리고 당신, 당신도 그 빚 갚기 전에 집에 들어오지 마. 난 더 이상 보태 줄 돈도, 기력도 없으니 당신이 알아서 해. 이젠 나도 신물이 나, 신물이 난다고. 그리고 니 시누이들은 왜? 그 애들도 내 새끼들이다. 나눠 주면 그 애들도 나눠 줘야지. 대체 무슨 심보냐?"

맥주잔을 소리가 나도록 식탁에 내려놓은 부진은 종두를 향해 눈을 흘근거리며 벼락같이 소리를 질러 댔다.

"아니, 집엘 오지 말라니? 어디서 개코같은 소리를 하고 자빠졌어? 내 집에 내가 오든 말든 대체 무슨 상관이여? 이게 왜 당신 집이여? 이 집은 내 집이라고. 그리고 소나무 판 돈은 죄다 어쨌어? 왜 움켜쥐고 안 내놓는 거여, 왜? 그러려면 차라리 도장 찍자. 도장 찍어. 잘됐네. 도장 찍자. 당신 평생소원이었잖아. 그래 도장 찍어 줄 테니까, 내놔! 소나무 팔아 치운 돈부터. 그리고 땅문서와 집문서 다 내놓으면 이 자리에서 당장 도장 찍어 준다. 당신, 두고 봐. 당신, 그 욕심 때문에 제명에 못 죽을 테니까. 두고 보라고."

부진의 꺽센 목청이 천장에 매달린 실링팬에 부딪쳐 쨍쨍 소리가 났다. '아예 빨리 죽으라고 고사를 지내라, 고사를!' 종두는 뒷목을 쓰다듬으면서 숫제 눈을 감아 버렸다. 부진은 큰아이, 작은아이가 초등학교 고학년이 되었을 무렵 아이들 학비에 보태겠다고 읍내 젓갈 공장엘 다니기 시작했다. 회식이네 뭐네 하면서 퇴근 시간이 늦어지고 휴일에도 집에 붙어 있지 않고 특근이다 뭐다 출근하더니 육 개월쯤 되었을 때 젓갈 공장 사장과 눈이 맞아 집을 나갔다. 젓갈 공장이 부도가 나고 사장이 교통사고로 죽는 통에 일 년 이 개월 만에 제 발로 돌아왔다. 아이들 때문이었다고 했지만, 왜 그때 갈라서지 못했는지 종두는 후회막급이었다. 막내 윤오는 그 뒤에 태어났고 그리하여 누이들과는 터울이 크게 졌다.

"아버님, 그러시는 거 아니에요. 하나뿐인 아들이에요. 아가씨들이야 다 자리 잡고 살 만한데, 그러면 됐지 뭘 또 나눠 준다는 말씀이에요. 지금 윤오 씨 처지를 보세요. 술만 마셨다 하면 딴사람이라고요. 그런 사람을 두고 어떻게 그런 말씀을 하실 수 있어요? 사람부터 살려야 하지 않나요? 정말, 섭섭해요. 이러실 줄 몰랐어요."

"병원에 입원시키라는 애를 부득부득 끌고 나온 사람은 누구냐? 더 듣고 싶은 소리도 없고, 더 할 말도 없으니 니 시에미 모시고 나가라. 쉬어야겠다."

"아버님!"

"영감!"

소파에 등을 돌리고 웅크리고 누우면서 종두는 부채로 얼굴을 가렸다. 귓속에서 벌떼가 윙윙거렸다. 손바닥으로 귀를 눌러도 소리는 멈추질 않았다. 이따금 귓속에서는 디딜방아를 찧는 것처럼 쿵쿵 소리가 났다. 약을 먹어도 그때뿐이었다. 정신이 사나워지면 소리는 무적처럼 커지곤 했다. 어떤 날은 편도샘이 부어오르면서 목이 잠겼고, 때때로 숨을 쉴 수 없을 만큼 등이 결리기도 했다. 논밭 전지가 시나브로 줄어드는 동안 무쇠 같던 뼈가 삭고, 구김살 없이 빤빤하던 이마엔 주름이 늘었다. 뼛속까지 시렸다.

"돈 내놔, 돈! 소나무 판 돈 내놔! 돈 내놓으라고."

왕지네 마당에 씨암탉처럼 걷곤 하던 부진이 날래게 걸어 소파 앞에 우뚝 멈춰 서더니 종두의 손에 들렸던 부채를 잡아채 마룻바닥으로 내던지고는 매 꿩 찬 듯 암상이 나서 부르르 몸을 떨며 소리를 질러 댔다.

"정말 이럴 거야? 당신이 나한테 이러면 안 되지, 안 되는 거라고!"

부진은 벽력같이 뒤지르며 소파에 있던 파리채로 아무 데고 퍽퍽 종두를 들두드려 댔다. 소파에 누워 이리저리 파리채를 피하던 종두는 가까스로 손을 뻗어 파리채를 잡아채며 힘껏 뒤로 밀쳤으나 부진은 그대로 제자리였다. 씨근벌떡 가쁜 숨을 몰아쉴 뿐 부진은 땀 한 방울 흘리지 않았다. 미숙은 부진 옆에서 "어머니, 어머니!" 목멘 목소리로 동동 제자리걸음을 하며 곁들이 부조를 했다.

"제발, 나가! 나가라고!"

벌떡 일어선 종두는 거푸 사나운 짐승이 울부짖듯 소리를 내질렀다. 주먹을 휘두르던 부진이 휘청, 흔들리면서 미숙이 쪽으로 쓰러지는 것을 미숙이 곁부축하면서 함께 주저앉았다.

"아버님, 너무하세요. 어떻게 이러실 수 있어요. 아버님!"

"너무한다고? 내 이놈의 집구석을 다 태워 없애고 말아야지. 씨부랄 것들!"

"잊지 마! 이 집은 내 집이야. 털끝 하나라도 손댔다가는 제명에 못 죽을 줄 알아. 하이고, 원통하고 절통해서 어떻게 사나? 하이고, 원통하고 절통해서…….'"

"어머니, 어머니 괜찮으세요? 어머니?"

"씨부랄 것들, 다 죽고 없어야 귀한 줄을 알지."

"내 집에 손대지 마! 털끝 하나라도 망가지는 날엔 당신 죽고, 나 죽는 거야. 하이고, 분해라. 원통하고 절통하고 어떻게 사나. 하이고, 분해라."

종두는 거실 출입문을 데거칠게 밀어젖힌 뒤 밖으로 나왔다. 한더위에 털 감투를 뒤집어쓴 것처럼 숨이 차고 손발이 저렸다. 귓속 이명은 천둥 벼락 치듯 했다. 더는 움직이지 못하고 계단에 몸을 잔뜩 옹송그리고 걸터앉았다. 마당가 끄트머리에 늙고 비틀린 자귀나무는 붉고 하얀 꽃을 피웠다. 윤오가 잘라 내고 남은 가지들이 다시 새살 돋듯 움을 키워 자란 나무였다. 어스레한 창고에 빛발이 한줄기 스며들면서 칼날처럼 빛나고 있었다. 왜틀비틀 힘겹게 창고를 향해 마당을 무질렀다.

125

11

"이봐? 바쁘지 않으면 우리 사육장으로 좀 와."

"사육장에요?"

"여튼 빨리 좀 와." 그러고선 전화는 뚝 끊겼다.

바지 주머니에 넣어 둔 휴대전화가 부르르 부르르 진저리를 치는 바람에 폴더를 열고 보니 종원이었다. 이쪽 사정이야 어떠하든 대답도 듣지 않은 채 제 말만 하고 전화를 끊곤 했다. 상여 나갈 때 귀청 내 달란다고, 종원의 전화를 받고 나면 판판이 기분이 언짢아지곤 했다.

날이 더워서인지 암탉들은 알도 낳지 않을뿐더러 수탉들은 또 털이 빠지면서 모이를 잘 먹지 않고 비실비실 맥을 못 췄다. 그리하여 냇가에서 퍼 온 모래를 바닥에 깔고 모이그릇과 물그릇들을 씻는 등 닭장을 깃갈이하는 중이었다. 땀이 비 오듯 흘러내렸다. 장갑 낀 손등으로 얼굴에 흐르는 땀을 닦으면서 홍주는 닭장 밖으로 나왔다. 횃대에 올라앉았던 닭들은 모래가 새것으로 바뀌자 횃대에서 내려와 제 들어앉을 구덩이를 파헤치는데 고부라졌다. 암탉과 수탉, 일곱 마리를 건사하는 것도 손이 퍽 많이 갔다.

산 기스락을 따라 한참을 거슬러 올라갔다. 골이 깊으면서도 길게 이어졌으나 밖에서 보면 산 뿌다구니가 가리고 있어 또 얼마만큼 많은 등성이들이 들앉아 있는지 전혀 감이 잡히지 않는 귀꿈스러운 산비탈 아래 종원네 풍산개 사육장이 있었다. 왼쪽 산허리에는 산불이 난 뒤 심은 잣나무들이 하늘을 가리고 있었으며 그 우듬지 끝에는 주먹만 한 잣송이들이 오뚝오뚝했다. 사육장이 가까워질수록 개 짖는 소리가 귀청을 때렸다. 어떤 날은 마을까지 개 짖는 소리가 들려올 때도 있었다. 고라니 울음소리와 뒤섞일 때는 마치 전쟁터 같았다.

"뭔 일이오?"

"글쎄, 이것 좀 봐."

종원이 손으로 가리킨 곳에는 고라니가 그와 맞은편에는 멧돼지가 널브러져 있었다.

"개들이 그랬나?"

"저것들 좀 치워 달라고."

"난 또 뭔 일이라고. 근데, 괜찮을까? 날이 더워서." 그러면서 홍주는 멧돼지부터 살폈다. 멧돼지는 중돝도 못 되는 새끼였다. 홍주는 끼룩거리고 섰던 종원을 향해 고개를 가로저었다.

"여름 돼지고기는 먹지 않는 게 좋은데. 땅에 묻는 게 나을 것 같은데, 어때요?"

"고라니도?"

"그렇지 않아도 누린내 난다고 먹지 않는 고라니를 이 한여름에 누가 먹겠소? 멧돼지 쓸개나 어떤가 볼까?"

"자네를 그래서 불렀지. 괜찮을까? 쓸개를 쓸 수 있으면 참 좋겠는데."

"뭐 고기는 못 먹어도. 근데 다시 집에 다녀와야겠소. 전화로 미리 귀띔해 주었더라면 괜한 걸음은 안 해도 됐을걸, 쩝."

"그랬나? 아니 어제저녁까지만 해도 아무 일이 없었다고. 그랬는데 저놈들을 어디서 잡아 온 것인지 아니면 여기서 한판 붙은 것인지. 하룻밤에 두 마리씩이나 말여. 그런 일이 거의 없었는데."

"어지간만해서는 개들이 먼저 도망쳤을 텐데. 떼로 달려들었나? 참나, 개가 멧돼지를 다 잡고."

"풍산개 아닌가, 풍산개! 호랑이도 잡았다고 하는 그 풍산개!" 종원은 터진 팥 자루 같이 헤벌쭉 입이 벌어졌다.

나무 그늘 아래로 멧돼지를 옮겼다. 파리 떼와 각다귀 떼가 달려들었다. 네 다리를 사방 나뭇가지에 하나씩 붙들어 맸다. 종원에게 돼지 다리를 붙잡고 있으라고 하는 것보다 그 편이 나았다. 하늘을 보고 활개를 펴고 누운 멧돼지는 태평해 보였다. 사냥으로 잡은 멧돼지는 양쪽 귀를 잘라 싸릿가지에 꿰었다. 근처에 바위가 있으면 바위에 올려놓고, 바위가 없으면 땅바닥에 꽂아 놓고 술을 따르고 세 번 절했다. 천지신명께 올리는 감사 인사였다.

새파랗게 숫돌에 간 칼날을 손가락으로 매만지며 호흡을 가다듬었다. 삼가고 조심스런 태도로 포 뜨듯 칼날을 비스듬히, 깊지 않게 눕혀 가슴팍에서 뒷다리 부근까지 사뿐히 배포를 도려냈다. 피비린내와 누린내가 진동했다. 팥죽 같은 땀이 흘렀다. 칼을 내려놓고 잠시잠깐 숨을 돌린 뒤 두 손을 배 속에 집어넣은 뒤 좌우로 가슴을 벌렸다. 파리와 각다귀가 떼로 달려들었다. 팔뚝으로 쉴 새 없이 이마에 흐르는 땀을 닦았다. 막을 찢고 간을 찾았다. 숨을 죽이며 간에 들러붙은 쓸개를 가만가만 떼어 냈다. 엄지손가락만 했다. 쓸개가 터지지 않도록 조심조심했다.

갓 죽은 멧돼지의 배 속을 열면 뜨끈뜨끈한 단김을 내뿜었다. 미처 이승의 강을 건너지 못한 영혼처럼 심장은 그 붉은 빛깔만큼 뜨거운 숨결을 내려놓지 못했다. 죽음과 삶이 미처 교차하지 못한 중음신의 영역이었다. 같은 멧돼지라도 올무에 걸린 멧돼지 쓸개가 엽총으로 잡은 멧돼지보다 쓸개가 컸다. 살려고 몸부림치며 애를 쓴 흔적이었다. 다음 생이 있다면 짐승으로도, 사람으로도 몸 받지 말라고 기원하며 가만히 눈을 감았다.

그러는 사이 종원은 싸리나무가지를 한 뼘쯤 되게 자른 뒤 가지 가운데를 절반쯤 쪼갰다. 홍주가 배 속에서 쓸개를 꺼내자마자 곁에서 눈이 뚫어지도록 지키고 섰던 종원은 얼른 싸리나무가지를 건넸다. 쪼개서 벌어진 싸리나무가지 틈으로 물풍선 같은 쓸개를 끼워서 감아 돌렸다. 그런 뒤 종이컵에 가로지르듯 쓸개를 꿴 나뭇가지를 얹어 종원에게 건넸다. 홍주가 건네주는 종이컵을 냉큼 받아 들며 종원은 유심히 들여다보았다.

"우리 큰 아가 교통사고를 당했잖아, 지난겨울에. 자네도 알지? 갸한테 좀 먹여야겠어. 크게 다치지는 않았는데 자꾸 가슴이 결린다고 하네."

"하도 걱정을 해대는 통에 어디 모르는 사람 있나? 온 동네가 다 아는 일인데. 얼른 가서 냉동실에 넣으쇼. 상하지 않게."

"그래야겠지. 그럼, 나 먼저 가네."

대가리를 삶으면 귀까지 익는다고, 뒷갈망 정도는 해야 했지만 종원은 갈무리도 하지 않은 자리를 그대로 둔 채 뒤도 돌아보지 않고 훌쩍 트럭에 올라탔다. 별반 기대하지 않았지만 홍주는 순간 노여운 낯빛이 되었다. 썩썩 풀밭에 피 묻은 손을 문질러 닦고 트럭 짐칸에서 삽을 꺼내 드는 사이 뒤에서 쿵, 소리가 났다. 미처 후진하지 못한 종원의 트럭 뒷바퀴가 그만 둔덕 아래 구레에 빠졌던 것이었다. 헛웃음이 났다. 우두커니 섰던 홍주는 터덜터덜 트럭 앞으로 다가갔다.

"원, 급하다고 콩마당에 간수 칩니까? 뒤를 봐야지요. 앞만 본다고 운전이 된답니까? 애들도 아니고. 내려 봐요. 내가 뺄 테니까. 뒤를 좀 보쇼."

"그게 그만……."

차에서 어름어름 내린 종원은 도랑으로 내려섰다. 도랑 둔덕은 낮았고 물은 말라 자갈밭이었다. 홍주는 가만히 운전석에 몸을 올린 다음 천천히 가속페달을 밟았다, 떼었다 힘껏 앞으로 나갔다. 차체가 출렁, 흔들리면서 웅덩이를 넘어 둔덕에 올라섰다. 뒤쪽에서 트럭을 미는 척 손을 보태던 종원은 얼른 둔덕으로 올라섰다. 풀이 우거진 자욱길을 지나 시멘트 포장이 된 농로까지 차를 운전해 놓은 뒤 홍주는 트럭에서 내렸다. 종원은 닭 벼슬처럼 시뻘게진 얼굴로 뻘뻘 땀을 흘리며 트럭 뒤를 겅중겅중 따라 뛰어왔다. 꽁지에 불붙은 강아지와 다름없었다. 주인이 떠나자 개들은 발작하듯 울부짖었다. 종원이 소리를 지르면 개들은 쥐 죽은 듯 조용해졌다가는 주인이 움직이면 다시 컹컹, 숨이 넘어갈 듯 짖어 댔다.

"어떤 때는 어지간히 급해……."

"알았네, 알았어."

사육장이라고는 하지만 철조망을 쳐 놓고 울에 가둬 둔 것이 아니라 제각각 집들을 지어 주고 한 마리씩 살도록 했다. 일곱 개가 넘는 개집이 갓버섯처럼 옹기종기 모여 있었다. 그것도 여름 한철이었고, 겨울이면 다시 집 앞 사육장으로 데려다 놓았다. 암컷이 새끼낳이 때가 되면 미리미리 집 앞으로 옮겨 놓는 등 종원은 풍산개라면 호랑이 어금니 아끼듯 금이야 옥이야 했다. 그렇지만 밤이면 그 개들 가운데 두어 마리 정도 목줄을 풀어놓는다는 것을 홍주는 알고 있었다.

이른 새벽 이따금 주둥이며 몸뚱어리가 시뻘겋게 피칠갑이 된 채 돌아다니는 종원네 개들과 마주치곤 했다. 너구리도 물어 죽이고 고라니도 물어 죽였지만 주검을 뜯어 먹지는 않았다. 멱을 물어 숨통을 끊어 놓았다. 그런 주검들을 논두렁에서도 보았고 산 기스락에서도 맞닥뜨렸다. 손이 놀면 주검들을 옮겨 구덩이를 파고 묻어 주었지만 대부분 그대로 두었다. 짐승 밥이 되고 나면 하얗게 뼈들만 남아 나뒹굴었다. 시간이 가면 그것마저도 닳아지고 삭아서 빗물에 씻기고 바람에 흩어져 가뭇없이 사라지고 없었다.

한때 멧돼지 사냥보다 오소리 사냥에 열을 올리던 때가 있었다. 쓸개 때문이었다. 곰 사촌이라고 불리는 오소리는 곰처럼 겨울잠을 잤다. 발바닥만 보면 간데없는 곰발바닥이었다. 똥굴이라고 불리는 오소리 굴을 파 내려가다 보면 거미줄처럼 얽힌 여러 갈래 지하 세계가 나타났다. 삽이며 곡괭이로 무장한 사냥꾼들은 네댓 명씩 짝을 지었다. 한 번에 너덧 마리를 잡을 때도 있었고 한 마리도 못 만나는 때도 있었다. 오소리는 비상 통로를 만들어 놓을 만큼 영리했다. 산등성이 오솔길 옆 똥 무덤은 그리하여 사냥꾼들에게는 천국이 되기도 했고, 지옥이 되기도 했다. 수달피를 팔아 쌀로 바꾸던 시절이었다.

쓸개만 꺼낸 멧돼지 주검은 근처에 구덩이를 파고 묻었다. 고라니 주검도 함께. 그렇더라도 언제 너구리에게 부르터날지 모를 일이었다. 피비린내를 맡았는지 나무들 우듬지 사이로 짐승들 울음소리가 메아리쳤다. 불길했다. 하지만 곧 지나갈 터였다. 이른 아침에 까마귀가 울면 귀한 손님이 온다고 고모는 말했다. 올 사람이 없었지만 그런 날이면 해종일 마을 어귀 쪽 신작로를 바라다보곤 했다. 해가 지고 사방이 숲처럼 깜깜해지면 고모는 뒤란 장독대 앞에 멍석자리를 깔고 개다리소반에 물 한 그릇을 떠 놓고 앉아 비손했다. 그런 날이 아버지 생신이거나 어머니 기일이었다는 것은 뒷날 알았다.

홍주는 자갈밭이 된 골짜기 도랑을 따라 위쪽으로 올라갔다. 솔수펑이 한가운데를 가로지르는 철조망에는 빨간 삼각형 모양의 지뢰 표지판이 대롱대롱 매달려 있었다. 등에 찬물을 끼얹는 듯 아연 긴장했다. 한반도에서 지뢰를 다 제거하려면 오백 년쯤 걸리겠다는 뉴스를 보면서 절망했다. M14 플라스틱지뢰는 지뢰탐지기로도 발견할 수 없고, 휴전된 지 60여 년이 지났건만 밟으면 여전히 터졌다. 장마철 시위난 물길에 휩쓸려 떠내려오기도 하는 발목지뢰는 그래서 더욱 위험했다. 봄가을 숲으로 들어갈 때마다 바짝 긴장해야 했다.

봄철 숲으로 나물을 하러 갈 때나 가을철 버섯을 따러 갈 때면 종원은 풍산개 두어 마리를 앞장 세웠다. 다른 이유가 아니라 무섬증 때문이라고 털어놓았다. 사방팔방에 귀신들이 있다는 게 종원이 내놓는 이유였다. 어디는 어떤 사람 유골이 뿌려졌으며 또 어디는 어떤 사람이 총 맞아 죽은 자리고, 마침내 어느 산 기스락 외딴 둔덕에는 밤이면 사람 울음소리가 들린다는 둥 갖은 이유를 댔다. 좀처럼 믿기 어려웠다. 딱 바라진 가슴팍과 굵은 팔뚝으로 젊은 시절에는 씨름판을 휘어잡던 종원이었으므로. 그렇다면 마을 전체가 공동묘지라는 것은 왜 말하지 않는지, 홍주는 입을 비죽거리며 고개를 가로저었다.

네댓 살 어린 나이에 맞았던 전쟁의 기억은 온통 새까맣거나 뿌옜다. 눈석임물이 괸 신작로를 하염없이 걷다 마주한 미루나무는 여태도 생생하게 기억났다. 개미 떼처럼 사람들이 신작로 길섶을 따라 걷고 있었고 가끔가다 지프가 그 사이를 비집고 달려갔다. 버덩이건, 논바닥이건 아무 데서고 꽝 꽝 포탄이 터졌고, 살점 타는 냄새가 코끝에서 사라지지 않았다. 한동안은 잘 곳이 없이 옥수수 섶을 두른 움에서 지내기도 했다. 덩덕새머리에는 굼실굼실 이가 기어 다니고, 옷 솔기마다 하얗게 서캐가 슬었으며 가려워 피가 나도록 긁었지만 그때뿐이었다. 손발은 아무리 헝겊으로 싸고 감아도 얼음이 박혀 가려웠다. 하늘에는 B-29가 날아다니고 신작로에는 탱크가 지나갔다. 포탄이 떨어질 때마다 꿩처럼 둔덕이건 신작로 바닥이건 가리지 않고 머리를 처박고 귀를 막았다.

아버지 형제 칠남매 가운데 두 명만 살아남았다. 나머지는 죽거나 행방불명이었다. 함께 피란을 떠났던 큰고모는 포탄 파편에 오른팔을 잃었고 막내 고모는 현장에서 즉사했다. 한 움막 안에 있다 그리되었다. 폭격 뒤에 남는 것은 커다란 구덩이와 허옇게 널브러진 주검들뿐이었다. 매설해 놓은 지뢰에 뒤집힌 탱크의 무한궤도에는 주검들 살점이 찢어진 헝겊처럼 들러붙어 있었다. 주검마다 하얗게 슬었던 구더기와 새까맣게 달라붙곤 하던 파리 떼는 끔찍했다. 나중에는 코가 마비되어 한동안 냄새를 맡지 못했다. 겨울엔 주검도 동태처럼 얼어붙어 뻣뻣했고, 여름이면 썩은 해파리처럼 느적느적했다.

어디에서 어머니를 잃었는지 알지 못했다. 사방에서 하얀 연기가 피어오르며 포탄이 떨어졌다. 구덩이 속에서 정신을 차렸을 때는 어떤 소리도 들리지 않았다. 어떻게 다시 고모를 만나게 되었는지도 기억나지 않았다. 두려움과 공포로 목 놓아 서럽게 울던 자신의 울음소리만 떠오를 뿐이었다. 뒤에 자신과 형을 거둔 셋째 고모가

죽왕면 어디께라고 일러 주었지만 한 번도 찾지 않았다. 뒤에 병을 얻은 고모가 피란 나갔던 그곳에 가고 싶다고, 가 보고 싶다고 했으나 끝내 모시지 못했다.

벼랑 아래 듬쑥하고 그늘이 깊은 곳에 작은 옹달샘이 나타났다. 물길이 잘 드러나지 않는 곳인데도 물은 맑았다. 아래쪽으로 물길을 내면서 가랑잎이며 검불을 걷어 내고 흙탕물이 가라앉기를 기다렸다. 돌멩이를 몇 개 뒤집었다. 가재를 찾았지만 허탕이었다. 산불이 지나가고 나면 무슨 일인지 가재들 또한 자취를 감추었다. 골짜기 위쪽에서 난 산불은 일 헥타르 가량 태우고 꺼졌지만 솔밭, 그것도 송이 밭을 태운 것은 무척 아쉬웠다.

세수를 한 뒤 무릎을 꿇고 엎드려 두 손으로 조심조심 물을 떠서 마셨다. 옹달샘 물은 달고 시원했다. 그런 뒤 돌멩이 위에 가만히 앉아 땀을 들였다. 소나무 사이에 밤나무가 밤나무 사이에 갈참나무가 서 있었으며 한쪽에 데뚝한 돌배나무에는 당구공만 한 설익은 돌배들이 올망졸망했다. 나무 그늘이 짙어 숲속은 어둑시근했다. 숲 정수리로 비치는 햇살을 보고 있으면 문득 강이 떠오르곤 했다. 해 질 녘이면 윤슬로 반짝이던 강물. 그렇듯 강변에 서면 또 간신히 볕뉘가 스며드는 메숲진 숲이 떠올랐다. 벼랑 쪽의 물길이 개개면서 흙더미들이 쏟아져 내렸으나 또 다른 쪽은 물봉선과 고마리가 찔레덩굴 아래 우거졌다. 박새와 노랑턱멧새가 떼로 날아올랐다. 새 떼를 좇던 눈길이 어린 물푸레나무에서 멈췄다. 나무를 타고 오른 더덕 줄기를 좇다 녹두알만 한 꽃봉오리에 눈길이 멎었다.

멍하니 앉아 땀을 들이고 있던 홍주는 트럭 엔진 소리와 함께 뒤엉킨 개 짖는 소리에 놀라 퍼뜩 자리에서 일어섰다. 괜스레 바쁘게 서둘렀다. 종원이 아니라면 귀꿈스러운 골짜기까지 올 사람이 드물었다. 뒤미처 홍주를 찾아 부르는 목소리가 들렸다. 종원이었다. 순식간에 맥이 풀렸다.

"이봐, 어디 있나? 어딨어?"

"뭔 일이오?"

홍주는 수풀 속에서 쑥 앞으로 나서면서 물었다.

"거, 있잖아. 고라니?"

"다 묻었는데, 왜요?"

"누가 약으로 쓴다고, 전화가 왔네."

"땅에 묻은 거를 다시 파내자는 말이오?"

"약으로 쓸 건데 뭐. 거, 어디다 묻었나?"

자루와 삽을 든 종원은 홍주의 덜미를 누르듯 몰아세우며 걸음을 내딛었다. 땀내 때문인지 사방에서 모기들이 달려들었다. 발칵 짜증이 났다.

"아니, 도굴꾼도 아니고 묻은 거를 다시 꺼낸다니 그게 말이 되오?"

"약 한다잖아. 어디 저긴가?"

삽자루로 놀란흙이 드러난 곳을 가리키면서 종원은 성큼성큼 앞장을 섰다. 손등으로 땀을 닦으며 섰던 홍주는 어이없었다. 가래가 끓어올랐다.

종원의 어머니는 살아생전 폭우로 사태가 난 공동묘지에서 주인 없는 유골을 시동생 폐결핵 약으로 쓴 일은 두고두고 사람들 입길에 오르내렸다. 종원네 뒤란 한데부엌에서는 매일매일 뱀탕이 끓고 있었다. 종원네 늦둥이 막냇삼촌이 공부한다고 객지에 나갔다 폐질을 얻어 집으로 돌아와 휴양하고 있었기 때문이었다. 종원의 어머니는 맨손으로 뱀을 잡는 것으로도 유명했다. 남편 없는 시집살이였지만 종원의 어머니는 알뜰히 시동생을 보살폈다. 정성이 지극하면 동지섣달에도 꽃이 핀다고 막냇삼촌은 삼 년 만에 완쾌되어 다시 도시로 떠났다. 마을 사람들은 유골 때문이었는지, 뱀탕 덕분이었는지를 두고 승강이질했다. 그러나 크게 출세했던 막냇삼촌은 문중 시제에도 나타나지 않더니 사고로 그만 종원의 어머니보다 먼저 세상을 떠났다. 주검조차 찾지 못했다.

　"형님, 그만두쇼. 약 안 돼요, 그거."

　앞장섰던 종원은 힐끗 뒤를 돌아봤다. 홍주는 제자리에 멈춰 고개를 가로저었다.

　"그냥 돌아가십시다. 그거 약 안 된다니까요."

　"뼈 고아서 약할 건데, 괜찮다니까 그러네."

　"노루도 아닌 고라니라고요, 고라니! 원, 해도 해도 너무하네."

　"일없다니까."

　"형님!"

　종원은 물이못나게 부득부득 우겼다. 홍주는 두 팔을 내려뜨린 채 찌뿌드드한 눈초리로 종원을 지켜보고 섰다. 풍산개도 울음을 그쳤다. 사육장 주변이 적막했다. 종원은 이에 아랑곳없이 들고 있던 삽으로 놀란흙들을 푹푹 떠내며 삽질을 시작했다.

12

　기신기신하며 겨우 일어난 윤오는 술이 덜 깬 얼굴로 냉장고 문을 열고 찬물부터 찾았다. 속이 메슥거리고 머리가 멍했다. 한동안 아무러하지 않던 술을 얼마만큼 마셨는지, 어디서 시작해서 어디서 끝났는지 기억나지 않았다. 술을 마시면 알몸이기 일쑤인데 잠방이를 입고 있었다. 식탁에 덩그마니 컵라면이 놓여 있는 것을 보면 자신의 집인 것은 틀림없어 보였다. 물을 마시면서 깔끄러미 노려보던 컵라면을 집어 그대로 쓰레기통에 던져 버렸다. 물잔을 손에 쥔 채 창가로 가서 섰다. 하늘하늘 흔들리던 커튼을 밀어 한쪽으로 몰았다. 밖은 눈이 시도록 햇볕이 환했다. 거실 벽에 걸려 있는 시계를 올려다봤다. 오후 한 시 오십사 분이었다.
　손에 담뱃갑을 찾아 들고 식탁 의자에 아무렇게나 앉았다. 아내 미숙이 질색하는 것 가운데 하나가 집에서 담배를 피우는 것이었다. 머릿속이 뒤틀려 있을 때는 아무 데서나 담배를 피웠다. 두루마리 휴지 한 칸을 뜯어 침을 뱉어 놓고 재를 떨었다. 고장 난 괘종시계처럼 머릿속은 철거덕철거덕 제자리걸음이었다. 도무지 앞으로 나가질 못하고 있었다. 대리석 식탁 한쪽 구석에는 비타민이며 오메가쓰리 같은 건강보조식품들이 빈틈없이 자리를 차지하고 있었다. 얼밋얼밋 일어서서 통들을 싹 쓸어 식탁 아래 바닥으로 떨어뜨렸다. 그러고서는 그대로 털썩 의자에 다시 앉아서 맹물을 한 모금씩 마시면서 담배를 피웠다. 식탁 아래 발부리에 걸리는 통들은 그대로 걷어찼다.

방학을 맞은 아이들은 필리핀으로 영어캠프를 떠나고 없었다. 집에 있어도 일주일에 한 번 정도 얼굴을 보는 둥 마는 둥 그냥 지나치는 일이 흔했다. 방학은 방학대로, 학기 중에는 학기대로 아이들은 바빴다. 아이들은 그가 나타나면 제 엄마 등 뒤로 숨거나 아이패드를 들고 저희들 방으로 사라졌다. 놀이동산엘 가도 마찬가지였다. 나중에는 아예 일을 핑계 대고 아내한테 아이들을 맡겨 버렸다. 사내 녀석들이었지만 제 엄마를 더 편안하게 여기는 듯했다. 섭섭한 감정조차 없었다. 다방은 이십사 시간 문을 열어 놓는다고 해야 옳았다. 핑계로 그만한 것은 없었다. 그렇지만 왜 하필 다방이었는지 지금은 자신도 분명하게 설명하지 못했다. 그때는 무슨 억하심정으로 그랬는지 다방을 해야겠다고, 아니 아버지에게 무슨 핑계를 대서라도 돈을 얻어 내는 게 급했다. 주식으로 날린 돈은 어디서라도 메워야 했다. 아버지 논이면 어떻고 어머니 집이면 아니 처갓집 오래뜰이면 어떻겠는가, 될 대로 되라는 심정이었다. 아니, 그 빚들 자신이 갚지 않아도 어머니가 나서서 해결해 줄 것이겠지만 무엇인가 자꾸 헛헛했다. 깊이를 알 수 없는 수렁에 빠져드는 것처럼 온통 답답하여 숨을 쉴 수 없었다. 무엇이든 해야 했다.

스마트폰을 찾아 들고 발신통화 목록을 손가락으로 밀어 올렸다.

아버지로부터 온 부재중 전화가 세 통이나 있었고, 전날 밤 마지막으로 통화한 사람은 미숙이었다. 그 전에는 금강다방 미스 오 전화번호가 찍혀 있었다. 술을 사서 화진여관으로 오라고 했던 것까지, 아니 미숙이 등장한 것까지는 어렴풋이 기억났다. 그다음부터는 얼룩진 필름처럼 기억나다 말다 했다. 창문에 머리를 들이밀고서는 죽겠다고, 떨어져 죽겠다고 악장치던 모습은 또렷했다. 누군가 목덜미를 잡아채 질질 어둔 길을 끌고 가던 것도. 문득 몸을 살폈다. 큰 상처는 없는 듯했지만 뒷목이 뻐근했다. 허리를 곧추세우고 심호흡을 했다.

아버지와 겸상을 하고 나면 판판이 체했다. 왼손잡이였던 그는 밥상머리에 앉을 때마다 머리에서 쥐가 났다. 팔꿈치와 팔꿈치가 부딪치는 것은 물론이거니와 왼손잡이는 불길하다고, 매 때마다 오른손잡이로 교정하려 들었기 때문이었다. 끼니를 굶어도 쓸데없었다. 그러면 밥상에 마주 앉은 아버지는 어린 그를 냉랭한 얼굴로 한참씩 골똘하게 건너다보곤 했다. 마치 너는 어디에서 왔느냐 하는 표정으로. 그럴 때마다 살갗에 칼날 같은 얼음이 박히곤 했다. 밥상은 그렇게 기울어져 있었고, 한 번도 수평을 맞춘 적이 없었다. 거친 눈발이 쏟아지는 한데에 알몸으로 서 있는 듯 발이 시렸다. 명개 먼지만큼 작아지고 작아졌다.

주눅 잡힌 마음은 찌개나 찜과 같이 여럿이 함께 먹어야 하는 반찬은 물론 멀리 손을 뻗어야 하는 반찬은 먹지 않도록 스스로 잡도리했다. 밥상머리에 앉을 때마다 조심스럽고 거북했다. 윤오에게 주어진 것은 기껏 죽이나 라면 따위였다. 그리하여 소화제를 먹다 보면 무엇인가 손해 보는 느낌이 들었고, 그러면 아무 물건이나 손에 잡히는 대로 들고 나가 고물상이나 중고품가게에 건네주고서는 주인이 주는 대로 돈을 받았다. 손에 있는 것을 모두 놓아 버리면 자신을 돌아봐 주지 않을까, 눈치를 살피며 주춤거렸다. 기대는 매번 물먹은 둑처럼 풀썩풀썩 무너져 내렸다.

미숙을 떠올리면 암담했다. 속도가 어긋나서 충돌하는 것이 아니었다. 서로 다른 길을 걸으면서도 함께 걷고 있다고 착각했으므로 판판이 부딪혔다. 비상구는 없었다. 종두와 미숙은 같으면서도 달랐고, 다르면서도 겹쳤다. 겹칠 때마다 화가 증폭되었다. 잇새에 물고 있는 담배 연기에 눈살을 찌푸리면서도 담배를 끄지 못했다. 소파 위로 스마트폰을 던졌다. 입안에 쓴물이 괴면서 속이 울렁거렸다.

비척비척 다시 창가로 가서 섰다. 칠층 아파트 창가에서 바라다 보면 바다가 한눈에 들어왔다. 창문에서 뛰어내리면 길바닥이 아니라 바로 그 바다에 떨어질 것처럼 수평선은 한 손에 잡힐 듯 가까웠다. 밤이면 오징어잡이 배들이 켜 놓은 집어등으로 불바다를 이루었다. 가까울 때 오징어 집어등은 낱낱이 도두룩도두룩 뚜렷했지만 멀어지면 개개의 등불은 하나의 덩어리로 뭉개져 둥근 달로 솟떴다. 수십 개의 달이 동시에 수평선에 떠올랐다. 달이 하나가 아니어서 안도했다.

미숙은 초등학교 동창이었지만 먼발치에 있었다. 미숙보다는 중간쯤에 앉곤 했던 애경 때문에 윤오는 방학 때면 자귀나무 그늘 아래 놓인 평상에 엎드려 '탐구생활'을 펼쳐 놓았으며 또 미숙 때문에 그 '탐구생활'을 덮었다. 애경은 첩의 딸이라고 어른들이 돌려세우고는 뒷눈질했다. 애경 어머니는 남 면장이 숨겨 둔 첩이었고, 애경은 그런 그들 사이에서 태어난 하나밖에 없는 외딸이었다. 빨간 에나멜구두에 하얀 원피스 그리고 까만 단발머리 때문에 윤오 가슴은 뛰었다.

맡아 놓고 일등을 하는 미숙은 소문난 말괄량이였다. 남학생들은 그런 미숙을 담임 선생님보다 더 어려워하고 꺼려했다. 그와 달리 애경은 수더분하고 어수룩해 보였으나 머리카락은 윤기가 흘렀으며 눈동자는 초롱초롱 샛별처럼 빛났다. 애경과는 한 번도 짝이 되지 못했지만, 뒷자리에 앉아 연필을 입에 물고 가만히 애경의 뒤통수를 바라다보는 일은 좋았다. 그러다 선생님께 출석부로 머리통을 얻어맞는 일이 잦았지만 그래도 괜찮았다. 음악시간이면 윤오 눈에는 오로지 애경만 보였다. 애경이 두 손을 그러모아 쥐고 노래를 할 때마다 게게 침을 흘리곤 했다. 동무들은 그런 윤오를 들까시르며 시시덕거렸다.

한동안 애경에게 못 보일 것을 보였다고 윤오는 밥을 굶으며 속을 끓였다. 외양간에 매 놓은 찌러기가 고삐가 풀려 날뛰었다. 성질 사납고 누구나 들이받는 버릇이 있어 말뚝에만 매 놓는 황소가 그날은 어찌된 일인지 고삐가 풀렸다. 구팡에 가방을 던져 놓기도 전에 소와 맞닥뜨린 윤오는 겁에 질려 감나무를 타고 올랐다. 찌러기는 감나무 줄기를 들이받고 있었고 윤오는 오줌을 지렸다. 마을 사람들이 몰려들었고 엄마의 탁하고 굵은 목소리를 듣고서야 눈을 떴다. 그때 구덩에 웅크리고 앉아 말끄러미 그를 올려다보는 애경을 보아야만 했다.

애경은 초등학교 오 학년 때 제 엄마와 함께 마을을 떠났다. 교실에 들어와서 작별 인사를 하고 엄마와 함께 교문을 벗어나는 애경을 뒤쫓아 가서 딱지처럼 접은 편지를 전했다. 누구는 어디서 밤무대 가수가 되었다고 했고, 또 누구는 술집 마담이 되었다고 했지만 애경을 만난 사람은 아무도 없었다. 없었지만, 소문은 검질겨서 일 년에 두어 번쯤 애경은 소문만으로 고향에 돌아오곤 했다. 그런 애경을 다방 종업원을 구하던 직업소개소에서 마주쳤다. 도내를 벗어나지 못한, 외지고 후락한 지방도시 허름한 소개소 사무실에서.

언제부턴가 애경이 떠난 자리에 더뻑더뻑 미숙이 끼어들곤 했다. 먀얄먀얄하게 대했으나 어느 순간 한눈을 팔다 보면 순식간에 눈앞에 있었다. 그런 미숙을 피해 윤오는 지름길도 버리고 산길로, 고샅으로 헤매고 다녔지만 번번이 집 앞에는 돌장승처럼 미숙이 버티고 서 있었다. 읍내 공고에 진학한 윤오와 달리 미숙은 이웃 도시 인문계 여고에 진학하면서 겨우 숨통이 트였지만 그것도 안심할 수 준은 아니었다. 난데없이 불쑥 교문 앞에 나타나 윤오를 기다리곤 했다. 삼이웃이 다 아는 일이어서 동무들은 시시덕거리면서 그 둘을 남겨 둔 채 비껴갔다. 미숙이 대학에 진학한 뒤에는 다시 만날 일 없을 줄 알았다. 단무릎에 잊었다.

그러던 어느 해 설 즈음 동창회를 한다고 읍내 횟집에 모였다. 그 전까지 한 번도 나타난 적 없던 미숙이 그날 그 자리에 모습을 드러냈다. 술잔이 돌고 돌다 마침내 노래방으로 다시 맥줏집으로 밤새 돌아쳤다. 열댓 명이었던 술자리가 대여섯 명으로 줄어들었다. 노래방에서 춤을 추던 윤오가 소파에 올라갔다 탬버린으로 사이키 조명을 깼고, 그로 인해 노래방 주인과 옥신각신 벌집이 터지듯 시끌벅적했다. 경광등을 켜고 달려온 순찰차를 누군가 돌려보냈다. 윤오의 기억은 거기까지였다. 숙취로 눈을 떴을 때 윤오 옆에 미숙이 누워 있었다. 미숙을 발견하는 순간 윤오는 화장실로 달려가 토하기 시작했다.

　이웃 도시 중학교에 근무하던 미숙은 그해 봄, 읍내 중학교로 자리를 옮겼다. 불쑥불쑥 도깨비불처럼 아무런 약속도 없이 윤오 앞에 나타났다. 피시방 앞이든, 집 앞이든 미숙이 나타나 가장 많이 하던 소리는 '밥 먹자'였다. 어머니가 밥 먹자고 해도 속부터 더부룩해지는 판이었다. 마음속에 응혈이 졌지만 어느 순간부터 미숙이 하자는 대로 고개를 끄덕였다. 꼭두각시놀음이었지만 아무려면 어떠랴 싶었다. 그러나 식을 올리자는 말을 했을 때는 무슨 말인지 미처 깨닫지 못하고 고개를 끄덕이다 가만히 미숙을 바라봤다.

　"같이 살자고? 너랑, 나랑?"

　"안 될 이유 없잖아. 살아 보고 싶어."

　"왜?"

　"그냥."

"미친녀러 간나."

"내일 집에 인사하러 갈 거야."

"인사? 어디, 우리 집에?"

"그럼, 어디로 인사하러 갈까?"

손가락 사이에서 담배가 타들어 가는 줄도 모르고 윤오는 미숙을 보았다. 손가락 사이가 뜨끔해서야 담뱃재를 털고 깊게 담배를 한 모금 빤 뒤 재떨이에 담배를 비벼 껐다, 힘껏.

"왜, 나야?"

"왜냐고? 그건 네가 더 잘 알지 않아?"

"안다고, 무얼?"

"이젠 나만 봐. 딴 데 한눈파는 날엔 내 손에 죽을 줄 알아?"

윤오는 픽, 웃었다. 속에서 쓴물이 올라왔다. 어금니를 강다물면서 담뱃갑을 구겼다. 손등에 파란 핏줄이 도드라졌다.

"농담 아닌 거는 알지? 그러니까 내 눈앞에서 딴 년 만나면 어떻게 되는 줄도 알 테고. 여하튼 내일 집에 간다. 그리 알아."

"이게 어디서 지랄이야? 왜 내가 너하고 살아야 되는데?"

"왜냐고? 내가 살고 싶어졌으니까."

"미친녀러 간나."

도무지 어찌해 볼 수 없게 미숙은 막무가내였다. 미숙 아버지 남씨가 윤오네 마당에서 과따치며 종두를 족대기는 일이 심심찮게 벌어졌다. 그럴 때마다 검정개 굿 구경하듯 마을 사람들이 몰려들었지만 부진은 이에 아랑곳하지 않고 혼인식을 진행시켜 나갔다. 마치 혼인식만 치르고 나면 에필로그 없는 동화처럼 모두가 행복해질 것이라고 믿어 의심치 않는 눈치였다. 그런 가운데 부진은 또 교사인 며느리를 얻게 되었다고 동네방네 거지가 말을 얻은 것처럼 소문을 내고 다니며 자랑을 일삼았다. 눈 가리고 아웅 하는 꼴이었지만 괘념치 않았다.

"잔말 말고 에미 말 들어. 선생 마누라 얻는 게 어디 쉬운 일인 줄 알았더냐? 네놈이 하다못해 구급 공무원이라도 되었어 봐. 이 에미가 기껏 선생 자리에 목을 매겠어? 다 너 좋으라고 하는 일이니 그런 줄이나 알아. 에미가 어디 너한테 해로운 일 시킨 적 있었더냐? 어른 말을 들으면 자다가도 떡이 생긴다고 했어. 그러니 이번 혼사는 에미한테 맡겨. 내 보란 듯이 성사시킬 테니까. 같잖은 것들이 거들먹거리는 꼴, 이 에미는 더 이상 못 본다, 못 봐."

"선생이 무슨 벼슬이라도 돼? 왜 그래, 대체. 결혼은 내가 해, 엄마가 하는 게 아니라."

"그래도 이놈이 말귀를 못 알아듣고. 그래 사내놈 평생소원이 겨우 누룽지냐?"

"말귀를 못 알아듣는 사람은 내가 아니라 바로 엄마라고. 난, 이 결혼 못 해. 걔가 어떤 앤 줄 알기나 해? 왜 그래, 왜?"

"쓸데없는 소리 집어치우고 굿이나 보고 떡이나 먹어. 집안에 선생 자리 하나 정도 있어야 돼. 김 씨네 아들 검사 됐다고 억죽억죽하는 꼴 보기 싫어서라도 내 반드시 이 혼사는 성사시키고 말 테다."

"누구 미치는 꼴 보고 싶어서 그래? 그만둬, 제발!"

"미숙이 데리고 와서 인사시킨 놈이 누구냐? 시작을 했으면 끝장을 봐야지. 티미한 놈. 네놈이 이 에미 반만 닮았어도 그렇게 알매하지는 않을 텐데. 두고 봐라. 내 여보란 듯이 식을 올릴 테니까."

"죽으면 죽었지, 난 이 결혼 못해. 걔가 정말 싫다고. 아니 무서워. 어디 한 군데 이쁜 구석이라도 있어야 살아도 같이 살지."

"그래도 말귀를 못 알아듣고, 먼저 식부터 올려. 그다음부터는 이에미가 알아서 할 테니까. 네 누나들을 봐라. 중매로 한 혼사라고 사네 못 사네 했으면서도 지금은 다들 톱톱하게 잘살고 있질 않냐? 네 녀석은 학교 동창이라며? 그러니 좀 좋아? 아무 걱정하지 말고 이 에미만 믿어."

"왜 그래, 정말?"

"에미만 믿으라니까. 내가 선생 며느리를 보면 배 아픈 여편네들 꽤 있을 게다. 두고 보라지. 내 그 여편네들 코를 납작하게 만들어 줄 테니까."

식탁과 거실 소파의 거리는 천리만리였다. 윤오는 손에 쥐고 있던 유리잔을 바람벽을 향해 내박쳤다. 벌컥벌컥 화가 괴어올랐다. 액자 유리에 거미줄 같은 금이 갔다. 종두의 환갑 때 찍은 가족사진이었다. 산산조각이 난 유리잔을 보고서도 부진은 꿈쩍도 하지 않았다. 안절부절못한 것은 되려 윤오였다.

"코 안 흘리고도 유복하게 된다고 그렇게 일러 주었건만. 못생긴 놈!"

둔탁하면서도 날카로운 소리를 내며 깨졌던 유리잔은 창문으로 쏟아져 들어온 햇살에 반짝거렸다. 사금파리나 이징가미로는 흉내 낼 수 없는 빛이었다. 윤오는 느럭느럭 소파에서 내려와 바닥에 흩어진 유리 조각들을 그러모았다. 밭바닥이 따끔거리고 손비닥엔 빨갛게 핏방울이 맺혔다. 깔쭉깔쭉하는 발바닥을 혀로 핥았다. 날카로운 유리 조각이 부드러운 혀끝에 닿았다. 짭조름하면서 들척지근한 피비린내를 풍겼다. 그제야 부진은 굼뜨게 걸어와서는 소파에 나뒹굴고 있던 파리채를 주워 윤오 어깻죽지를 내리쳤다.

"당장 내려놓지 못해? 왜 그렇게 에미 말을 못 알아들어? 네놈이 결혼이라도 해야 네 애비라는 위인이 논밭이라도 떼어 줄 것 아냐? 몰라서 그래? 네 애비라는 위인이 어떤 작자인지?"

"다 필요 없어, 필요 없다고."

"이놈아, 돈만 있어봐. 평안감사가 부럽겠냐? 떠먹듯 일러줘도 못 알아들으니, 어구구 내 팔자야. 입 다물어. 그리고 어디 가서 두 번 다시 결혼을 하네 마네 지껄이지 마. 알아들었어? 다 너를 위한 일이다. 그렇게만 알아. 미숙이네는 재산도 어지간만하고 더군다나 미숙이가 너 아니면 안 된다고, 너와 꼭 혼인해야겠다고 애성이 나서 안달하니, 좀 좋으냐? 나중에는 이 에미한테 고맙다고 할 거다. 두고 봐라."

식탁으로 돌아간 부진은 맥주잔을 들어 단숨에 들이켰다. 그리고는 윤오를 짯짯이 바라다보았다. 움찔움찔 목울대를 움직이며 맥주를 마시는 부진을 보면서 윤오는 부르르 주먹을 떨었다. 기묘한 살의였다. 괘불처럼 내걸린 부진의 얼굴을 유리 조각으로 작작 그어 댔다. 버둥거리던 몸뚱어리는 모래바람처럼 순식간에 사라지고 모가지만 천장 서까래에 디룽디룽 매달렸다. 돼지머리였다가, 늑대 대가리였다가, 천년 묵은 여우로 둔갑했다. 아버지 어깨 위에 올려놓았던 엽총이었다가, 엽총의 거대한 총구였다가, 블랙홀 같은 총구 속으로 빨려 들어가는 자신이었다가 어머니였다가 마침내 살모사가 되었으나 아무리 죽이고 또 죽여도 끝끝내 죽지 않고 환생을 거듭하는 마귀였다. 진이 빠졌다.

움켜쥔 손바닥에 들러붙어 있던 유리 조각이 살갗을 파고들었다. 거머리처럼 달라붙어 검질기게 피를 빨았다. 통증은 쾌감이면서 전율이었다. 과즙이 흘러내리듯 핏방울이 떨어졌다. 살랑거리는 바람이 코끝을 간질였다. 흔들거리는 요람에라도 누운 듯 졸음이 쏟아졌다. 캄캄한 밤하늘에 전갈의 심장이 떠올랐다. 가까스로 손에 넣었다고 여겼던 별들은 손을 뻗으면 뻗을수록 자꾸자꾸 멀어져 갔다. 피로 물든 거실 바닥에 오후의 볕이 볕뉘로 스며드는 가운데 소리 없이 커튼이 흔들렸다.

13

불볕더위에 데었는지 아직 눈도 뜨지 못한 새빨간 참새 새끼가 처마 밑에 떨어져 죽어 있었다. 닭장에 모이를 주러 나가는 길이었다. 텃밭 가장자리에 묻고서는 도둑고양이가 파헤치지 못하도록 흙을 담뿍 덮어 주었다. 밤새 열대야로 뒤척거렸으나 아침이라고 다르지 않았다. 식전부터 대기는 열기로 그득혔했다. 머릿속이 뿌연 안개가 낀 것처럼 먹먹했다. 도무지 입맛이 없어 전날 삶아 놓은 옥수수로 아침 끼니를 대신했다. 옥수수에서는 희미했지만 쉬쉬한 냄새가 났다.

"뭐 하나?"

홍주는 마당으로 걸어 들어오는 종두를 멀뚱멀뚱 바라다봤다. 트럭이나 트랙터 하다못해 오토바이조차 타지 않은 종두를 보는 일은 무척 드물었다. 마을회관은 물론 이웃집에 마실을 가도 탈것으로만 움직이는 종두였다. 홍주는 호두나무 아래 평상에 앉아 점심으로 감자옹심이나 먹을까 하고 왜지숟가락으로 감자 껍질을 벗기는 중이었다.

"어서 오쇼. 옹심이나 해먹을까 하구요."

"옹심이 좋지. 근데 자네는 여태도 왜지숟가락으로 감자 껍질을 벗기네. 다들 감자 깎는 칼로 썩썩 껍질을 깎아 내던데 말여." 그러면서 종두는 홍주 맞은편에 앉았다.

"길이 들어서 이게 편해요. 약은 다 치셨소?"

"치긴 했는데 두고 봐야지. 내 평생 요즘 같은 날 일기는 처음 보네. 무슨 날이 이렇게 찌물쿠기만 하는지. 사람도 이리 맥아리가 없는데 곡식들이야 오죽할라고."

"그러게요. 세상이 망하려는지 원."

"우리 할머니가 쓰시던 왜지숟가락 하나를 피란 갔다 돌아와서 다 타고 남은 잿더미에서 찾아냈네. 사발 깨진 사금파리며 옹기 깨진 이징가미 속에 온전한 것은 그거 하나였는데, 마누라가 귀접스럽다고 버렸는지 언젠가 문득 생각이 나서 찾아보니 없더라고. 우리 할머니 음식 솜씨가 참 좋았는데. 돌아가실 때 남긴 은비녀도 없어지고. 그때 뭐가 무서웠는지 할머니 농짝 속에서 나온 인민폐 뭉치를 불살라 버린 것은 두고두고 아쉽네. 할머니 돌아가시고 유품 정리하다 보니 그때까지도 인민폐를 가지고 계시데. 얼마나 꽁꽁 동여매 놓았는지. 남들이 볼까 무서워서 당장 아궁이 속에 던져 넣었네. 붉은 지폐. 그게 뭐라고 할머니는 하루 이틀도 아니고 수십 년 동안 갖은 위험을 무릅쓰고 쓰지도 못하는 그 지폐들을 감춰 두셨는지 몰라. 통일이 곧 될 거라고 믿으셨던 걸까. 들키면 간첩으로 몰릴 수도 있는, 목숨이 위태로운 일이었는데도 말여. 나는 그 붉은 지폐를 보는 것만으로도 온몸이 떨리는 게 꼭 죽을 것만 같던데. 단지 유품일 뿐이었는데도. 그러고 보니 이제 우리 할머니

유품은 남은 게 하나도 없네."

"쓸 수 없으니까 못 버리셨겠죠. 아니면 할아버지 유품이었는지도."

"듣고 보니 그랬을지도 모른다는 생각두 드는구만. 끝내 아무 말씀도 없으셨으니 이젠 영영 수수께끼가 되고 말았네. 허, 그게 뭐 그리 대단한 것이라고 남이 볼까 무서워서 허겁지겁 불 속에 던져 넣었는지. 그깟 게 무슨 큰 죄나 된다고. 사람을 죽여도 멀쩡한 판에."

"그때는 아무렇게나 갖다 붙이면 붙이는 대로 죄가 되는 세상이었잖소. 더구나 인민폐를 가지고 있었다면 아, 공작금이라고 갖다붙였으면 옴짝달싹도 못했을 거 아뇨? 얘기를 듣는 것만으로도 등이 다 서늘해지는데."

"그랬을 거야. 고기 잡다 월경했다고, 납북되었다가 풀려난 읍내 강 씨를 보니까 아차 잘못했더라면 나도 그 꼴이 났겠다 싶기는 하더라고. 참, 씨부랄 것들이야."

감자 껍질을 벗기면서도 홍주는 고개를 들어 종두를 바라다봤다. 해쓱한 얼굴은 이상스레 어둡고 눈길은 멀어 보였다. 키가 훌쩍 크고 몸이 호리호리하지만 볕에 탄 까무잡잡한 피부로 인해 외려 힘스럽고 강단이 있어 보이던 사람이었다.

"참, 나 닭 한 마리만 잡아 주게."

"닭을요? 잡수시게?"

"오늘 우리 할머니 기일이여. 저녁에 쓰려고. 전쟁 통에 피란 가다 포탄 맞은 자리가 덧나 오래 고생하시다가 돌아가셨거든. 가슴에 파편을 맞고 갈비뼈가 부러지면서 솜이불 한 채를 피로 물들였지. 그 자리에 청둥호박을 대서 핏물을 말리고, 송진으로 진물을 말렸네. 오래 사실 줄 알았는데 그러질 못하셨어. 그 할머니가 우리 할아버지 후실로 들어오셨는데, 내겐 참 좋은 할머니였어. 그 할머니는 자손도 없으셨는데, 우리 아버지는 왜 그렇게 싫어하셨는지 몰라. 우리 할아버지의 본 할머니가 돌아가신 뒤에 얻으셨다는 데도 말여. 우리 어머니 재가하고 난 뒤 내가 할머니하고 살았잖은가. 덕분에 어머니에 대한 원망을 덜했지. 아니었으면 우리 어머니 재가도 못하셨을 거야. 막내 누이랑 나는 그 할머니 덕에 살았지. 퍽 수더분한 양반이었는데. 오래 못 사신 게, 두고두고 아쉽네 그래."

"어렴풋이 생각나요, 저도."

"그런가?"

"점심 먹고 잡아 드릴게요."

"요즘 닭 한 마리는 얼마나 하나?"

"왜, 닭값 주시게? 형님도 참. 제사 부조라고 생각하쇼."

"그러고 보니 그런 게 있었구만. 옛날에는 제삿날이면 이웃에서 술이며 달걀 같은 것을 부조하곤 했는데 말여. 나부터도 그런 시절이 있었는지조차 까맣게 잊고 있었네 그려. 그래도 그건 옛날 일이고. 닭값은 받게나. 마음은 알았으니. 세상이 바꾸었네. 농사지으면서도 다들 채소며 과일들을 사 먹지 않나?"

"무슨 그런 섭섭한 말씀을 하쇼? 닭 한 마리 얼마나 한다고."

"그래도 그게 아닌데……."

"옹심이나 드시고 가쇼. 마침 서거리(명태 아가미)깍두기가 잘 익었소."

"서거리깍두기를 다 담았나? 벌써부터 군침이 도네야."

강판에 감자를 갈아서 앙금을 안치고, 무거리는 따로 베보자기로 물기를 짰다. 앙금이 앉은 뒤 그 위에 덧물을 살살 따라 냈다. 그러고 나서 앙금에 감자 무거리를 섞어 반죽한 다음 동글동글 새알심을 빚었다. 마른 멸치를 볶은 뒤 다시마를 넣고 팔팔 맛국물을 끓인 다음 다시마와 멸치를 건져 냈다. 고명으로 얹을 애호박은 채치고, 매운 고추는 송송 썰었다.

"더운데 옹심이를 끓여서. 여튼 드쇼. 이거는 서거리깍두기."

서거리깍두기를 가득 담은 보시기를 종두 앞으로 옮겨 놓았다. 이마에는 송골송골 땀방울이 맺혔다. 매운 고추를 송송 다져 넣은 간장양념만으로도 좋은 밥반찬이 될 듯했다. 말간 새알심이 살강살강 씹히고, 매운 고추의 알싸한 맛과 부추의 달큰한 맛이 어우러져 입안이 개운했다. 마무리는 빨간 서거리깍두기 한 점이었다. 오도독 오도독 씹히는 소금에 삭힌 서거리깍두기는 언제 먹어도 입이 달았다.

"참 아깝네, 자네 음식 솜씨는."

"누구라도 하는 게 음식인데요, 뭐."

"내 얼굴에 침 뱉는 것 같아서 말을 하지는 않네만, 도통 손맛이

155

없는 사람도 있긴 하지."

"형님도 참. 가실 때 서거리깍두기 좀 담아 드릴 테니 가져가쇼."

"나한테까지 올 게 있나?"

"코다리 공장에 간 김에 좀 많이 샀어요."

"그랬구만."

"근데, 형님 어디 편찮으쇼? 땀이 벌창이네."

"아닌 게 아니라 요즘은 자고 일어나면 땀으로 목욕을 한 것처럼 자리가 흥건한 게 영 기운이 없네. 나이를 먹어서 그런가 원." 그러면서 반팔 소매를 끌어당겨 이마에 땀을 닦았다. 홍주는 그런 종두를 가만히 건너다봤다. 걸쌍스럽게 먹기로 소문이 난 종두였지만 이날만은 마지못해 먹는 것처럼 도무지 께적께적하는 것이 보는 사람이 다 불편할 지경이었다. 전에 없던 일이었다.

"드쇼? 오미자차요." 상을 들고 일어나더니 어느새 오미자차를 내왔다.

"이렇게 먹어대도 요즘은 왜 그리 자주 허출한지 모르겠네. 도통 아무런 재미가 없어. 딱 요대로 그냥 갔으면 싶네. 새끼고 마누라고 다 섭섭하기만 하고. 가슴이 답답한 게, 못살겠네."

찻잔을 한 손에 든 종두는 홍주 어깨 너머로 보이는 앞집 강담에 핀 능소화를 건너다보았다. 붉은 꽃빛깔이 자꾸 눈을 찔렀다. 할머니 장사를 치를 때 보았던 붉은 만장 한 장이 유독 기억에 남아 있었다. 할머니는 꽃은 붉어야 한다고, 오래뜰이건 살피꽃밭이건 하다못해 채송화조차 붉은색만 고집했다.

156

"정월 대보름에 더위를 사셨나? 식사도 시원스럽게 하지 못하시고, 어디 한의원에라도 좀 다녀오시든지."

"의원은 무슨……. 자네 우리 순정이 기억나나? 내 막내 누이 말여."

"기억나다 뿐이겠소? 저야말로 그때는 형님한테 퍽 섭섭했는데……. 그런데 뜬금없이 순정이는 왜요?"

"내가 자네를 섭섭하게 했다니, 무슨 소리여?"

"아, 내가 혼잣몸이라고 순정이는 안 된다고 했잖소? 까먹으셨나 보네."

"그런 일이 있었나? 모르겠네, 그런 일이 있었는지. 아니, 내가 그랬단 말인가?"

"허참, 내가 말은 하지 않았지만 그때 딱 죽고 싶었다고요. 형님이 대놓고 반대하신 것은 아니었지만, 혼잣몸인 사람한테는 순정이 안 준다고, 아주 딱 잘라 그렇게 말씀하시니 어디 비빌 틈이 있었어야죠. 그래 그만뒀지요. 참, 오래된 얘기네."

"난 몰랐네. 자네가 순정이한테 맘이 있었는 줄은. 아니, 그런 맘이 있었으면 말을 하지 그랬나? 자네라면 내 믿고 시집보냈을 텐데."

"지금도 마찬가지지만, 가진 것이라고는 불알 두 쪽일뿐더러 천예 고아 아뇨? 무슨 낯으로 순정이를 달라고 해요. 형님도 참. 사람이 염치가 있지."

"곁에 두었더라면 좋았겠다 싶어. 글쎄 요즘 자꾸 꿈에 보이네. 한 번도 그런 일이 없었는데……."

"전화번호 몰라요?"

"걔가 아들 따라 미국엘 갔잖아. 꽤 됐어."

"그랬어요? 몰랐네. 아, 그랬구나. 그랬어. 몰랐네."

"아주 살러간 뒤로는 연락 두절이야. 한국에 있을 때는 고종사촌 여동생하고는 연락이 닿곤 했는데……. 사촌동생 죽고 나서는 통 소식을 몰라. 보고 싶네. 피붙이라고는 그거 하난데……. 그러고 보니 걔도 벌써 환갑이 지났네. 참 고왔는데."

홍주는 마당 밖으로 멀리 펼쳐진 논들을 바라다봤다. 귀밑 목덜미로 땀방울이 흘러내렸다. 참외라도 와작와작 씹고 싶어졌다. 주먹을 폈다 쥐었다 하며 목을 돌려 우두둑우두둑 소리가 나게 꺾었다.

"죽으면 나는 화장을 해야겠어. 거추장스럽게 묏자리 같은 거 만들지 말고. 어디 산마루 같은 데 올라 훌훌 뿌려 주면 좋겠어. 훨훨 날아다닐 수 있게 말여. 뭣 때문에 그렇게 아등바등 살았나 싶어. 안 먹고, 안 입고, 안 쓰고. 십 원짜리 하나라도 허투루 나갈까봐 바들바들 떨었는데. 이것들은 돈을 물 쓰듯 펑펑 써대니 당해낼 재간이 있나, 씨부랄 것들! 부아가 나서 못 살겠네. 그게 다 내 피땀인데, 눈 뜨고 볼 수가 없어. 윤오 놈이 이번에는 차를 바꿨네. 이러니 내가 살고 싶겠나? 그게 다 빚인데 말여, 빚! 아예 들머리판을 내자는 심보지, 그게."

"요즘 애들은 우리 때와 달라서 고생이라는 거를 모르잖소. 그걸 어쩌겠소, 인정해야지. 부모들이 오냐오냐 길러 놓고서는 이제 와서 살겠니 못 살겠니 하면 안 되는 거 아뇨? 시절이 바뀌었잖소. 차 없으면 못 사는 줄 아는 게 어디 애들뿐이오. 죽어도 존디어 트랙터 사야겠다고 한 사람 누구요?"

"다 제 놈들 잘되라고 그랬지. 아무래도 헛살았다 싶네. 헛살았어. 참, 닭은 저녁에 가지러 오겠네."

"그렇다는 얘기죠. 왜 일어나시게? 일 없으시면 노시다 가시지."

"읍내엘 좀 다녀와야겠어. 그럼 부탁하네. 참, 복달임한다면서?"

"종원이 형님네 개 잡기로 했잖소. 형님도 늦지 말고 꼭 나오쇼. 모레 아침인데, 해뜨기 전에 시작해야 점심나절에 먹을 수 있겠지요?"

"알았네. 그럼 부탁하네."

순정은 이제 얼굴도 희미하고 목소리도 기억나지 않았지만 이름만큼은 바위에 아로새긴 것처럼 또렷이 떠올랐다. 종두 형님의 누이만 아니었더라면 보쌈이라도 했을 것이었지만 차마 형님 얼굴 때문에라도 그렇게 하지 못했다. 아니, 어쩌면 그것은 핑계였는지도 몰랐다. 때때로 아슴아슴 그리웠다. 살아만 있다면 다른 항성을 따라 돈다고 해도 괜찮다고 여겼다. 어디서 잘 살고 있으려니 했고, 꼭 잘 살았으면 좋겠다고 생각했다. 밉고 서운한 마음조차 없었다. 논 삶듯 주변을 뻥뻥맸을 뿐 왜 그랬는지 한 번도 다가가 말 걸지 못했다. 차마 말조차 걸 수 없었다. 아니, 들끓는 마음속 말은 입말이 되지 못한 채 휘발되곤 했다. 뒤설레던 마음은 잠 못 들게 했고, 풀끝에 앉은 새처럼 불안했던 마음은 홍주의 가슴에 바위 같은 얼음 덩어리를 만들어 놓고 말았다.

시간이 죽고 그녀가 다시 돌아온다면, 상상하지 않은 것은 아니었다. 냇물 위로 달빛이 흐르는 늦가을 밤, 한겨울 소복소복 쌓이던 눈발이 타래치는 날, 어느 봄날 해뜩발긋한 살구꽃잎이 바람에 흩날리는 날이 아니어도 아쉽고 안타까운 마음에 은결들었다. 하지만 여전히 그는 빈손이었고 무엇도 되돌릴 수 없다는 것을 이제는 알았다. 줄 끊어진 연이었다.

홍주는 힘껏, 닭의 모가지를 비틀었다.

14

"물라는 쥐나 물지 씨암탉은 왜 물어? 이놈이 에미 앞에서 못하는 짓이 없어. 살고 싶어도 못 살다간 사람도 있어, 이놈아! 이를 악물고 살아도 될까 말까 한 판에. 사내놈이 아귀가 그렇게 물러 어디다 써먹어?"

부진은 치켜들었던 팔을 내려 제 가슴을 쳤다. 윤오는 팔뚝에 수액을 꽂은 채 벽 쪽으로 돌아누워 미동도 없었다. 병실에 누워 있는 모습은 이제 익숙해질 만한데도 도무지 낯설었다. 수혈을 해야 한다고 했을 때 부진은 그만 정신이 아뜩해졌다. 종두에겐 연락하지 말라는 당부를 하고, 의료원으로 차를 몰았다. 차는 자신도 모르게 자꾸 중앙선을 먹어 들어갔다. 경적을 울리며 마주오던 차들은 욕설을 퍼부으며 지나쳤다. 후들후들 다리가 떨렸다. 갓길에 차를 세웠다.

원식과 도망해서 남해 바닷가에서 열한 달하고 열이레를 살았다. 쥐코밥상에는 이따금 서대회가 올랐다. 동해안에서는 맛볼 수 없었던 생선이었지만 원식은 막걸리에 삭힌 서대회를 바쳤다. 새콤달콤하면서도 맵싸해서 한여름에 즐길 만한 별미였다. 두 번 다시 없을 뜨거웠던 시절, 그때 어떤 빛을 보았다. 하지만 어떤 낌새나

161

꿈자리 계시도 없이 원식이 죽었다. 교통사고였고, 병원으로 옮겨진 원식은 이미 저승사자 손에 붙들려 있었다. 부진이 울며불며 통곡하는 소리에 겨우 눈을 뜬 원식이 마지막으로 한 말이 '살고 싶다'였다. 그것도 채 끝맺지 못한, '사알'에서 끝났지만 부진은 살고 싶다로, 아니 살아야겠다로 번역해서 들었다. 아니, 자알이었는지 사알이었는지 불분명했지만 부진에겐 '살고 싶다'였고, '살아야겠다'로 들렸다. 원식이 안간힘을 쓰며 가까스로 숨비소리처럼 내뱉은 마지막 말이었으므로 부진에겐 숙명이었고, 여태껏 그 말을 좌우명처럼 마음에 새기면서 살았다.

학교에 갈 수 없게 되었을 때 어머니 눈을 피해 여름성경학교엘 나갔다. 그렇게 시작된 교회 생활은 사오 년 정도 이어졌다. 신학교에 다니던 원식은 방학이면 고향에 돌아와서 성경학교 교사로 아이들을 이끌었다. 이내가 감도는 듯한 흰색 셔츠에 성경책이 든 검은 가방을 들고 반듯하게 걷는 모습은 보는 것만으로도 저절로 어깨가 펴지면서 발걸음이 가벼워지곤 했다. 고만고만한 또래의 동무들과 원식을 둘러싸고 걸어갈 때면 키가 한 뼘쯤 자란 듯 우쭐했다. 어머니한테 두들겨 맞고 골목길로 도망치던 어느 날 골목길 입새에서 만난 원식이 넌지시 이름을 불러 주었다. 부진이라고. 그렇게 한 시절이 갔다. 외국으로 선교 활동을 떠났다는 소문을 끝으로 소식을 몰랐다.

중매로 종두를 만났다. 쥔애비는 맞선 자리가 중동에 나가 한몫 잡았다는 말로 부진의 가슴을 흔들어 놓았다. 배를 타던 부진의 아버지는 바다로 나갔다 영영 돌아오지 않았다. 가난이라면 몸서리 칠 정도로 지긋지긋했다. 어머니 손에 이끌려 늦가을이면 가을걷이가 끝난 촌에 나가 캐고 버려진 지스러기 고구마며 배추 뿌리들을, 아니면 남모르게 벼 이삭들을 주우러 다녀야 했다. 민주고주였다. 그랬던 까닭에 촌으로 시집가면 밥은 굶지 않겠거니 여겼다. 띠동갑이었지만 대수롭지 않게 여겼다. 쥔애비는 맞선 자리가 가진 논밭이 많고, 무엇보다 사람이 근실해서 밥 굶을 염려는 없다고, 부진을 들추겼다. 그 쥔애비가 당고모였으므로 아무런 의심도 하지 않았다.

촌사람들은 바닷가 사람들을 '바닷가 것들'이라고 낮춰 봤고, 바닷가 사람들은 촌사람들을 '촌것들'이라고 흉을 봤다. 하도 궁벽한 산골이었던지라 처음에는 텃세려니 했다. 호리호리한 키맵시를 한 옥선은 처음부터 싫었다. 한 우물을 쓰던 시절에는 사사건건 부딪쳤다. 신접살림을 차릴 때까지는 왜 그런지 이유를 알지 못했다. 그러다 이상하다는 낌새를 거니채게 된 것은 시집와서 두 번째 모내기를 할 때였다. 여느 아낙들과 달리 옥선만은 종두네 품앗이하는 모내기자리에는 나오려고 하지 않았다. 나와서도 다른 아낙들처럼 서근서근 섞이지 않았다. 이상스런 직감이 스쳐 갔지만 믿고 싶지 않았다. 그때는 이미 부진의 배 속에서 아이가 자라고 있었다. 생선가시가 목에 걸린 것처럼 편치 않았다.

마을부녀회 활동을 하면서도 한 번도 서로 뜻이 맞아 본 적이 없었다. 한쪽에서 팥밥을 하자고 들면 다른 쪽에서는 콩밥을 먹자고 부등부등 우겼다. 반찬 한 가지를 만들 때조차 그랬다. 부진이 나물무침에 참기름을 치면 옥선은 꼭 들기름을 넣었다. 서로가 만든 반찬들은 기막히게 알아챘다. 밥상머리에서도 서로 각이 지게 앉거나 했지 나란히 앉아서 밥을 먹은 적이 없었다. 뜨악했다. 그런 이야기를 남편이라고, 종두에게 했다가 벌컥 화를 내는 종두를 봤다. 턱없이 억울했고 고까운 생각마저 들었다. 마음이 얼고 수리먹은 밤처럼 몸이 푸석해졌다. 무엇을 해도 종두가 하는 일은 성에 차지 않았다. 발이 허공에 떴다.

"좀 어때요, 어머니?"

침대 발치에 앉았던 부진이 천천히 고개를 돌리며 미숙을 맞았다. 미숙은 민소매 원피스 차림에 니트 카디건을 걸쳤다. 멀뚱멀뚱 미숙을 치어다보던 부진은, "원, 덥지도 않니?" 한마디 했다.

"점심은 드셨어요?"

"나중에 먹자. 당최 무슨 생각이 없다. 안 먹었으면 너나 먹든지. 난 괜찮다."

"아범은 자요?"

"자다 깨다 한다."

"아버님께 아직 연락 안 드렸는데, 괜찮을까요? 나중에 연락 안 드렸다고 역정 내실까 봐서요."

"그만둬라. 뭐 그리 다정한 부자지간이라고."

"아무리 봐도 아범은 아버님은 안 닮은 것 같아요. 성격이라도 좀 닮았으면 좋았을 것 같은데."

"매일 보면서도 그런 소리를 하니? 니 시아버지가 보기와는 다르게 매조지가 뒤무르고 말이 흘번드르르한 구석이 있단다. 지 애비안 닮은 거를 불행 중 다행이라고 생각해라. 그렇지 않아도 저렇게 사람 애를 바작바작 말리는데, 그 성격 닮았으면아 생각만 해도 몸서리난다."

"간병인을 불렀어요. 내일 아침부터 올 거예요."

"왜? 내가 있어도 되는데."

"식구들이 노박이로 있을 수는 없잖아요. 어머니도 그렇고, 저도 그렇고."

"니 시아버지한테는 아무 말 마라. 집에 사람이 있는 데도 사람을 불러 돈 없앤다고 괜히 이러쿵저러쿵할 테니."

윤오는 바람벽 쪽으로 다붙어 꿈쩍도 하지 않았다. 수면제에 취해 잠이 든 듯했지만 꽃잠은 아닌 듯했다. 부진과 미숙은 수액을 가늠해 보고서는 휴게실로 발걸음을 옮겼다. 어젯밤만 하더라도 죽네 사네 수액 바늘을 빼서 팽개치며 한참 난탕을 쳤던 터였다. 커피 두 잔을 사서 들고 있던 미숙이 부진의 옆자리에 앉으며 커피잔을 내밀었다.

"물을 사 오라고 한다는 게 깜빡했다. 요즘은 뭘 생각했다가도 금방 잊어버린다."

"죄송해요."

"여기다 그냥 둬도 되는지 모르겠다."

"경황이 없어서 여기로 오긴 했는데, 워낙 병원 싫어하잖아요. 좀 더 지켜본 다음에 옮겨도 되지 않을까 싶은데……. 담당의사 얘기 좀 들어 본 뒤에요."

"애들은 언제 오냐?"

"방학 끝날 즈음에요. 연락 안 했어요."

"그 좋은 머리를 왜 그렇게밖에 못 쓰는 건지 모르겠다."

"그러게요. 윤오 씨가 다른 거는 몰라도 수학은 아주 잘했다고 들었어요."

"교회 다니는 거를 못 다니게 했다. 그냥 둘 걸 그랬나 싶다. 다른 거는 하고 싶은 대로 다 그냥 뒀는데 교회만큼은 못 나가게 했다. 모르지, 나 모르게 다녔는지는 몰라도 집에서는 그런 티를 안 냈다. 싫었다, 교회 다니는 게."

부진은 휴게실 바람벽에 붙어 있는 텔레비전에 눈길을 주었다. 누가 볼륨을 줄여 놓았는지 소리는 나지 않았지만, 여러 명의 연예인들이 둘러앉아 왁자글왁자글 웃고 떠드는 소리가 금방이라도 화면 밖으로 튀어나올 듯 시끄러워 보였다. 종이컵을 그대로 든 채한 모금도 마시지 않았다. 고개를 돌려 창밖 호수를 내다보았다. 수면은 청동거울처럼 두터워 보였다.

"저희들 어렸을 때는 누구나 한두 번쯤 교회에 가곤 했어요. 윤오씨만 그런 게 아니라. 그래서 그런지 교회 다녔다고 여태껏 신앙생활하는 동무들은 또 한 명도 없어요. 제 주변에는. 그때는 갈 데가 거기밖에 없었거든요. 가지 말라는 데는 많았고요."

"그게 아니라, 아니다. 영이 맑은 놈이다, 윤오 재가."

166

부진은 종이컵을 두 손으로 감아쥔 채 고개를 숙였다. 미숙은 손에 들었던 커피를 홀짝거리며 몸을 웅송그렸다. 에어컨 바람이 차게 느껴졌다.

"어머니, 막국수 드시러 가실래요? 막국수 좋아하시잖아요."

"막국수를 좋아한다니, 무슨 소리냐? 면 음식은 니 시아버지가 좋아하지, 나는 아니다."

"막국수, 자주 드시러 가셨잖아요?"

"그렇잖대도. 니 시아버지가 좋아하니 헐수할수없이 따라나선 거지. 나는 밀가루 음식 안 좋아한다. 어릴 때 하도 물려서 그런지 지금도 밀가루 음식은 좋지 않다. 언제 한번 단단히 체한 적도 있고. 그래도 니 시아버지가 좋아하니 따라나선 것이지, 나는 안 좋아한다."

"몰랐어요. 저는 어머니께서도 좋아하시는 줄만 알았는데."

"살다 보면 맞춰야 할 때도 더러 있더라. 그래서 따라나서곤 했다. 막국수는 집에서 하자면 번거롭기도 하고."

"말씀하시지 그랬어요."

"왜 윤오랑 결혼했냐?"

"어머니도 참. 윤오 씨는 저 안 좋아했어요."

"그런데 왜? 집에서도 적잖이 반대하질 않았냐?"

"윤오 씨는 한 번도 저를 똑바로 쳐다본 적이 없어요. 그래서 같이 살면 한 번쯤 바로 봐주지 않을까 했어요. 초등학교 때는 제가 윤오 씨보다 키가 컸었어요. 그래서 맨 뒤에 앉아서 윤오 씨 뒤통수를 바라보는 게 참 좋았어요. 멍하니 있는 게 좋아 보였으니. 어머니, 제가 바보였지요?"

"후회하니, 윤오랑 사는 거?"

"잘 모르겠어요. 어떤 날은 화도 났다가, 또 어느 날은 안쓰럽기도 했다가, 갈팡질팡해요. 힘들어요. 윤오 씨도 힘드니까 저러는 거겠지만요."

"헤어져라."

"어머니?"

"헤어지라고. 내가 너한테 해 줄 수 있는 게 이것뿐인 것 같다. 너 아직 젊다. 윤오를 생각해서라도. 진심이다."

"저, 못 헤어져요. 아직 그러고 싶지도 않고요."

"나중에 후회하지 말고, 지금 헤어져라. 다 널 위해 하는 말이다."

"왜 그러시는데요, 어머니?"

"아무리 생각해도 니 시아버지 말이 맞는 듯싶다. 지금 윤오 하는 꼴을 보고 있으면 앞으로 어떤 일이 벌어질지 나도 무섭다. 그렇지만 난 에미니까. 그러니 너는 떠나라, 애들 생각해서라도."

"어머니?"

"옛날에 어떤 미련하고 덜된, 민춤한 여편네가 있었다. 죽고 못 사는 사람이 갑작스레 불귀의 객이 되고 나니 막막했다더라. 그랬겠지. 앞뒤 첩첩, 벼랑이었으니까. 아득했겠지. 그래도 벼랑 아래로 한발 내딛었어야 했던 거다. 그래야 살 수 있었을 텐데, 제대로. 뒤늦게 알았다. 그때는 벼랑을 피하기에만 급급했다. 벼랑 아래로 뛰어내렸더라면 새로운 길이 열렸을 텐데. 다른 길 말이다. 그걸

168

몰랐다. 지질한 인생을 살 게 될 거라는 걸 번히 알면서도 다시 옛날로 돌아갔다. 지금 같았으면 그러지 않았겠지. 미련은 먼저 나고 슬기는 나중에 난다고, 너는 그렇게 살지 마라."

"어머니!"

"병원에도 오지 마라. 간병인 불렀다면서."

"대체 어머니까지 왜 그러시는 거예요? 저 윤오 씨랑 헤어지고 싶지 않아요. 어머니께서는 모르실 거예요. 얼마나 제가 윤오 씨랑 한집에서 살고 싶어 했는지. 한 식탁에 앉아 밥 먹을 수 있다는 사실 때문에 얼마나 달뜬 날들을 보냈는지를. 싫어요. 아직도 그 꿈을 버리지 않았어요. 해야 할 얘기도 아직 남아 있고요. 저 이대로는 못 헤어져요. 안 돼요. 그러니 어머니, 헤어지라는 말씀은 거둬주세요. 윤오 씨 때문에 제 인생이 잘못되었다고는 생각하지 않습니다. 그러니, 어머니……."

"그만 가 봐라. 언젠가 이 시에미한테 고마워할 날이 올 거다. 참 어리석은 게 인간이다. 뒤늦게 후회해도 소용없다. 들어가 봐야겠다. 시에미 말 허투루 듣지 마라. 명심해. 시간이 없다."

부진은 손에 들고 있던 커피가 든 종이컵을 의자에 내려놓았다. 그러고는 역기를 든 역도선수처럼 무겁게 몸을 일으키더니 뒤도 돌아다보지 않고 똑바로 걸어서 복도 모퉁이로 사라졌다. 텔레비전은 여전히 희희낙락했고, 음료 자동판매기 앞에 줄 선 사람들 또한 여전히 지루하고 답답한 표정으로 순서를 기다렸다. 수액이 매달린 링거대를 질질 끌며 복도를 오가는 환자들과 평상복 차림을 한 사람들이 뒤섞여 밀물처럼 왔다 썰물처럼 빠져나갔다. 미숙은 식은 커피잔을 움켜쥔 채 휠체어에 앉아 창밖을 내다보는 환자의 뒷모습을 우두커니 바라보았다.

15

학교 앞을 오갈 때마다 가슴 한쪽이 쓰르라미 우는 소리를 냈다. 두고 온 것들이 이렇게 시시때때로 발목을 잡을 줄은 미처 몰랐다. 하물며 그리움이랴. 미스 오는 고개를 돌려 비탈진 언덕을 올려다봤다. 칡넝쿨이 뒤덮은 사이로 붉은 나리꽃이 불쑥불쑥 고개를 내밀었다. 솜이불처럼 두텁게 덮은 칡넝쿨은 보는 것만으로도 목이 옥죄는 것처럼 답답증이 일었다. 컨테이너가 놓인 바닥에는 파쇄석을 깔아 놓았고, 그 사이사이에서 망초며 강아지풀, 차풀들이 키를 키우고 있었으나 사람과 자동차에 밟히고 가물을 타서 주눅이 잡혔다. 낮은 자리일수록 겔겔했다.

버리고 떠날 때는 얼음장처럼 차갑던 엄마는 세 번째 동거하던 사람과 헤어진 뒤로는 병들어 다 죽게 생겼다며 늦은 밤이면 전화기를 붙잡고 울며불며 악을 써 댔다. 마른 꽃잎처럼 바스러지는 목소리로 애원을 하다가는 끝내 쇠꼬챙이 같은 날카로운 목소리로 가슴을 쑤셔 댔다. 전화번호를 스팸으로 차단했더니 그 뒤로는 동생들 번호로 전화를 해댔다. 식당을 전전하던 엄마는 어느 날은 유방암이었다가 또 어느 날은 갑상샘암이었다가 병명도 그때그때 달랐다. 다방을 옮길 때마다 목돈을 보내면 한동안 세상없이 잠잠해져서 숨을 돌릴 만하다고 여기는 순간 또다시 전화통에 불이 났다. 악랄하고 검질겼다.

배달 승용차 모닝은 사장이 직접 운전했다. 현장까지 데려다주고 데려갔다. 배달을 갈 때는 가까운 거리도 차를 타고 오갔다. 이따금 호송차를 타고 감옥에서 감옥으로 이동하는 기분이 들곤 했다. 차문을 열고 밖으로 뛰쳐나가고 싶은 마음이 하루에도 열두 번씩 들곤 했다. 그렇지만 하루가 다르게 눈덩이처럼 불어나는 빚을 가리는 게 무엇보다 급했다. 돈이고 시간이고 여투어 둘 여유가 없었다. 차에서 내리면서 하이힐 뒤축으로 차문을 뒷발질로 걷어차듯 밀어서 닫았다.

승용차 바깥은 숯불화로를 뒤집어쓴 것처럼 화끈화끈했다. 등산복의 목소리는 단박에 알아챘다. 동동걸음을 쳤다. 전에 없이 컨테이너 출입문이 활짝 열려 있었다. 미스 오는 습관처럼 주변을 둘러보았다. 정 사장과 전업농 자리가 비었고, 새로 온 멤버는 없었다. 남은 멤버들은 스툴과 둥근 탁자 앞에 아무렇게나 앉아 있었다. 그렇더라도 컨테이너 안은 개미지옥을 방불케 했다.

"커피부터 타라. 얼음은 세 개만 넣고 설탕은 두 개. 크림은 넣지 말고."

"콜라는?"

등산복과 선주 아들이었다. 콜라는 아예 페트병으로 준비했다. 미처 숨도 고를 새 없이 커피를 타고, 음료수를 잔에 따랐다. 포커판은 맥을 놓은 듯 보였다. 선풍기 바람조차 친친했다. 전과 같은 활기와 긴장은 느낄 수 없었다.

"오늘 저녁에 정 사장한테 나가 볼까 하는데. 미스 오, 같이 갈까?"

미스 오는 눈을 껌뻑거리며 등산복을 바라봤다. 눈에 명개가 낀 것처럼 텁텁했다.

"왜? 싫어? 단골손님 대접이 그러면 안 되지. 정 사장이 미스 오 많이 아꼈잖아. 안 그래? 첫사랑을 닮았다나 어쨌다나 그랬던 것 같은데, 아냐?"

"잘못 들으셨나 보네요. 그런 적 없어요."

얼굴이 굳어진 미스 오는 정색하는 표정으로 다부지게 대답했다. 술에 술 탄 듯 물에 물 탄 듯 눙치던 태도와는 사뭇 다른 모습이었다.

"정 사장이 아프단다. 조만간 다른 병원으로 옮길 모양이야. 그 전에 한번 다녀오면 어떨까 하고. 모르잖아, 앞으로 영영 볼 수 없게 되는지. 누구처럼 정신병동에 갇혀 평생을 보내게 될지도 모르는데. 부조하는 셈치고 한 번 가지 그래."

"누가 다방 손님 병문안을 가요? 안부나 전해 주세요. 얼른 퇴원하시라고요. 그렇지 않아도 요즘 매상이 뚝 떨어져서 고민이라고요. 날도 더운데다 고기도 안 잡혀서 그런지 전에 없이 불황이에요. 그리고 어디 맘대로 못 가는 거 아시면서?"

"티켓값을 받으시겠다? 티켓값 주면 같이 갈 건가?"

"생각해 보고요."

"그 돈 벌어서 다 뭐하는데 미스 오는 맨날 돈타령이냐? 빌딩이라도 세울 참이냐?"

"빌딩도 짓고, 하고 싶은 게 얼마나 많은데요. 돈이 없어 못하지, 꿈이 없어 못하나요? 돈만 있어 봐요. 개도 멍첨지 소리를 듣는다고 했어요."

"미스 오가 문자 쓸 때마다 나는 오금이 저린다야."

"근데 정 사장님은 어디가 아프신 거예요?"

"마음이 아프단다."

"마음 때문에 그런다면 세상에 살아남을 사람, 한 명도 없겠네."

질겅질겅 씹던 껌을 뱉어 두루마리 휴지로 꾹꾹 눌러 쌌다. 그러면서 미스 오는 씨식잖다는 표정으로 얼음물을 마셨다. 더웠다.

"저 간나는 나이도 어린 게 꼭 늙은 할망구 같은 소리를 해야. 야이 간나야, 사람은 누구나 더위하듯 조금씩 마음을 앓으면서 사는 거야. 겉으로 드러나는 사람이 있고, 그렇지 않은 사람이 있을 뿐이지. 니녀러 간나는 매일매일 별별 사람을 다 만나면서도 그걸 모르냐?"

가운데가 푹 꺼진 소파에 누워 설핏설핏 노루잠을 자던 19호 택시 기사였다. 택시 기사가 소파를 차지하는 바람에 미스 오는 커피 쟁반 보따리를 들고 잠깐 우두망찰했다. 안 되겠는지 택시 기사는 늘쩡하게 기지개를 켜면서 자리에서 일어나 앉으며 눈을 비벼 댔다. 그러면서 미스 오를 향해 "설탕, 크림, 얼음 다 넣고. 차고 시원하고 달달한 냉커피로 한 잔." 소리쳤다.

"택시 없다고 택시 승강장에서는 난리가 났던데. 영업 안 하시는 거예요?"

"더워서 내가 죽겠는데 무슨 영업이냐? 얼른 커피나 줘. 잔소리는 그만두고. 내가 너한테까지 잔소리를 들어야겠냐? 우리 집 마누라한테 듣는 것도 지겨운데."

"아저씨네 만두가게 하죠? 거기 만두는 맛있는데 떡볶이는 좀 그래요."

"그런 얘기라면 만두집 사장님한테 하시고. 커피나 달라니까."

"예. 그런데요. 다방에 오는 손님들하고 택시를 타는 승객들이 같을까요?"

"같지는 않겠지? 그러니까 하는 말 아니야. 같지 않으니까. 다방에서 티켓을 끊을 때는 조금 더 외롭거나 절박해서 티켓이라도 끊는 것일 테고. 고단하니까, 무언가 위로가 필요한 사람들, 아닐까? 그러니까 니녀러 간나가 좀 더 사람들에게 관심을 가져야 하지 않겠는가 하는 거고. 결론은 정 사장 병문안을 같이 가자는 것이고. 됐냐?"

"어디 맘대로 못 간다는 걸 번히 아시면서……. 아니면 티켓값을 두둑하게 주시든지."

"그래 티켓값 줄 테니까 가자. 됐냐? 간나가 어떻게 그리 인정머리가 없냐? 사람이 오늘내일하는데, 티켓값이나 따지고 있고. 세상 말세다."

"택시 운전 취미로 하시는 거 아니잖아요. 여기 달고 맛있는 커피요. 그러고요. 돈만 있으면 살인을 해도 끄떡없어요. 그러니까 사는 게 좆같다는 소리가 나오는 거구요."

"어련하실까?"

"아, 정말 덥다. 에어컨은 언제 달아요?"

"나는 다음에 따로 가 볼게. 오늘은 좀 어려워."

페트병째 콜라를 들이키던 선주 아들, 정선이었다. 정선은 아버지가 풍으로 쓰러진 뒤 도시 생활을 접고 귀향했다. 하지만 연근해 고기잡이는 이미 내리막길이었다. 정부에서조차 어선 감축 정책을 펴는 상황이었지만 아버지는 고깃배에 대한 미련을 버리지 못했다. 선대부터 내려오던 가업이기 때문이 아니었다. 술, 여자, 노름 삼박지를 고루 갖춘 아버지였지만 뱃일만큼은 천직으로 알았다. 만선의 깃발을 달고 항구로 돌아오던 선주이며 선장이었던 아버지는 개선장군처럼 당당했다. 그러나 뱃사람으로서 아버지는 뭍에 발을 디디는 순간 육지 멀미를 하는 사람처럼 부두 거리를 바람에 섭슬리는 검불처럼 휘청거리며 오르내렸다. 고기를 많이 잡으면 많이 잡는 대로 고기를 못 잡으면 또 못 잡는 대로 배에서 곧장 술집으로 향했고, 단골 술집 골방에 술이 깰 때까지 된장에 풋고추 박히듯 틀어박혀 있곤 했다.

스툴을 출입문 가까이 옮긴 정선은 페트병을 거꾸로 들고 마지막 한 방울까지 탈탈 털어 마셨다. 문밖으로 보이는 하늘은 구름 한 점 없이 새파랬다. 학교 옥상이 미루나무 우듬지 사이로 숨은 그림처럼 간신히 모습을 드러냈다. 방학이면 고향에 돌아와서 윤오를 만났다. 서너 달씩 떨어져 지냈어도 어제 만난 듯 아무렇지도 않았다. 의외로 윤오는 동무들과 어울리는 일에 어려움을 겪었다. 시끌벅적하게 떼를 지어 몰려다니는 것처럼 보여도 씨동무는 서너 명이 고작이었다. 그러면서도 주일이면 교회에 나가 예배에 참석했다. 의아하게 생각했지만 이유를 따져 묻지는 않았다.

"니들 오색딱따구리 본 적 있냐?"

"뭐, 뭘 봐? 딱따구리?"

"저 앞 미루나무에 오색딱따구리 둥지가 있는데, 본 사람 있어?"

"참새하고 까치는 안다."

"색깔이 참 이쁘더라. 저기 살아 있는 미루나무에 구멍을 뚫고 거기서 새끼를 쳐. 텃새래."

웅굴이 있었다. 방과 후 동무들은 웅굴에서 만나자는 소리를 던지고는 각자 집으로 돌아갔다. 약속 시간 같은 것도 없었지만, 어느새 부두 뒤편 산등성이 너머 바닷가 웅굴에 동무들은 모여들었다. 부두에서 흰섬까지 지름길이었고, 토끼길처럼 좁은 오솔길을 단숨에 뛰어넘으면 거기에 거짓말처럼 벼랑 아래 웅굴이 가만히 모습을 드러냈다. 바위틈에서 샘솟는 우물이었지만 누구나 '웅굴'이라고 불렀고, 그렇게 불러도 누구나 다 알아들었다. 바닷물은 바윗돌에 막혀 그곳까지 들어오지 못했고, 우물 속 샘물은 또 바다까지 닿지 않았다. 물은 다디달았다. 맑은 날 바다 빛깔보다 담담했다. 굵은 모래알을 뚫고 퐁퐁 솟구치는 물길은 작은 분수였다. 라면을 끓였고, 회를 떴다.

"난, 큰 나무는 무섭던데. 귀신이 사는 것 같거든요."

"요즘 같은 대명천지에 귀신이 어디 있냐?"

"왜 없어요? 풍어제 지내고, 당산제 지내는 게 다 귀신한테 잘 보이려고 그러는 거잖아요."

그 동무들 가운데 윤오가 있었고, 회사 생활을 접고 귀향해서 웅굴 옆 흰섬을 혼자 오가던 그때 피시방을 운영하던 윤오를 다시 만났다. 예전과는 다른 인상이었지만 대수롭지 않게 여겼다. 보리밥처럼 헤식은 듯하면서도 시시껄렁해 보였다. 무엇에 탐닉하는 모습을 본 기억은 없으나 껄렁껄렁하며 너절하지는 않았다. 그런데 술만 마셨다 하면 인사불성이었다. 찌그렁이 붙는 일이 예사였다. 처음에는 놀랐고, 차츰차츰 횟수가 늘어나면서는 지질하게 여겨졌다. 의가사 제대했다는 말을 들었을 때는 믿기지 않았다. 하품을 치면서도 어울렸다.

"다 함께 가자. 혼자 무슨 낯으로 가냐? 이게 도대체 몇 번째냐?"

정비소 사장, 명남이었다. 다른 동무들과 달리 명남은 마을 입새를 묵묵히 지키는 장승처럼 한 번도 고향을 떠난 적이 없었다. 누구보다 오래 윤오를 곁에서 지켜봤으며 읍내 중학교에 다닐 때부터 정선이네 배를 탔다. 날품을 파는 것이었지만 워낙 바다를 좋아했다. 군살이라고는 없이 까무스름한 얼굴은 유난스레 반짝거렸다. 정선의 아버지는 명남이 뱃일을 접고 정비소를 차린 것을 두고두고 아쉬워했다.

"그래. 다 같이 가자. 언제 또 가 보겠어? 이번에 안 가면 언제 가겠냐고? 지난번에도 가자가자 해놓고서는 못 갔잖아. 정선이는 왜 안 되는데?"

구석에 앉아 스포츠신문을 보며 바둑을 복기하고 있던 노가다였다. 미스 오는 천천히 고개를 돌렸다. 다들 손에 패를 들지 않은 모습은 처음이었다. 노가다가 말을 하는 경우는 가뭄에 콩 나듯 드물었다. 모두들 노가다를 바라봤다. 노가다는 에쎄를 꺼내 물며 정선을 바라봤다. 미스 오는 슬그머니 방충망이 없는 창문을 열었다. 후텁지근한 열기가 밀물처럼 쏟아져 들어왔다. 주춤 뒤로 물러섰다. 공기 배출기 열기나 별반 다르지 않았다.

"시간이 맞는 사람들끼리 먼저 다녀오면 되잖아? 안 가겠다는 게 아니니까, 독촉하지 말고."

"독촉하는 게 아니고, 네가 안 가면 윤오가 섭섭해할 테니까 그렇지. 우리야 있으나마나 할 테고. 널 제일 편해 하니까."

"아무튼 오늘은 안 돼. 미스 오, 다음부터는 콜라 가져올 때 페트병 큰 거로 가져와. 작은 거는 감질나니까."

"그만하자. 안 간다는 게 아니고 다음에 간다잖아. 우리끼리 가자고."

후텁지근한 공기가 목을 쥤다. 미스 오는 스마트폰 케이스에 끼워 두었던 껌을 꺼내 종이를 벗겼다. 껌을 질겅거리면서 두루마리 휴지를 풀어 소리 나지 않게 코를 풀었다. 머리가 지끈지끈했다.

"미스 오, 감기 걸렸냐? 오뉴월 감기는 개도 안 걸린다는데."

"우리야 가도 들러리일 테고. 급한 일 없으면 함께 가자는 건데."

정선은 오고가는 대화를 듣는 둥 마는 둥 문밖 미루나무 우듬지를 건너다보고 있었다. 미루나무에 난 주먹만 한 구멍에 오색딱따구리가 들락거린다는 것을 알려 준 사람은 윤오였다. 그래서 난생처음 검정색과 흰색, 진붉은색으로 알록달록한 오색딱따구리를 직접 보았다. 소란스러운 울음소리는 여태도 귓가에 쟁쟁했다. 해 질 녘이면 새끼들은 구멍 밖으로 고개를 내밀고서 어미를 기다렸다. 그럴 때는 가만바람조차 불지 않았다.

16

"집에 있었네. 날이 여간 아니네."

오래뜰에서 김을 매고 있던 홍주는 호미를 든 채 허리를 폈다. 눈앞은 풀밭 천지였다. 손으로 잡아 뽑고, 호미로 매도 돌아서면 고스란히 다시 풀밭이었다. 처서나 지나야 풀들도 숙질 터였다. 땀이 줄줄 흘렀다. 논들은 제비 떼들로 시끌벅적했다.

"바쁜가? 지나다 들렀네."

"풀이 얼마나 기승스러운지. 어서 오쇼."

"종두 만났나?"

"왜, 무슨 일인데요?"

"그 집 막내가 병원에 있다네. 벌써 몇 번째인가 그래."

"처음 듣는 얘기인데요."

"어제 읍내 나갔다 들었네."

"종두 형님은 아무 말씀 없으시던데. 별일이야 있으려고요."

"다방 아 말로는 피를 많이 흘렸다고 하던데. 젊은 아가 왜 그러는지 몰라?"

동수는 받은 숨을 내쉬면서 손수건을 꺼내 이마에 땀을 닦으며 평상 쪽으로 걸음을 옮겼다. 그 뒤를 장갑을 벗어든 홍주가 따랐다.

"그나저나 형님은 지내기가 어떠쇼?"

"도무지 뭘 먹을 수가 없네. 속이 메슥거려서. 그래서 운동 삼아 이렇게 나와 다니기는 하는데, 오래 걷자니 그것도 내겐 볼되네. 옛날 정글 속을 헤딤벼치던 생각을 하면 이깟 것 새 발의 피인데 말여."

"집에 금송아지가 있으면 뭘 한답니까? 그 담배나 좀 끊으쇼."

"담배까지 못 피면 무슨 낙으로 사나? 끊을 거면 젊었을 때 끊었어야 했던 것이고, 아예 배우질 말았어야지. 나는 그냥 피우다 말라네. 지금 끊는다고 무슨 도움이 되겠나? 병원에서도 끊으라는 소리를 안 하는 걸 보니 얼마 남지 않은 모양이야. 다른 거는 몰라도 그건 좀 아쉽네. 얼마 남지 않았다고 하니까 뭘 해야 되는지도 모르겠고. 뭐가 있어야 정리도 하지. 이거는 뭐."

"뭐 드시고 싶은 거는 없으쇼?"

"범벅, 왜 있잖은가? 투세라고 했던, 범벅 말일세. 어릴 때 한여름이면 엄니가 한데부엌에서 땀 뻘뻘 흘리면서 그 범벅을 해 주셨는데. 밀가루에 감자와 강낭콩 등을 넣은. 밀가루가 많이나 들어갔나. 그저 시늉뿐이었지. 그때는 그걸로 끼니를 때우는 게 여간 싫지가 않았는데. 그런데 그게 다 눈에 선해. 이따금 그 생각이 나면 입에 군침이 다 도니, 참."

"그럼, 여기 평상에 앉아 좀 기다리쇼. 점심때도 되었고 하니."

"뭘 하려고?"

"투세, 범벅 드시고 싶다면서요. 마침 강낭콩도 있고 하니, 출출

하던 참이었는데 잘됐네. 기다리쇼."

"더운데 뭘 그런 걸 해? 나 때문이라면 그만둬."

이미 홍주는 호미를 내던지고 부엌으로 사라져 보이지 않았다. 호두나무 이파리가 너울너울 햇볕을 가려서인지 바람이 서늘했다. 몸이 좋지 않은 뒤로는 턱없이 더웠다가는 또 여느 때 없이 추위를 느꼈다. 동수는 담뱃갑을 꺼내 들고서는 논들이 내다보이는 평상 모서리에 다리를 내려뜨리고 앉았다.

앞집 강담을 타고 오른 붉은 능소화에 눈이 시렸다. 흔하지 않은 꽃이었고, 그랬으므로 어른들은 꽃송이를 만지면 눈이 먼다고 능갈쳤다. 그래서 더욱 만지고 싶었다. 하지 말라고 하는 것만 골라 부득부득 우겼다. 몸이 거풋하고 날렵해서 개구진 짓을 맡아 놓고 했다. 한여름이면 감자, 옥수수는 물론 남의 집 닭장에 닭을 서리하는 일도 서슴지 않았다. 어느 해는 남 씨네 개를 훔치는 바람에 한바탕 소동이 일었다.

우릉우릉 천둥 치는 소리가 들리는가 싶더니 종두의 초록색 트랙터가 마당으로 들어서고 있었다. 동수는 시풋한 표정으로 담배개비를 그루박으며 몸을 돌려 외어앉았다.

"자네가 어쩐 일이나?"

"못 올 데를 왔나? 그러는 자네는 무슨 일인가?"

"지나가다 들렀지."

"피차일반이네."

종두는 잠시잠깐 돌아설까 망설였지만 그대로 평상에 엉덩이를

183

걸쳤다. 그 바람에 동수는 평상에 내려뜨렸던 다리를 평상 위로 올려놓으며 신발을 벗었다.

"홍주는 없나?"

"왜, 부엌에 있네. 병원에는 다녀왔나? 아는 좀 어떠나?"

"그러루해. 자네는 어떤가? 얼굴이 아주 못쓰게 됐네. 홍주, 나 왔네." 종두는 부엌을 향해 소리쳤다. 뒤미처 동수는 "왜 저승길 동무하자고 할까 봐 겁나나? 괜찮네, 괜찮아." 대답하는 사이 부엌 쪽에서 "잠깐만 기다리쇼." 하는 홍주 목소리가 들려왔다.

"꼭 말을 그렇게 해야 속이 시원하지, 자네는. 누구나 끝내는 다 죽는 줄 번히 알면서도 사는 게 인생 아녀?" 종두는 왼고개를 틀었다.

동수와 종두는 갑장이었지만, 동수가 늦은 가을이고 종두는 이른 봄이어서 어릴 때는 형이네 아우네 다투기도 많이 다투었다. 어쩌다 보니 군대도 같은 해 앞서거니 뒤서거니 해병대에 입대하게 되었다. 가기 싫다고 했던 동수는 베트남전에 참전을 했고, 가고자 했던 종두는 끝내 참전을 못했다. 종두는 동수가 되양되양하다고 여겼고, 동수는 종두가 흘미죽죽하다고 여겨서 만나면 뜨악하고 냉랭한 편이었다. 동수와 옥선이 사이에 중매가 들고부터 종두는 불알친구의 옛정 따위는 까맣게 잊었다. 때로는 드러내 놓고 돌려냈다.

"먼저 이것으로 초다짐이라도 하고 계쇼. 오디즙이오." 홍주가 나무소반을 들고 나왔다. 얼굴은 땀범벅이었다.

184

"자네는?"

"범벅하고 있어요. 거진 다 됐으니 조금만 기다리쇼."

"범벅을?"

"예." 그러면서 다시 부엌으로 종종걸음을 쳤다.

"뭐가 먹고 싶냐고 해서 범벅이라고 했더니, 지금 저리 고생을 하고 있네."

"자네가 먹을 복은 있지."

"그렇지. 내가 먹을 복 하나는 타고났지."

오디즙잔을 내려놓으며 동수가 한 말이었다. 그러고는 종두를 돌아보며 미안한 웃음을 웃었다. 피가 끓던 젊은 시절, 너덧이 모여 종원네 닭장에서 닭서리를 하기로 꾀했다. 정찰하는 군인들처럼 닭장 문까지 소리 없이 다가갔다. 종원이 미리 개에게 마른 명태 대가리를 던져 준 덕이었다. 닭을 꺼내는 것은 종원이 몫이었지만 마지막에 이르러 도저히 못하겠노라고 발뺌하는 바람에 종두가 앞장섰다. 닭 모가지를 비틀어 나오는데 막판에 닭들이 홰를 쳤다. 잠귀 밝은 종원 어머니가 대문을 열고 나오고 있었고, 닭장 밖에 있던 너덧은 죽을힘으로 냅뛰고 있었다. 뒤에 보니 망을 보겠다고 했던 동수가 없었다. 오줌이 마려워서 그랬다고 둘러댔다. 종원은 제 집이라고 멀찌감치 도망해서 있었고, 종두는 앞장을 섰다가 두고두고 종원이 어머께 지청구를 들어야 했다.

"난 밀가루 음식은 영 싫은데, 별스럽게 옛날에 먹던 범벅이 다 생각나데."

"옛날엔 너나없이 많이도 먹었지. 밀가루가 귀해 많이 넣기나 했나, 맨 잡곡 투배기였는데. 그것조차도 멱이 차도록 먹어 보는 게 소원이었으니. 요즘에는 별미네 어쩌네 하지만. 한여름엔 뜨더국, 한겨울엔 왜 있지 않은가? 옥수수를 능그어 만든 옥수수범벅. 나는 이따금 그게 먹고 싶은데 누가 해 줘야 말이지."

"집에 사람이 있는데 좀 해달라고 하지. 그깟 게 뭐가 힘들다고?"

"요즘 나무절구 있는 집이 어디 있나. 물에 불린 옥수수를 애벌 찧을 때면 그건 아무래도 나무절구에 찧어야 제맛이 나는데. 그리고 그게 여간 손이 많이 가는 음식인가. 기다려야 하고."

"죽은 사람 소원도 풀어준다는데, 원."

밀가루범벅을 수북하게 담은 대접과 열무김치 보시기를 얹은 밥상을 든 홍주가 나타났다. 종두와 동수는 재바르게 나무소반을 치우며 앉을자리를 마련했다. 동수는 다시 밭은기침을 해댔다. 담배개비는 여전히 손에 든 채였다.

"자네는 피우지도 않을 담배를 여적지 들고 있었나 그래."

"손이 허전해서 말이지. 피우면 숨이 가빠져서 냄새라도 맡으려고. 냄새라도 맡으면 머리가 맑아지는 느낌이 든다네. 영 허전하기는 해도 잠깐 동안은 참을 만하다네. 자네는 늦지 않았으니 지금이라도 끊게. 그거 끊어야 한다고 하질 않나? 나는 이미 늦었고."

"천년만년 살 것 같은 사람이 무슨 소린가?"

"선풍기라도 내올까요? 찜통인데, 또 더운 음식이네. 날이 뭉근한 게 여간 더운 게 아닌데요."

"난 괜찮네. 홍주 덕분에 잘 먹겠네야. 고마우이."

둥근 밥상에 둘러앉았다. 살짝 기울어진 쪽에 앉은 동수가 먼저 수저를 들었다. 홍주와 종두는 말없이 동수를 지켜보며 천천히 수저를 들었다. 밀가루에 단호박과 감자, 강낭콩 등을 넣어 만든 범벅은 뜨거웠지만 별맛이었다. 소반에는 따로 삶은 옥수수를 내왔다. 열무김치 국물을 보시기째 들고 들이키던 종두가 숟가락을 내려놓으면서 이번에는 옥수수를 집어 들었다. 동수의 수저질은 굼뜨고 어줍었다. 예전 같으면 두 그릇쯤은 아무렇지도 않게 비웠을 동수였다. 작달막한 키에 잠자고 난 누에처럼 먹새가 좋아서 한소리씩 듣곤 했었다. 동수는 몇 번이고 손수건을 꺼내 이마에 흐르는 땀을 닦아 냈다. 종두는 손으로 옥수수 알을 밀어 떼어 낸 뒤 공기놀이하듯 옥수수 알을 하늘 높이 던졌다 입으로 받아서 조심조심 씹었다. 홍주는 가만히 눈을 감았다 떴다. 울컥, 속에서 뜨거운 것이 올라왔다. 슬리퍼를 찾아 신고 부엌으로 들어갔다.

"형님, 여기 얼음물. 이건 산도라지 갈아서 꿀에 재운 거요. 범벅 다 드시고 드쇼. 그리고 여기 이 병은 갈 때 가져가시고. 꼭꼭 씹어서 드쇼. 더 드릴까?"

"이것도 시방 많네, 많아. 위가 줄었어, 내가. 맛이 좋네."

"옛날에 먹던 것만 하려고요?"

"아녀. 시방 옛날 생각하면서 먹네. 딱 우리 엄니가 해 주시던 그 맛이네. 좋네. 덕분에 범벅을 다 먹고. 내가 먹을 복 하나는 타고났다니까."

종두는 먼산바라기를 하고 앉아 파리채를 휘두르고 있었고, 홍주는 평상 밖에 우두커니 서 있다 털썩 평상에 걸터앉았다. 목이 멨다. 농사원에서 나눠 준 부채를 종두에게도 하나 쥐어 주고, 자신도 하나 들고서는 가만가만 범벅을 먹는 동수를 향해 부채질을 했다. 까치 떼가 까마귀 한 마리를 쫓아다니며 북새를 놓았지만 호두나무 그늘 밑은 폭풍이 지나간 밤처럼 고즈근했다.

두어 숟가락쯤 남긴 채 동수는 숟가락을 내려놓았다.

"더는 못 먹겠네야. 배가 남산만 해졌네. 숨도 차고."

홍주는 동수를 물끄러미 봤다. 까무잡잡한 얼굴에 눈은 떼꾼해지고, 깊어진 주름 사이로 땀이 비 오듯 흘러내렸다. 한생이 그 주름 속으로 다 스며든 듯했다. 이예 세수수건을 따로 한 장 건넸다. 마라톤이라도 한 사람처럼 할근할근 받은 숨을 쉬었다.

정월 대보름이면 동수는 장구를 둘러멨다. 짚신을 신은 오른발을 살짝 들어 올리며 상모를 돌릴 때면 아낙들 가슴도 덩달아 달떴다. 그럴 때마다 호순은 동수 앞을 가로막으며 막걸리 사발을 내미는 아낙들 접근을 막았다. 동수 손끝은 보드랍고 날렵했다. 남정이 봐도 마음이 싱숭생숭, 내치락들이치락했다. 그런 그가 이젠 숨 쉬는 것조차 버거워했다.

"병원에는 다니나?" 종두가 물었다.

"다니긴 하지. 입원을 하라는데 내 집에서 죽고 싶네. 입원하면 다시는 집으로 돌아오지 못할 것 같아서. 마지막일 것 같다는 말이지. 끝인 줄 번히 알면서 거길 어떻게 가나? 젊었을 때야 가기 싫었어도 결국엔 월남엘 갔지만 그때는 젊었고, 지금은 사정이 다르지 않은가. 그때도 참말 무섭고 싫었다네. 사지에 들어가는 놈들은 죄다 힘없는 놈들이었지. 힘진 놈들은 어떻게 해서든지 뒤로 빠졌어. 거기는 그야말로 지옥이었지, 지옥이었다고. 육이오는 아무것도 아녀. 아무것도 아니었다고. 그런 곳에서 내가 살아왔네. 월남에 돈 벌러 갔다고들 했지만, 돈은 무슨? 미국 놈들에 비하면 새발의 피였지. 총알받이였지, 그게. 나는 귀신은 믿어도 신 같은 거는 안 믿네. 베트콩들이 파 놓은 땅굴을 보면 정말 진저리머리가 나지. 그런 놈들이니까 미국을 이겼겠지만. 아주 지독한 놈들이야. 미국 놈들은 땅굴 속으로 들어갈 때마다 성호라는 걸 그었네. 그랬는데도 열에 아홉은 굴속에서 죽어 나왔어. 아니, 주검조차 찾지 못한 놈들이 부지기수였지. 지금도 가끔 꿈에 보이네, 그 검은 동굴이. 불타는 지옥이. 그래, 불타는 지옥이었지. 그런 곳에서 살아 돌아온 놈이네, 내가. 그러니까 쉽게 죽지는 않을 거란 말이지, 내 말은. 허허. 홍주 자네 덕분에 내가 모처럼 입에 맞는 음식을 먹었네. 좋구만."

동수는 수건으로 꾹꾹 눌러 얼굴을 닦았다. 썩은 메주처럼 새까맣던 얼굴이 갓 딴 홍옥처럼 빨개졌다. 홍주와 종두는 부채질도 멈춘 채 가만히 그런 동수를 맞바라봤다.

"그러니까 그 담배도 좀 끊어. 뭐 없으면 못 살 거라고 여태도 그거 하나를 못 끊고 그러나? 그게 다 암의 발명 원인이라고 하지 않나?"

"그럴까? 그것뿐이었을까?"

17

　가물을 탄 고추밭에서 맏물 고추를 딴 뒤 물을 주던 옥선은 밭두
둑 감나무 그늘 아래 앉아 땀을 들이고 있었다. 땀이 비 오듯 했다.
햇빛 가리개 모자를 벗으며 수건으로 땀을 닦았다. 혼자서 하는 일
은 자리도 안 나고 개갈도 안 났다. 눈도 따갑고, 목도 말랐다. 연
일 비 한 방울 내리지 않는 불가물에 찌물쿠기까지 했다. 일할 때
는 잊어도 잠시라도 일손을 놓으면 온몸이 사그라지는 짚불처럼 맥
이 없었다. 이따금 뻐꾸기가 울었다. 매시근하게 잠이 왔다.

　트랙터 소리에 마시던 물병을 내려놓으며 고개를 돌렸다. 종두였
다. 기계는 사람을 닮았다. 똑같은 트랙터, 경운기인데도 운전하는
사람에 따라 미묘하게 다른 소리를 냈다. 종두가 운전하는 트랙터
는 조심스러운 듯하면서도 왈강왈강 매번 자갈밭을 굴러가는 듯한
소리를 냈다. 소리가 들리는 곳이라면 어디서든 종두가 운전하는
농기계소리를 알아맞힐 수 있었다. 앞에는 바가지를 뒤에는 농약
살포기를 달아 놓은 트랙터는 그것 자체만으로도 버거워 보였다.
옥선은 모자로 부채질을 하며 가만히 종두의 트랙터를 바라봤다.

　산천에 온통 밤꽃뿐인 유월이면 뼈가 저릴 정도로 몸이 뜨거워지
곤 했다. 일손이 잡히지 않았다. 옥선은 무엇에 홀린 사람처럼 밤

이 깊어지면 종두네 대문 앞까지 달음박질치곤 했다. 문득 정신을 차리고 내려다보면 맨발이었다. 슬프고 애달팠다. 가슴을 쥐어뜯으며 강담을 넘어온 달빛을 밟으며 집으로 도서곤 했다. 돌아설 때마다 알지 못할 서러움에 볼을 깨물었고, 입안은 헐어서 밥을 삼킬 수 없었다. 그렇게 신열로 들뜨던 나날도 밤꽃이 이울면 감쪽같이 잊힌 채 순해졌다.

검은등뻐꾸기가 울고 보름달이 떴다. 담뱃불이 바닷속 용등처럼 빛났다. 우뚝 멈췄다. 자귀나무 아래 평상에 앉아 담배를 피우고 있던 종두를 봤다. 울음으로 온몸이 출렁거렸다. 산이 흔들리고 물길이 뒤집혔으며 자귀나무가 물구나무를 섰다. 무릎을 가드라뜨리고 돌아앉은 옥선의 등허리를 종두의 그림자가 가만히 감싸 안았다. 메말랐던 땅에 비가 내리고 따뜻한 바람이 불었다. 천둥이 치고 섬광이 번쩍거렸다. 격류였다. 물마가 잦아들며 열락의 꽃이 피었다. 연분홍 자귀나무 꽃잎들이 마른 바람에 가만가만 나부꼈다.

종두의 트랙터가 물길 입새에서 멈춰 섰다. 밭 가장자리는 콘크리트 물길이 지나갔고, 물길 둑에는 붉은 원추리 꽃이 떼판을 이뤘다.

"원, 사람을 보면 아는 척이라도 좀 해."

"논에 가요?"

"올벼가 패암을 했나 둘러보는 길이네."

"어때요?"

"아직까지는 괜찮네. 어디 아픈가?"

"더워서 그렇지 괜찮아요. 막내는, 어때요?"

"그러루해. 날이 퍽 덥네."

"그러게요."

"참, 자네 막내아우를 이맘때쯤 잃어버리지 않았나?"

"막내요? 아, 순철이요. 그걸 기억해요? 그때가 언제라고. 칠석 지나고 그랬으니까 이맘때네. 근데 갑자기 순철이는 왜요?"

"말복에 개를 잡는다니까 그저 생각이 났네."

"우리 친정 엄니. 남편 없는 과부가 애를 낳았다고 그때 별별 욕이란 욕은 다 들었는데, 그렇게 생긴 애를 머리도 못 올려 주고 잃어버렸으니. 우리 엄니 속도 속은 아니었을 거요. 그때는 사람들 입길에 오르내리는 엄니가 밉고 싫어서 아는 체도 하지 않았는데. 나이를 먹고 보니 왜 그랬나 싶어요."

"미안하네. 그때 조금 더 찾아봤어야 했는데 말여."

"민갑 씨는 군인들 총에 맞아 죽었는데도 항의조차 못했는데, 찾기는 어디서 찾아요? 그래도 엄니 생각하면 아쉽기는 해요. 남편 없이 얻은 아이였지만, 엄니 처지에서는 저나 그 애나 배 아파서 낳았을 거 아뇨?"

"그때 마을에 상주하던 이 형사 아이일 거라는 소문이 파다했지."

"그 애를 찾았더라면 우리 엄니 말년이 조금은 편안했을까요?"

"미안하네."

"왜퉁스럽게 뭐가 자꾸 미안하다는 거예요? 우리 순철이 없어진 거랑 무슨 상관이 있다고. 왜 무슨 일이 있어요? 안색도 좋질 않고."

"내가 그때 마을 사람들을 욱대기지만 않았어도 수색을 한 번으로 그치지는 않았을 게 아닌가? 그래서 미안하다는 거지, 별 다른 뜻은 없네."

"한두 해도 아니고, 새퉁스럽게. 뼈조차 흙이 되었을 텐데. 벌써 그렇게 되었네, 그러고 보니. 아이고, 세월이 벼락같네."

"그러게."

"그때 그렇게라도 서둘지 않으면 우리 엄니는 물론 마을 사람들 닦달도 여간 아니었을 거요. 좀 수상한 시절이었나? 누구라도 나서서 서둘렀으니까 망정이지. 그래서 그나마 유야무야 잊혔지, 아니었으면 꽤나 시끄러웠을 거예요. 참 괘꽝스러운 데가 있네."

"나이를 먹어서 그런 게시."

"드실라우?"

"미지근하면 그만두고."

"아직은 얼음이 있어요."

"무슨 물이여?"

"이것저것, 날이 물궈서요."

"잠 안 오는 데 먹는 약초는 없나?"

"글쎄요, 대추가 좋다고는 합디다만. 누구 말로는 상추쌈도 괜찮고."

"대추나무가 싸리나무 병이 들어 베어 버렸는데, 집에 있으려나 모르겠네."

"없으면 우리 집에 들러요. 상추는 있을 것 아뇨?"

194

"있기야 있지."

"맘이 편해야 몸도 편한 법인데. 그만 끌탕하시우. 어디 부모 맘대로 되는 자식이 있답디까?"

"애면글면한다고 되는 일이 아니라는 것을 버히 알면서도 맘이 어디 그런가? 자네는 안 그런가? 죽어야만 잊히겠지. 어쩌다가 이 모양이 됐는지, 원."

"퇴원은 언제 해요? 가 봤어요?"

"거길 뭐 하러 가. 안 갔어. 퇴원이야 때 되면 어련히 알아서 하려고."

"요즘도 팽이 깎아요?"

"팽이?"

"지난번에 왜 팽이채 만든다고 닥나무 껍질 벗기지 않았어요? 그래서 하는 말인데, 팽이 깎으면 나 두어 개만 줘요. 손주들 주게. 할아비가 없으니 그것도 아쉬운 소리를 해야 하네."

"팽이는 한겨울 얼음강판에서 쳐야 재미가 나지. 한여름에 무슨……. 알았어. 손이 나면 한번 깎아 보지 뭐."

패름이 도는 봄이 올 때까지 겨우내 얼음이 언 논배미와 개울을 번갈아들며 빙구를 탔고, 또 팽이를 쳤다. 찬바람에 얼굴이 트고 손발에 새빨갛게 얼음이 박혀도 쉽게 자리를 뜨지 못했다. 화톳불을 피운 불무더기가 있었으나 거세찬 바람을 이기지는 못했다. 옥선은 맏딸이라고 아버지가 만든 빙구를 들고 얼음강판에 나가기는 했으나 불무더기 앞에 쪼그리고 앉아 시간을 보내기 일쑤였다. 버선발이 얼고 귓불이 시려 걸음을 돌리려고 할 즈음이면 어느 결에 종두가 다가와 자신이 쓰고 있던 토끼털 귀마개를 슬쩍 옥선이 귀에 씌워 주고서는 아닌 척, 등을 한번 툭 치고는 벌써 저만치 얼음 강판을 미끄러져 가고 있었다. 그 뒷모습에 우질부질 속을 태우기는 했지만 두 손으로 토끼털 귀마개를 잡고 있으면 따뜻하고 보드라운 기운이 뼛속까지 스며들곤 했다.

"덥네. 일찍 들어가. 물맛이 좋네."

"날도 더운데, 좀 능놀며 해요."

"자네도 그만 이 악물고 살아. 덥네. 일찍 들어가."

얼마쯤 참고, 얼마쯤 견뎠던 일들이 부질없이 느껴졌다. 다짐과 의지는 번번이 무너졌다. 밤이면 불 꺼진 주방을 서성거리며 종두네 마당을 내다보는 일이 부쩍 잦아졌다. 물끄러미 건너다보다 도둑고양이와 눈이 마주치는 바람에 지레 놀라 엉덩방아를 짓찧곤 했다. 폭풍우가 휘몰아치듯 마음이 뒤넹기쳤다. 깜깜한 살의가 온몸을 휘갑쳤다. 거친 숨소리에 스스로 놀라곤 했다. 젊었을 때는 그림자라도 볼 수 있으니 다행이라고 여겼다. 시간이 격지격지 쌓여 지층처럼 단단해지면 그만 잊고 덤덤해지겠거니 했다. 그러나 나이 들고 손아귀 힘이 전과 같지 않으면서 앞날에 대한 불안도 봄풀 자라듯 했다.

자전거조차 탈 줄 모르는 옥선은 부진이 승용차를 몰고 오가는 것을 볼 때마다 허탈한 기분에 빠져들었으며, 종원의 아들이 검사가 되었다고 종원의 칠순잔치를 호텔 뷔페에서 거하게 차릴 때는 그 심정이 극에 달했다. 환갑잔치하는 사람 누가 있느냐는 말로 큰 며느리는 잔치 벌이는 일을 주저했고, 결국 마을 사람들한테 국수 한 그릇 대접하지 못했다. 말로 온 동네를 다 겪는다는 소리를 부진에게 들었을 때는 눈에서 황이 났다. 종두의 환갑 때 부부 동반 중국 여행을 다녀온 일을 두고두고 되뇌던 부진이었다. 결국 종원에게 논농사를 다 맡겨 버렸다.

목덜미를 흘러내리는 땀을 훔쳤다. 동네 아낙이건, 막내아들 정희건 그렇게 북새를 놓을 때마다 옥선은 카세트를 틀어 놓고 춤을 췄다. 온몸이 땀범벅이 되면서 슬픔조차 잊히는 무아지경에 빠졌다. 독에 물이 차오르듯 발끝부터 온기가 돌았으며 가라앉았던 기분이 차츰 나아졌다. 춤은 읍내 조 씨한테 배웠다. 동네 아낙들 태반이 춤바람이 나서 한동안 마을이 술렁거렸다. 춤 선생이었던 조 씨가 손을 잡아 줘야만 비로소 안도했다. 조 씨 손짓 한 번에 아낙들은 울고, 웃었다. 마을 아낙들은 서로 춤바람이 났다고 손가락질을 하면서도 장날이면 춤 선생 앞에 시장바구니를 옆에 끼고 나란히 서 있곤 했다. 그러나 다른 아낙들은 다 빼고 유독 옥선만 돌려 세우고는 춤바람이 났다고 와자그르르 소문을 냈다.

"쌍녀러 간나들, 지깟녀러 간나들이 그래 봤자지. 흥!" 옥선은 혼잣말을 내뱉으며 머리핀을 고쳐 꽂고 햇빛 가리개 모자의 끈을 조였다. 끙, 뱃구레에 잔뜩 힘을 줬다. 물먹은 고추대궁 아래는 검은 빛을 띠었고, 그렇지 못한 흙무더기는 파슬파슬했다. 마저 듬뿍듬뿍 물을 주었다. 손바닥으로 하늘을 가리는 짓에 불과했지만 고추가 볕에 타 죽게 내버려 둘 수는 없는 노릇이었다. 땀방울이 눈앞을 가렸으며 허리도 뻐근했다.

대출 내준 돈 원금은 고사하고 이자조차 제때 갚지 않는 둘째네는 가난한 집 제사 돌아오듯 번번이 대출을 요구했고, 마지못해 대출을 내주면 삼 개월 가량은 이혼을 하네 마네 하는 소리가 누그러지곤 했다. 그러나 그때뿐이었다. 가게를 열었다 닫았다 하기를 수차례였다. 결국 둘째는 가게를 접고 보험 판매를 시작했다고 전화를 했다. 안사돈이 어린 아이들을 맡아서 길러 주실 때는 갖은 생색을 내던 둘째 며느리였다. 옥선은 모르쇠를 놨다. 그래도 속은 쓰렸다.

들깻잎을 따서 모았다. 에미가 해 주는 밥이라고 달게 먹는 놈은 그래도 막내 정희뿐이었다. 다른 자식들은 에미가 만든 반찬이라고 해도 돌려놓기 일쑤였다. 어떤 날은 아예 젓가락조차 대지 않았다. 명절이라고 집엘 와도 음식점으로 달려가 밥을 사 먹었다. 옥선은 돈이 아까워서라도 외식은 언감생심 꿈도 꾸지 못했다. 장독에 막장, 고추장들이 그대로 굳어 가고 있었다. 집에서 담근 간장은 아예 입에 대지도 않았다. 미역국을 끓일 때는 집에서 담근 조선간장에 들기름을 넣고 달달 볶으라고 일러도 그때뿐이었다. 그래도 해마다 음력 정월이면 장을 담그고 간장을 끓였다. 그래야 한 해 일을 제대로 시작한 듯 마음이 뿌듯했기 때문이었다.

"형수님, 깻잎 몇 장만 주쇼."

종두의 트랙터가 떠난 자리에 홍주의 포터 트럭이 와서 섰다. 논들 한편에서는 논두렁에 제초제를 치고 있었고, 또 한편에서는 이삭도열병 방제 농약을 뿌리고 있었다. 농약 냄새가 안개처럼 떠돌았다.

"깨를 안 심었나?"

"심었는데, 아직 깨가 어려서요."

옥선은 바구니에 차곡차곡 담아 놓았던 깻잎을 자밤자밤 덜어 홍주가 건넨 비닐봉지에 담았다. 트럭에서 내린 홍주는 목에 건 수건으로 땀을 닦으며 옥선의 손길을 내려다보고 섰다. 어스렁토끼가 재를 넘는다고, 언제 봐도 옥선의 일손은 곰바지런했다. 시원시원한 맛은 없었지만 꼼꼼한 덕에 뒷마무새가 보기 좋았다.

"날이 여간 더운 게 아닌데, 집에 가실 거면 모셔다 드리고."

"고기를 사 왔나?"

"그럴까 하고요. 안 들어가실 거요?"

"조금 더 있다가. 가물어서 그런지 깨가 안 크네. 비료를 더 해야 하는지?"

"잘 자랐는데, 비료 그거 뭐하려고 자꾸 해요. 벌써 깻잎을 딸 정도가 됐는데. 화학비료는 조금만 써요, 형수님."

"이게 다 비료, 농약 덕에 이만큼이라도 큰 건데. 풀약(제초제)을 치면 바닥도 깨끗하고, 품도 덜 들고 하니 나쁘다고 해도 안 치고 배겨 낼 재간이 없어요."

"같은 작물을 심던 자리에 또 심고, 같은 제초제를 치고 또 치고 그러니 자연 병들고 수확도 줄나는 거 아뇨? 섞어짓기라도 하면 좋을 텐데. 퇴비 한 번을 안 하면서."

"여러 가지를 심으면 손도 많이 가니, 안 돼요. 예전처럼 김맬 자신도 없고. 풀약 한 번이면 밭이 깨끗해지는데, 어떻게 그걸 안 쳐요? 그리고 비료 한 번 주면 고추든 깨든 자라는 게 눈에 띄게 확 달라지는데. 아재, 이젠 농약 비료 없으면 농사 못 지어요. 점점 힘이 달리니 어쩌겠소?"

"그래서들 자꾸 아프잖소. 밤낮없이 농약 비료들을 쳐 대니. 아, 안 들어가실 거면 먼저 가요."

"예. 들어가요, 아재."

18

"소식 들었나? 동수가 병원에 실려 갔다네. 내가 일일구에 전화했어."

"어느 병원이오?"

"의료원에 갔겠지. 그건 확인 안 했네."

"혼자 태워 보냈단 말이오?"

"이장한테 연락했으니 알아서 했겠지. 그래도 내가 먼저 발견했기에 망정이지. 하마터면 큰일 날 뻔했는데, 뭘 그래?"

논길에 봉고 트럭을 세운 종원은 의기양양했다. 피사리하던 홍주는 벼 포기들을 헤치며 논둑으로 올라섰다. 옆구리에 찼던 비료 포대로 만든 다래끼 끈을 풀었다. 턱턱 숨이 막혔다. 모자 끈으로 땀방울이 흘러내렸다. 아무 데고 그늘은 없는, 짙은 초록의 허허벌판이었다. 종원이 탄 트럭을 등지고 서서 물장화를 벗었다.

"왜, 가 보려고? 이장이 갔을 거라는데 그래. 거 제초제 치면 되는 거를 가지고. 아예 피논이네, 피논. 못자리할 때 피 죽는 약 쳤으면 지금 그 고생은 안 해도 되잖은가?"

"이장은 이장이고. 그리고 형님, 제초제 그거 자꾸 치면 내성이 생긴다고 몇 번이나 말했소? 항생제 내성이 생기는 것과 마찬가지란 말요.”

“그 피사리나 마저 하면 좋겠구만. 무슨 그리 죽고 못 사는 사이
라고 하던 일까지 내팽개치는지 원. 나는 이만 가네.”

그러는 순간 일 톤 봉고 트럭은 콘크리트 포장을 한 논길 길섶에
뒷바퀴가 빠지고 말았다. 움찔움찔할 때마다 머플러에서는 검은
연기가 쿨럭쿨럭 뿜어져 나왔다. 물장화와 다래끼를 손에 든 홍주
는 어이없는 표정으로 트럭 뒤꽁무니를 바라보고 섰다. 제초제를
친 길섶은 한쪽이 실그러질 정도로 푹 꺼져 있었다. 운전석으로 다
가간 홍주는 고개를 저었다.

“밀어 봐, 좀!”

“안 뇌셌소. 트랙터어야 할 것 같은데요.”

“자네 트럭 있잖아?”

“퍽 깊다니까 그래요.”

그때 논길 저 끝에 종두의 존디어 트랙터가 나타났다. 홍주는 앞
으로 썩 나서서 두 팔을 흔들었다. 보았는지, 못 봤는지 알 길이 없
었다. 전화기를 꺼내며 다시 트랙터를 향해 손짓했다. 초록색 트
랙터가 홍주가 서 있는 논길 쪽으로 방향을 틀었다. 홍주가 고함쳤
다. 들릴 리 없었다. 전화기를 다시 주머니에 넣고 트랙터를 향해
두 팔을 휘둘렀다.

“뭔 일이여?”

“차가 빠졌소. 저기 종원이 형님 트럭이.”

“자네 트럭인 줄 알고 왔더니. 그나저나 바도 없고 와이어도 없

202

는데."

"이봐! 트럭이 빠졌네."

종원은 창문 밖으로 고개를 내민 채 소리쳤다. 종두는 미간을 찌푸렸다.

"원, 그래도 좀 내려서 살펴봐야지. 아무튼 염치와는 담 쌓은 위인이야."

"죽는 년이 밑 감추겠소? 아무래도 집엘 다녀와야겠소. 바가 있어야지. 사람이 밀어서는 되지도 않을 것 같은데요. 바닥이 깊어요."

홍주가 다시 종원의 트럭 앞으로 다가갔다.

"기다리쇼. 집에 가서 바를 가져와야겠소."

"자네 트럭에 뭐 없나? 언제 기다리나?"

홍주는 대꾸 없이 돌아섰다. 종두는 트랙터에서 내려 바퀴를 등지고 앉아 담배를 꺼내 물었다. 트럭과 트랙터가 앞머리를 맞댔다. 황소와 황소가 서로 뿔을 들이받는 듯한 모양새였다. 홍주가 탄 트럭이 눈앞에서 사라졌다. 종원은 그제야 트럭에서 내려 지싯지싯 종두 곁으로 다가왔다. 뜨거운 열기가 훗훗거리며 마른 먼지를 피워 올렸다.

"동수가 일일구에 실려 갔다네. 내가 연락을 했지."

"그랬구먼. 어디 집에서?"

"웬걸, 다리를 건너오다 그랬네. 입원 치료는 왜 안하는지 몰라? 국가유공자네 뭐네 하면서. 나 같으면 진작 가서 드러누웠겠네. 좀 좋아? 때맞춰 밥 줘, 약 줘. 집에서 혼자 끓여 먹는 것보다는 백번 낫겠더구만. 고집 쓰다 그렇게 됐지 뭐. 참, 막내는 어떤가? 괜찮은가?"

종두는 눈을 가늘게 뜨고 논들 끝까지 흘러내려온 산 기스락을 건너다보고 있었다. 격자 모양으로 된 한가운데 논들은 이미 오래전에 경지 정리가 되었다. 매일 대남방송이 왕왕대던 접경지대였기 때문이었다. 그러나 논들 가장자리, 산 기스락에 맞닿아 있는 논배미들은 여전히 비뚤배뚤했고, 길고 좁은 골짜기로 이어져 있었다. 먼산주름 마지막에 우뚝한 산마루는 늙은산이었다. 담배 연기가 산마루 위로 흩어졌다. 늙어서야 겨우 가 볼 엄두를 내게 된다는 산.

이름난 소목장이 잘 만들었던 상여. 새로 만든 상여에 마을에서 가장 오래 산 늙은이를 태우고 마을을 한 바퀴 돌면서 노인의 장수를 축하하고, 동시에 마을의 안녕을 빌었던 그 상여가 어느 날 버려졌고, 방치되었던 상여막조차 비바람에 주저앉아 버렸다. 꽃상여 앞에 길게 이어지던 만장들이 아슴아슴했다. 마지막으로 가는 북망산천 그리하여 늙은산이라고 부르는 산. 멀어졌다 가까워졌다, 아지랑이 피어오르듯 아른아른했다.

"이봐? 막내는 어떻게 됐느냐니까?"

"으응? 아, 막내. 좀 있으면 퇴원할 거라네. 참, 동수는 어디 서울로 갔나?"

"모른다니까. 내가 일일구에 연락한 뒤 이장한테 바통을 넘겼네.

아까 홍주도 묻더니, 일일구가 어련히 알아서 잘해 줄까.”

“일일구에 옮기는 거는 봤나?”

“그럼, 그랬지. 이장이랑 같이 있었다니까. 아무렴 혼자 보냈을까? 근데 자네 어디 아픈가? 영 맥아리가 없어 보이네.”

“날이 더워 그렇지.”

“왜 근심 걱정이 안 되겠나? 하나밖에 없는 아들인데. 나 같았으면 벌써 병원에 집어넣었을 텐데. 자네도 참 딱하네 그래. 아무려면 병원이 낫겠지, 집에서 끼고 있는 게 나을까. 요즘은 약도 얼마나 좋아졌나? 아, 동수 보게. 옛날 같으면 벌써 저세상 사람이 되었을 텐데. 어디 입에 맞는 떡이 있다고. 어른들 말씀에 자식 겉 낳지, 속 못 낳는다고 했네.”

“약이 좋아지긴 했지.”

종두는 담배꽁초를 바닥에 문질러 불을 끈 뒤 물길에 던져 넣었다. 귀울림이 잦아들지 않고 있었다. 농사원에서 준 모자를 벗고 반팔 소매를 당겨 이마에 흐르는 땀을 닦았다. 발동 걸린 경운기처럼 가슴이 쿵쾅거렸다. 지축이 흔들리는 것처럼 눈에 초점이 맞지 않았다. 눈앞을 어지럽히던 영상이 흐릿해지더니 이윽고 사라졌다.

“자네, 옥선이 막내아우 생각나나?”

“누구?”

“옥선이, 정희 어멈 친정 막냇동생 말여. 철장대 하러 큰 산에 들어갔다 실종된 애 있잖은가?”

"아하, 그럼 생각나고말고. 그때 그렇게 홀레볶았는데 어떻게 잊겠나? 북으로 갔네 어쨌네 하면서. 얘기가 나왔으니 말이지만, 그때 찾지 못했던 게 외려 마을을 위해서는 다행이었지. 안 그래? 괜히 군부대랑 얽혀서 찌그럭거려 봤자 결국 손해는 마을 사람들 몫이었을 테니까. 그런데 뜬금없이 옛날 얘기는 왜?"

"복달임한다니까 생각이 났네."

"그때 자네가 좀 별스럽게 나선다 싶었어. 칠석에 개 잡아먹은 게 동티났다고 욱대기는 꼴이 어찌나 우습던지. 그러면서 개는 왜 또 때려잡자고 벅벅거리며 우기나?"

"우스웠다니?"

"막말로 개 잡아믹었다고 사람이 잘못된다고 치면 왜 누구는 멀쩡하고 또 누구는 잘못되느냐 말여. 말이 안 되지. 아, 홍주는 왜 이렇게 꾸물대고 안 오는 거야. 날도 여간 아니구만서도. 소문대로 북으로 넘어가지 않았고 누구 말대로 짐승 밥이 되었다면 벌써 백골이 되었겠지."

"그랬을 테지. 한여름이었으니까."

"산에서 죽었으면 흔적이라도 남았어야 했는데, 그렇지 않은 걸 보면 소문대로 북으로 넘어갔는지도 몰라. 못 찾은 게 되레 다행이었지. 안 그래?"

"그랬을까?"

"어, 저기 홍주가 오네. 원, 함흥차사도 아니고."

전화기를 만지작거리던 종원이 자리에서 벌떡 일어서며 소리쳤다. 쪼그리고 앉았던 종두는 주춤주춤 다리를 펴며 일어섰다. 홍주의 포터 트럭이 지나온 길 위에는 뽀얀 흙먼지가 물수제비처럼 연달아 피어났다. 종두는 모자를 고쳐 쓰고, 담뱃갑에서 꺼낸 담배개비를 고르게 매만진 뒤 라이터로 불을 붙였다.

짐칸에서 바를 꺼내 팔뚝에 감아든 홍주가 앞장을 섰다. 종원은 발탄강아지처럼 오락가락할 뿐, 종두와 홍주가 나서서 종원의 트럭 앞머리와 종두의 트랙터 앞에 달린 버킷에 바를 연결해 묶었다. 종두가 트랙터에 오르기도 전에 이미 종원은 트럭에 올라 시동을 켰다.

"시작해요. 종두 형님, 천천히 뒤로. 아뇨. 잠깐만요. 제가 트럭 뒤로 가 볼게요. 종원이 형님은 가만히 계쇼."

"됐나?"

"아뇨. 삽 있지요? 흙으로 좀 돋워야겠소. 잠깐만요."

홍주는 종원의 트럭 짐칸에 실려 있던 삽을 꺼냈다. 종원은 창밖으로 고개를 내밀고서 홍주를 지켜볼 뿐이었다. 종두가 트랙터에서 내려섰다.

"원, 좀 내려서 보지 않고서는."

"홍주가 어련히 알아서 하려고."

종두는 종원이 트럭 뒤로 돌아갔다. 홍주는 저만치서 삽으로 흙을 떠와 트럭 뒷바퀴 앞뒤를 흙으로 메우고 있었다.

"흙이 꽤 있어야 되겠는데. 괜찮겠나?"

"괜찮아요. 서너 삽 더 뜨면 되겠는데요, 뭐."

"낮짝이 소가죽보다 더 두꺼워." 종두는 가래침을 돋워 뱉었다. 턱턱 숨이 막히고 눈앞이 어지러웠다.

"내린다고 무슨 도움이 되겠소. 차라리 차 안에 있는 게 나아요." 그러고는 홍주는 뻘뻘 땀을 흘리며 삽으로 연신 흙을 퍼 날랐다. 뒷바퀴 앞뒤를 두둑하게 돋운 뒤 허리를 폈다.

"이제 됐나?"

"예. 천천히 당겨야 될 것 같은데. 종원이 형님 범퍼가 시원찮아서."

"알았네."

줄다리기 심판처럼 바 한가운데 서 있던 홍주는 삽자루를 버리고, 다시 종원의 트럭 뒤편에 서서 차를 밀었다. 쿨렁쿨렁하기만 할 뿐 바퀴는 깊은 수렁에 빠진 것처럼 좀처럼 앞으로 나가질 못하고 있었다.

"아, 합이 맞아야지요. 자, 종원이 형님, 종두 형님!" 다시 바 가운데로 돌아온 홍주가 양쪽에 대고 소리쳤다. 웅웅 기승을 부리는 트랙터와 트럭 소리에 귀청이 찢어질 것 같았다. 그때 덜컥, 트럭 바퀴가 논길로 올라섰다. 맥이 풀렸다. 홍주는 양쪽에다 됐다고, 신호를 했다. 종두의 트랙터가 후진해서 큰길까지 나가고 그 뒤를 종원의 트럭이 졸졸 따라갔다. 홍주는 멀찍이 다른 논길에 세워 놓은 트럭을 향해 걸었다. 트럭이 빠졌던 자리는 머플러가 뿜어낸 매연으로 시커멓게 죽었다. 홍주가 쓴 빛이 바랜 야구모자 위로 발갛게 햇볕이 부서져 내렸다.

큰길 길섶에서 종두와 종원이 홍주를 기다리고 있었다. 벚나무 가로수가 손바닥만 한 그늘을 만들었다. 종두는 담배를 태우고 있었고, 종원은 담배 연기를 피해 등을 돌리고 섰다. 휘우듬한 논길을 돌아온 홍주는 종두의 존디어 트랙터 뒤에 차를 세웠다. 흙투성이였다.

"홍주 자네는 이 더위에 피사리를 했나? 원, 흙강아지일세."

"구판장에 가서 하드나 하나씩 먹읍시다. 당최 더워서." 홍주였다. 종두가 고개를 끄덕이며 "그럴까 그럼." 대답하며 종원에게 물었다. "종원이 자네가 살 건가?" "아, 누가 내면 어때? 그깟 하드값이 얼마나 된다고." 종원은 어벌쩡하게 대답을 하고 재빠르게 트럭에 올랐다. 종두와 홍주는 서로 마주 보며 쓰게 웃었다.

"동수가 일일구에 실려 갔다는데, 가 봐야 하지 않을까?"

"가 봐야지요. 이장한테 전화 좀 해 보고요. 의료원으로 갔는지, 서울로 갔는지. 폐를 한쪽 잘라 내고도 멀쩡해 보여서 괜찮은가 했더니만."

"우리도 구판장으로 가세. 덥네."

"예. 종원이 형님 또 군소리할 테니, 얼른 가십시다."

종원은 구판장 느티나무 아래 평상에 앉아 쭉쭉 하드를 빨고 있었다. 입가가 벌겋게 물들었다. 언제 봐도 개가 벼룩 씹듯 음식을 구저분하게 먹었다. 홍주는 인상을 구기며 외댔다.

"캔맥주 하나 마실까 하는데, 종두 형님은?"

"난, 하드나 하나 줘."

"그 생각을 미처 못 했네. 더울 때는 그저 맥주가 딱 좋지. 나도 하나 줘 봐." 종원이었다. 홍주는 냉장고에서 캔맥주를 두 개 꺼내고 감자칩을 하나 집어 들었다.

"이봐, 과자 말고 오징어 없나? 황태나? 애들처럼 과자는 싫으이."

"먹지나 말지."

다시 가게로 들어간 홍주가 계산을 마치고 마른 오징어와 캔맥주를 들고 나왔다. 종두는 종원과 등을 맞대고 앉았고, 홍주는 평상에 종원과 모 꺾어 앉으며 캔맥주의 고리를 땄다. 느티나무 그림자가 종원의 머리 위로 떨어졌다.

"저녁에 나가 볼까 하는데, 이장 말로는 동수 형님이 의료원에 있답니다."

"의료원? 서울로 안 간 모양이네."

"자네 막내가 의료원에 있다고 하지 않았나? 갈 텐가? 난 다음에나 가야겠어. 처음 입원했을 때 병문안 다녀오질 않았나? 입원할 때마다 갈 수는 없는 노릇 아녀? 서울로 안 간 걸 보니 그만그만한 모양이구만."

"자네 나갈 때 전화 주게. 같이 가세."

"문병은 뭐 하러 또 가나? 입원한 사람도 성가실 텐데."

캔맥주 고리를 따면서 종원은 중중거렸다. 종두는 못 들은 척 하드를 베어 먹었다. 월남에서 돌아와 산판으로 돌아칠 때까지만 해도 동수가 암 따위로 끌탕하리라고는 누구도 짐작하지 못했다. 전쟁터에서 살아 돌아왔고, 손가락 하나 다치지 않고 돌아와서 더욱 더 다행스러워했다. 베트남전 당시 한국군은 32만 명이 파병되었고, 그 가운데 5천여 명이 전사했으며 1만 5천여 명이 부상했다.

"자넨 무슨 그리 돈독한 사이라고 애를 쓰나? 일없네. 그리고 내 일을 뒷전으로 미루면서까지 매번 들여다볼 수는 없질 않나? 하루 이틀도 아니고. 집에 오면 한번 들여다보면 되지, 번번이 입원할 때마다 어떻게 들여다보겠나? 그러는 자네들이나 다녀오게. 난 바빠서 안 되겠네."

종원은 꿀꺽꿀꺽 맥주를 들이켰다. 미련한 곰 같다고, 홍주는 생각하면서 맥주를 한 모금 마셨고, 그때마다 느티나무 이파리들을 올려다보며 오징어 다리를 씹었다. 종두는 쩝쩝 입맛을 다시면서 하드 나무막대를 평상 끄트머리에 대고 억지로 부러뜨렸다. 입이 썼다.

"그건 그거고. 암이라고 하질 않나? 그것도 폐암."

"왜 옆에 있는 사람들을 근심, 걱정하게 만드는지 몰라. 자기 몸은 자기가 알아서 챙겨야 하는 거 아닌가? 나 살기도 바쁜데 누가 누굴 신경 쓰겠나? 아, 그렇게 걱정이 되면 서울에 있는 대학병원에라도 입원하라고 권하게. 우리끼리 아무리 근심, 걱정을 한들 병이 낫겠는가? 안 그래? 내 코가 석자일세."

"아픈 사람 마음은 오죽하겠나? 별수 없으니 위로라도 좀 해 주자는 걸 가지고서 구질구질하게 변명은."

"아, 담배 좀 끊으라고 한 지가 언제여? 저 좋아 한 일이 그런 결과를 초래했으면 책임도 저한테 있는 거 아녀. 중뿔나게 그러지들

말게."

"그게 왜 중뿔난 일이여? 원, 아무리 그래도 그렇지. 이러니저러니 해도 불알동무 아녀. 사람이 어째 그래?"

"불알동무여서 자넨 그렇게 동수를 돌려냈나?"

"이미 벌여 놓은 굿판 아닌가?"

"그러니까. 멈출 수 없다는 것을 번히 다 아는데, 위로라니 가당키나 한가? 가당키나 하냐고?"

"아니 형님? 참, 너무하네. 정 그러면 안 가면 되잖소. 개코쥐코 떠들 것 없이."

"자넨 무슨 말이 그래? 그리고 우리 나이면 다들 저승사자가 문 앞에서 기다리고 있을 나이인데. 병원까지 가서 꼭 두 눈으로 확인해야겠나?"

19

"이 밤중에 어딜 가려고?"

"윤오가 아직 안 들어왔답니다."

"어딜 가서 뭘 하느라고 여태 집엘 안 들어왔다는 거여? 그놈이 그게 아무래도 나이를 거꾸로 처먹는 게야."

"시끄러워요."

"저, 저……."

"애비가 평소에 잘했어 봐. 걔가 왜 그렇게 됐겠어? 자기 잘못한 거는 모르고 그저 애먼 애만 잡지, 애만 잡아!"

철커덕 출입문이 닫혔다. 곧이어 자동차 소리가 들리더니 곧 잠잠해졌다. 열대야가 시작된 뒤로 귀잠을 자 본 적 없는 종두는 멍하니 앉았다 담뱃갑을 찾아 들었다. 텔레비전을 켰다. 불 꺼진 거실에 텔레비전 화면만 소리 없이 명멸했다. 자막만 읽어도 무슨 내용인지 어림잡을 수 있었지만 몰라도 좋을 내용들이었다. 귀가 윙윙 울릴 때는 어떤 소리도 듣고 싶지 않았다. 더듬더듬 약봉지를 찾아 들었다. 물이 없었다. 낮밤 없이 잠은 쏟아지는데 여윈잠이었다. 진땀이 흘렀다.

창문 쪽으로 몸을 돌렸다. 보름달이 뜬 창밖은 훤했다. 매미 소리에 개구리 소리가 섞이고 이따금 소쩍새 울음소리가 들렸으며 멀리서 개 짖는 소리가 시끄러웠다. 달뜨는 밤이면 개들이 짖어 대는 소리로 왁자지껄했다. 한 놈이 짖기 시작하면 합창단 돌림노래를 하듯 마을은 개 짖는 소리에 갇히곤 했다. 마루 창문 아래서는 발정한 도둑고양이들 울음소리가 눅진눅진한 공기를 갈라놓았다. 고양이들이 내지르는 비명은 칼날처럼 날카로웠다. 나방과 모기들이 들러붙은 방충망을 열고 고양이들을 쫓았다. 고양이들이 달아나자 이번에는 외양간에서 황소가 영각을 켰다. 그러다가도 어느 한순간 얼음처럼 고요해졌다가는 다시 또 짐승들 울음소리가 전염병처럼 드세졌다.

윤오 생각에 이르면 한숨부터 났다. 지뢰밭에서 겅중거리는 노루처럼 불안해 보이면서도 한편 손톱 밑에 가시처럼 거북하기도 했다. 깊이를 알 수 없는 움쑥한 구렁에 빠져드는 기분이었다. 자식이 아무리 아롱이다롱이라고는 해도 마음이 덜 가고 더 가는 자식은 분명했다. 외톨밤이 벌레가 먹었다고 인정해야 하는 심정은 아귀지옥이었다. 나이를 먹으면 혼인을 하면 자식을 낳으면 나아지려나 고대하며 근심했다. 그러나 앞걸음하는 것이 아니라 외려 점점 뒷걸음질하는 모양새였다. 피는 물보다 진하다는 말도 다 헛말이었다.

함께 자란 시기가 짧았던 딸들은 막내를 그저 말썽 많은 남동생쯤으로 여기는 눈치였다. 고등학교에 입학하면서부터 딸들은 도시로 나가 따로 생활했다. 대학 다닐 때 데모하느라고 경찰서 출입이 잦았던 큰딸은 상사 주재원인 남편을 따라 필리핀에 나가 띄엄띄엄 전화만 할 뿐 다시 한국에 돌아올 계획이 없어 보였고, 중국에서 십여 년 정도 살던 둘째 딸네는 슬슬 귀국 준비를 하는 눈치였다. 품 안에 있어야 자식이라고 출가하고 나니 그만이었다. 외국에 살고 있다는 이유로 얼굴 보는 것은 하늘의 별 따기였다. 서너 번 딸들 사는 곳에 다녀왔다. 말썽을 부릴 때는 머리카락을 잘라 파묻하고 싶었던 마음이 곁에 두고 볼 수 없게 되자 아쉬움이 컸다. 이따금 딸들 대신 건강보조식품이 택배로 배달되곤 했다.

로열젤리, 오메가쓰리, 비타민이 들어 있는 통들을 가는눈으로 들여다봤다. 뚜껑도 따지 않은 통들은 뿌옇게 먼지를 뒤쓰고 있었다. 손을 뻗어 통 하나를 잡았다. 쓱쓱 먼지를 닦아 내고 뚜껑을 땄다. 손에 잡히는 대로 알갱이 하나를 집어 입에 넣었다. 캡슐에 담긴 로열젤리는 아무런 맛도 없었다. 틀니를 빼놓았던 터라 혓바닥으로 이리저리 굴리며 길 건너편 옥선네 창문을 올려다봤다. 창문 틈으로 텔레비전의 푸른 화면이 얼비쳤다. 눈을 사무렸다. 꿀꺽 로열젤리를 삼킨 뒤 또다시 통 속에 알갱이를 한 움큼 쏟아 입에 넣었다. 캡슐들은 침이 마른 입천장에 들러붙었다. 혓바닥으로 밀어내니 그 사이 캡슐이 터지면서 내용물이 흩어졌다. 씁쓸했다.

휴전되고 나서 큰 산 골짜기에 살던 사람들은 다 흩어지고 그 산 기스락에 군부대가 자리를 잡았다. 쿠데타가 일어난 뒤에는 방첩대 지프가 매일처럼 드나들었고 수복지구, 접경지대라고 경찰서에서 파견된 형사가 상주했다. 종두는 그들과 불화하지 않도록 애썼

215

다. 그들이 반공, 멸공이라고 피켓을 들면 종두도 그들과 같은 피켓을 높이 치켜들고 따라 외쳤다. 새마을운동이 한창일 때는 앞장서서 마을길을 넓히고 초가지붕을 걷어 냈다. 퇴비 증산을 외치면 밤낮없이 마을 사람들을 독려해서 나무를 자르고 풀을 깎아 거대한 두엄더미를 만들었다. 통일벼를 심으라고 하면 통일벼를, 통일벼가 밥맛이 없다고 오대벼로 바꾸라고 하면 또 오대벼로 바꿔 가면서 뜰뜰 솔선수범했다.

마을 뒤 큰 산, 타깃 장이 되어 버린 산비탈에는 휴전 이후 줄곧 155m 자주포를 비롯한 대포들을 쏘아 대고 있었다. 나물철, 버섯철에도 큰 산에 민간인이 들어간 줄 번히 알면서도 대포를 쏘아 댔다. 예고 없이 쏘아 대는 대포 소리에 혼비백산하여 산을 내려온 날이 하루 이틀이 아니었다. 그래도 항의 한번 하지 않았다. 표적된 산비탈은 풀 한 포기 자라지 않는 민둥산이 되었어도 모르는 체 눈감았다. 이웃집에 불발탄이 떨어져 이 씨 어머니 귀가 멀었어도, 대포소리에 놀란 소가 송아지를 유산해도 입을 잠갔다. 수십 년 동안 지속되고 있었지만 누구도 이의를 제기하지 않았다. 수복지구, 접경지대 민통선 부근 마을의 관행이었으므로. 심지어 일촉즉발의 위기 상황이 남과 북의 전쟁으로 비화되면 자진 입대하겠노라고 공언했다.

다른 길은 엿보지 않았고 한눈팔지 않았다. 죽을힘을 다했다. 아버지, 할아버지 모두 빨갱이라고 낙인찍힌 집안이었으므로 그 길만 이 땅에서 살아남는 길이라고 여겼다. 빨갱이라는 곰팡이 핀 집

216

안의 족보는 햇빛을 보지 못하도록 우물 깊은 곳에 파묻었다. 수복 지구에서 태어나고 자란 것이 원죄가 되지 않도록 단속했다. 실낱 같은 희망을 버리지 않았다. 공화당, 민정당, 선거 때마다 여당에 투표하는 것도 잊지 않았다. 이장을 맡고 있을 때는 동네 사람들을 선동했다. 우리가 살길은 여당에 표를 몰아주는 것밖에 없다고. 정치권력에 휩쓸리지 않으려고 애썼던 것이 결국은 그 소용돌이 속에서 한 치도 벗어나지 못하는 결과를 가져왔지만, 후회하지 않았다.

전화기를 들었다 놓았다. 막막했다. 입속에 넣었던 알갱이들을 꿀꺽 삼켰다. 다시 수화기를 들고 꾹꾹 숫자를 눌렀다. 다섯 번이 울렸지만 벨소리는 멈추지 않았다. 귓바퀴에서 울리는 벨소리는 동굴에서 울리는 메아리처럼 구슬펐다. 속울음이었다. 수화기를 내려놓으려는 찰나 신호음이 끊어지면서 사람 목소리가 흘러나왔다. 다시 귀에 수화기를 댔다. 가슴이 벌름거리며 손에 땀이 찼다. 수화기를 바꿔 들었다. 손에 잡힐 듯한 잠기 없는 끼끗한 목소리였다. 숨을 몰아쉬었다. 봄바람에 나부끼는 꽃보라, 자두 꽃잎처럼 연연했다. 그래서 또 가슴이 아릿아릿했다.

"여보세요, 여보세요?"

아무 말 없이 종두는 수화기를 들고 있었다. 말이 되지 못한 마음은 여울처럼 뒤넝기쳤다. 그제야 틀니를 뺐다는 생각이 떠올랐다. 이마에 땀이 뱄다. 가만히 수화기를 내려놓은 종두는 가까스로 전등 스위치를 올렸다. 개수대까지 천리만리였다. 수돗물을 틀어 주발에 물을 받았다. 한밤중에는 오줌이 잦은 편이라 물을 거의 마시

217

지 않았지만 목이 탔다. 온몸이 끈적끈적 쉰내가 났다. 마음은 조급했고 몸은 느렁느렁했다. 입에 한 움큼 약을 털어 넣고 물을 한 모금 마시고는 머리를 흔들었다. 이명은 잦아들었으나 현기증은 여전했다. 둥둥 물 위를 떠다니는 듯 먹먹했다. 잊을 만하면 개떼들이 허공을 물어뜯으며 울어 댔다.

호두알처럼 메마른 손등을 가만히 들여다봤다. 어떤 것도 서슴지 않았고 무섭지 않았다. 식구를 위해서라면 기름을 짊어지고 불구덩이에도 뛰어들었다. 그래야 한다고 믿었고 의심하지 않았다. 그때만 생각하면 지금도 명치끝이 막히고, 가슴이 아렸다. 돌이킬 수 없어 정신이 아뜩했다.

민통선인 큰 산에 고물을 주우러 들어갔던 옥선의 막내아우가 실종되었다고 마을회관 앞 사이렌이 울었다. 총에 맞아 죽었으면 주검이라도 있어야 했지만, 아무것도 발견되지 않았다. 이장을 맡고 있던 종두는 군부대에 항의하는 대신 칠월칠석에 개를 잡아먹는 것이 그만 동티난 것이라고 동네 사람들을 욱대겼다. 아니, 민통선에 군부대 허가 없이 몰래 숨어들어 갔으니 아우가 잘못한 것이라고 들이닦았다. 소문나지 않도록 마을 사람들 입부터 틀어막았다.

하지만 엽총의 방아쇠를 당기던 그때의 감촉은 여태껏 생생했다. 배동바지 무렵이었다. 급하게 멧돼지 쓸개를 찾는 사람이 있었다. 여럿이 어울려 사냥을 하면 그 값도 몫몫으로 나누어야 했다. 큰 산 아래 매물로 나온 논을 눈여겨 두고 있었다. 좋은 기회였다. 함께 밀렵을 다니던 종원과 동수를 따돌리고 멧돼지 길목에 올무를 놓은 뒤 엽총을 숨겨 메고 큰 산에 들었다. 전날 저녁 부진과 말다 툼을 하는 동안 까마귀가 울어 댔다. 평소대로라면 사냥은 피해야 했다. 하지만 개의치 않았다.

사냥철이 되면 이따금 외지에서 포수를 부르기도 했지만, 흔한 일은 아니었다. 눈이 깊게 빠지면 마을 사람들끼리 패를 나눠 사냥 을 했다. 총을 든 포수는 멧돼지가 지나칠 만한 길목을 지켰고, 다 른 사람들은 몰이꾼이 되었다. 폭설 뒤에 멧돼지들은 솔숲, 소나무 그늘로 모여들었다. 멧돼지를 발견한 누군가 신호하면 그때부터 몰이가 시작됐다. 멧돼지는 습성대로 골짜기 아래를 향해 내달렸 다. 창을 든 몰이꾼들 간격이 넓어지면 그 사이로 멧돼지가 도망하 는 일도 빈번했다.

울부짖는 짐승의 울음소리가 골짜기에 메아리쳤다. 개바닥 멧 돼지 목욕탕이었다. 틀림없는 멧돼지였다. 개바닥 근처 갈대와 갈 대 사이에 올무를 설치한 사람은 다른 누구도 아닌 종두 자신이었 다. 평소대로라면 종원은 몰이꾼을 지휘하고 있었을 것이고, 동수 는 망을 봤을 것이었다. 그리고 종두는 엽총을 들었다. 뒤엉킨 검 은 물체를 향해 엽총의 방아쇠를 당겼다. 주검과 주검이 피투성이 가 되어 뒤얽혔다. 비명은 천지사방 가뭇없이 흩어졌다. 멧돼지 밑 에 깔렸던 주검은 낡은 헝겊처럼 갈기갈기 찢겼다. 산양들이 뛰어 다니는 바위틈 허방 속에 주검 하나를 밀어 넣었다. 삼백 근은 족 히 나갔던 멧돼지의 쓸개를 건네고, 큰 산 아래 논을 장만했다.

다시 전화기의 번호판을 꾹꾹 눌렀다.

"여보세요, 여보세요? 원, 어느 놈이여? 날궂이를 하나?"

그러면서도 전화는 끊지 않았다. 발끝부터 얼음물 속에 잠기는 듯 추웠다. 불볕더위 속 열대야인데도 온몸이 자꾸 아르르했다. 시간은 냉혹했다. 영원할 줄 알았던, 연분홍 복사꽃잎처럼 나부대던 시절은 이제 가고 없었다. 명치끝이 찌르르했다. 수화기를 틀어막은 채 몸을 비껴 옥선네 이층 창문을 올려다봤다. 불이 환하게 켜져 있었다. 창문 아래로 다시 모여든 도둑고양이들 흘레하는 소리가 와드득 귀청을 때렸다. 눈을 감고 명치끝을 쓰다듬었다. 손을 뻗으면 언제든 닿을 수 있을 것이라고 여겼다. 그러나 시간은 메워지지 않는 우물 같은 구멍을 남겨 놓은 채 속절없이 가 버렸다. 주먹을 쥐자 하얗게 손가락 뼈마디가 드러났다. 이젠 모든 것이 그저 아리송하기만 했다.

전화기에 손을 얹고 가만히 눈을 감았다. 옥선을 생각하면 뾰족한 송곳이 가슴을 후비는 듯했다. 한강 너머 북녘 땅을 바라보며 고향 생각이 떠오를 때마다 이를 악물었다. 판판이 반려되는 월남 파병에 대한 꿈을 얼마만큼 접을 수 있었던 것도 옥선이 때문이었고, 또 옥선이 때문에라도 월남엘 가고자 했다. 물거품처럼 꿈이 스러질 때마다 애기봉에 오르며 바다에 대고, 하늘에 대고 이름을 부르며 끝끝내 내버텼다. 감옥과 다름없는 군대 생활이었지만 오로지 옥선을 만날 생각으로 하루하루 붙견뎠다.

제대하고 고향에 돌아와서 맞닥뜨린 풍경은 황량하고 을씨년스러웠다. 물동이를 이고 황 씨네 마당으로 들어서는 옥선을 봤다.

마을 한가운데 있는 콘크리트 무기고의 문짝을 워커 신은 발로 걸어차며 악악거렸다. 마을에 한바탕씩 회오리가 일었다가는 젖은 먼지처럼 가라앉곤 했다. 옥선의 목을 조르고, 총검으로 몸을 난도질하는 순간 눈을 떴다. 밀주에 취해 매일 밤 막된 꿈에 시달렸다. 불면의 나날이었다. 눈 뜨면 얼굴조차 볼 수 없었지만 눈앞에 있으면 살의로 진저리쳤다. 하지만 목멘 송아지에 지나지 않았다. 옥선 곁에는 노상 누군가 함께 있었다.

종두는 매일매일 어긋난, 지켜지지 않은 약속 때문에 환장했다. 살얼음판이었다. 마침내 그 위태로운 마을을 벗어나 불멸할 것 같은 모래사막 사우디아라비아로 도망쳤다. 입안에서 서걱거리는 모래를 씹으면서 잊었다. 그래야 살 수 있었으므로. 모래무덤 속에 청춘도 사랑도 다 묻었다. 뒤돌아보지 않았다. 영겁의 시간이 흘렀다.

아이들이 생기고부터 부진은 뒷전이었다. 어느 순간 마음에 살얼음이 끼기 시작했지만 눈 뜨면 논밭을 헤덤벼치느라고 눈여겨 살피지 않았다. 삶도, 생명도 언젠가 끝이 있을 것이라고 생각하지 않았다. 목적지는 없었다. 아니 쉬지 않고, 지며리 달려가다 보면 문득 새로운 세계가 열릴 것이라고 하늘처럼 믿었다. 누구도 알 수 없는 미지(未知), 그래서 삶은 살 만한 것이라고 생각했다. 음지가 양지되어 영생불멸하는 것. 내 울타리 안에서 내 새끼, 내 식구들만큼은 평화로이 살아갈 수 있을 것이라고 믿었다. 명개만큼도 의심하지 않았다. 그렇게 만들기 위해 등골이 빠지도록 살았다. 미처 몰랐다, 헛된 꿈이 될 줄은.

　다시 수화기를 들고 꾹꾹 힘주어 전화번호를 눌렀다. 하지 못한 말들이 마음속에서 소용돌이쳤다. 온몸이 사뭇 들들거렸다. 앞 번호 세 자리를 누른 뒤 그만 수화기를 떨어뜨리고 말았다. 눈앞이 가물거리고 귓속이 먹먹했다. 틀니를 뺐다. 고개를 젖혀 천장에 매달려 있는 실링팬을 오래 올려다봤다.

부랴사랴 삽으로 머리통을 내리치고 몸뚱이를 두들겨 패며 발목을 잡고 땅바닥에 패대기친 수리부엉이를 내려다보며 종원은 근심에 잠겼다. 그렇지 않아도 엊그제 이슬아침에 논물을 보러 봉고 트럭을 몰고 나섰다가 너구리 새끼를 치었다. 며칠 전부터 어미를 잃었는지 아직도 부숭부숭 회색털이 섞여 있는 새끼 두 마리가 짝을 지어 다니는 것을 보았던 터였다. 논배미와 논배미 사이에 있던 논길을 가로지르던 새끼 너구리를 치고 난 뒤 그대로 내달렸다. 뒷수습은 생각하기도 싫었다. 그랬는데 미처 그 잔영이 가시기도 전이었다.

앞산 바위벼랑에 살고 있던 수리부엉이는 해 질 녘이면 울음을 울기 시작했고, 한겨울에 새끼를 깠다. 날카로운 부리와 매서운 발톱을 가진 밤의 제왕이었으나 대낮에는 곧잘 까마귀와 까치 떼에게 쫓기는 수모를 당하기도 했다. 풍산개 새끼들에게 달려든 수리부엉이를 쫓겠다는 일념으로 삽자루를 휘두른 게 그만 수리부엉이를 죽음으로 내몰고 말았다. 닭을 기를 때는 밤마다 닭들을 물어 가서 애를 먹이더니 이번에는 갓 낳은 풍산개 새끼들에게 달려들었다. 울타리를 치고 그물로 덮어도 어떻게든 수리부엉이는 집짐승들을 낚아챘다.

그렇지 않아도 울타리 바닥을 파고드는 족제비와 너구리가 등쌀을 대는 통에 어지간히 화가 뜬 상태였다. 멧돼지와 고라니는 또 옥수수밭, 콩밭을 하도 개개서 지지난해에는 전기 울타리를 쳤다. 그렇지만 풍산개 새끼까지 위협할 줄은 미처 몰랐다. 하늘 높이 떠서 활상하는 수리부엉이는 아무런 소리 없이 제자리를 맴돌다 어느 순간 쏜살같이 곤두박질해서 먹잇감을 낚아챘다. 사냥에 다 성공하는 것은 아니었지만 검은 그림자로 날아 내리는 수리부엉이는 그 날갯짓만으로도 이미 닭과 병아리들은 혼비백산이었다. 무엇에 홀렸는지 풍산개들은 그 밝은 귀로도 수리부엉이 날갯짓을 알아채지 못했다. 어떻게든 처리해야 했으나 발이 떨어지지 않았다. 어깨가 아픈 줄도 몰랐다.

종원은 돈 안 되는 것은 없어져도 괜찮다고 여겼다. 그러나 죽은 채 널브러진 수리부엉이는 꽤나 몸집이 커서 영 꺼림칙했다. 호랑이는 물론 여우도 없었고, 삵과 담비조차도 이따금 눈에 띄는 탓에 멧돼지와 노루, 고라니와 너구리들은 제 세상 만난 것처럼 새끼를 늘렸다. 논밭을 개개며 휘저어서 쑥대밭으로 만들어 놓았으며 심지어 고라니들은 논배미 한가운데서 잠을 자기도 했다. 그 자리는 아예 수확이 어려웠다. 작물을 못 쓰게 망가뜨리는 것은 사람이든 짐승이든 용납이 안 되는 종원이었지만, 수리부엉이 주검을 맞닥뜨리고 있으려니 왠지 기분이 언짢았다. 비료포대 안에 든 수리부엉이를 꺼내는데 날개가 자꾸 거치적거렸다. 화가 떴다.

"뭐 해요? 아, 뭘 하는데 기척을 내도 모르는데요?"

"아이쿠, 깜짝이야."

아닌 밤중에 귀신을 본 듯 종원은 몹시도 놀랐으나 애써 우들우들한 속마음을 감추며 시치름한 표정으로 옥선을 봤다. 팥죽땀이 흘렀지만 온몸이 한기가 든 것처럼 오싹오싹했다.

"뭘 그렇게 놀래요?"

"놀라긴? 근데 뭐하느라고 예까지 왔나? 자넨 혼자 숲에 나다니는 게 무섭지도 않나?"

"이렇게 불쑥 만나는 사람이 무섭지, 숲이 무서울 까닭이 있어요."

"그렇기는 하지만서도."

"숲에서야 서두를 일이 없으니 일없어요."

"그런데 참, 종두가 자네 막냇동생 얘기를 하데. 그러고 보니까 그때 종두가 수색하지 말자고 꽤나 고집을 피웠었지. 아니, 그런데 자네 막냇동생은 왜 혼자서 큰 산엘 갔을까? 군부대 허가도 없이. 더구나 혼자서 큰 산에 가는 일은 좀처럼 흔치 않았는데 말여."

"그러게요. 일이 그리되려니까 그랬나?"

"아닌 말로 북으로 넘어가지 않았으면 하다못해 신발이라도 한 짝 눈에 띄었어야지. 감쪽같이 사라졌잖은가? 산짐승에게 당했다고 한다면 더더욱. 훼손된 주검이라도 있었어야 했는데……. 그 큰 산을 수색 한 번으로 대강 깡그리고 말았으니, 못 찾는 것도 당연했겠지만."

"듣고 보니 그러네. 그때는 경황이 없어 아무 생각도 못했는데.

그저 군부대서 아무 소리 없었으면 하고 바랐던 마음이 더 컸었는데. 마찰이 좀 잦았어야지요. 제풀에 오금이 저렸는지도 몰라요. 그리고 그때 민갑 씨가 군인들 총에 맞아 죽은 지 얼마 되지 않았던 때였기도 해서 여간 살벌했었나?"

"그래서 그때 참 시끄러웠지. 그래도 행방을 알 때까지 두어 번은 더 찾아봤어야 하지 않았을까 하는 생각이 드네. 지난 얘기지만."

"그랬으면서 그때는 왜 아무 소리도 하지 않았데요?"

"혹여 마을에 피해가 갈까 봐서 그랬지. 땔나무도 맘대로 못하게 하는 판이었는데, 더구나 철장대 하러 큰 산에 들어갔다고 해 보게. 군부대에서 여간 닦달을 해댔겠나? 그렇지 않아도 군부대랑은 영 사이가 좋지 않아서 열흘이 멀다 하고 젊은 애들은 패싸움을 하느라고 날이 샜는데. 좋을 까닭이 있었나, 맨 빨갱이들 세상이었는데."

"또 그 소리요? 여기가 수복지구여서 그랬지, 빨갱이는 무슨. 그리고 공부한 사람들은 죄다 북으로 가고 없었는데, 무슨 빨갱이 소리를 해요? 마치 딴 세상에서 온 사람처럼 말을 하네. 태 묻은 고향이면서? 그리고 태어나기를 인공 때 태어난 거를 가지고서는. 그렇다고 치면 거기는 빨갱이 아뇨?"

"빨갱이라니? 우리 집안은 애국자 집안이란 말여. 어디서 빨갱이 소리를 해?"

"그래요? 어련하시려고요."

"아니 그럼, 우리 아버지 같은 양반이 애국자가 아니면 누가 애국

자란 말여. 자네도 똑똑히 알아 둬. 우리 아버지는 훈장도 받으신 양반이라고. 알아들었나?"

"아이고, 그걸 모르는 마을 사람이 어디 있을라구요."

"그러니까 우리 셋째도 검사가 되지 않았나. 검사님 말여?"

"좋으시겠소. 그런데 이상스럽네."

"뭐가 말인가?"

"아, 아니에요."

"그나저나 뭘 하려고 예까지 왔느냐고? 이 풀수펑이에. 또 배암 이라도 만나면 어쩌려고?"

"도라지 좀 캘까 하고 왔는데 전 같지가 않네요."

"도라지를 지금 캔단 말여, 이른 봄에 캐지 않고?"

"눈이 가물가물하고 잘 뵈지 않으니 꽃 피었을 때 캘까 하고 왔더니 없네요."

"어디 아픈가?"

"나이 먹고 안 아픈 사람 있다요. 산도라지가 폐에 도움이 된다고 하니."

"원, 요즘 약이 얼마나 좋아졌는데 그깟 도라지에 비할까?"

"아무려면 오염되지 않은 숲에서 캔 도라지가 낫겠지. 뭘로 만들었는지도 모를 약들이 낫겠어요?"

"오염되지 않은 숲이 어딨어? 판판이 치는 농약들이 다 어디로 갔겠나? 그리고 후쿠시마에 그렇게 큰 핵발전소가 터졌는데 이 동해안까지 안 왔을라고. 맨 오염물 투배기인데 뭘 그래? 모르는 척

하고 살아서 그렇지. 알고야 어디 먹을 게 있나? 언제부터 농약 안
친 농산물 먹었다고 그 야단들인지 몰라."

"그러면서도 매번 농약들을 그렇게 많이 친대요, 나쁜 걸 알면서
도?"

"아니, 농약을 안 치면 저 많은 농사를 무슨 수로 짓나? 하는 수
없어. 농약, 비료 있으니 그나마 이만큼이라도 먹고사는 거여. 그
걸 모르나?"

옥선은 뭔가 대답을 하려다가 발밑에 깔린 새 깃털을 하나 주워
들었다.

"이거 부엉이 털 아뇨?"

"부엉이는 무슨!"

"며칠 전부터 부엉이가 울지 않더니. 개가 잡았소?"

"아, 아니라는데도 그러네. 부엉이가 울지 않는 게 내 탓인가?"

"무슨 탓을 했다고 그래요? 밤마다 울던 부엉이가 울지 않으니
궁금해서 물어본 건데. 원, 도둑이 제 발 저린다고. 별것도 아닌 거
를 가지고 다 화를 내네. 요즘은 수리부엉이는 약으로 안 쓰시나
보네. 오소리는 그렇게 잡아 대면서."

"아니 무슨 오소리를 잡았다고 그래? 요즘 오소리가 어딨어? 원,
별 같잖은 소리를 다 듣겠네. 날도 덥구만."

"감출 거를 감춰야지. 산에 갈 때마다 저 개들 데리고 가는 사람
이 누구요?"

"산짐승 잡으면 벌금이 얼만 줄이나 아나? 내가 환경감시원인데,

설마 오소리를 잡겠다고 개들을 끌고 가겠나? 원, 되지도 않는 소리를."

"그러니까 고양이한테 생선가게를 맡긴 셈이라고 누가 그러지 않습디까?"

"누가 그런 되지도 않는 소리를 해?"

"가슴에 손을 얹고 생각이라는 걸 좀 해 보시구려."

미처 대답을 못하고 넌짓넌짓 눈치를 살피는 사이 옥선은 횡하니 자취를 감추고 말았다. 하필, 옥선을 만나다니. 아주 가끔 손발이 맞을 뿐 진드기가 아주끼리 흉보듯 하는 날이 더 많은 사이였는데, 발칵 성이 났다. 덤부렁듬쑥한 곳을 일부러 골랐다. 사람들 눈에 띄어서 좋을 게 없었기 때문이었다. 마을 가운데서도 한참 떨어진 개집이 있는 곳까지 찾아 나선 건 그래서였다. 사방이 풀숲으로 우거진 곳이라 안심했다. 항우도 댕댕이덩굴에 넘어진다더니, 순간 방심이 화를 불렀다는 것을 그제야 깨달은 종원은 으드득 이를 갈았다.

지난해 늦가을 누군가 개똥쑥이라고 일러 준 약초를 꽃이 피기 전에 서너 아름 베다 말렸다. 항암효과가 뛰어나다는 소문 때문이었다. 아는 사람에게는 팔고 자식들에게는 택배로 보내 주었다. 비료 대금 때문에 종원네 들렀던 옥선은 창고 처마에 잔뜩 걸어 놓은 다발들을 보고서는 종원에게 물었다. 무엇에 쓰려는 것이냐고.

"보되 모르나? 그게 개똥쑥이라는 거네. 자네는 뉴스도 안 보는 모양이네. 그게 바로 미국에 있는 유명한 대학에서 항암효과가 다른 것에 비해 수백 배는 높다고 발표했던. 그렇지, 얼마 전에는 중국 사람이 그걸 연구해서 노벨상을 받았다고 테레비 뉴스에도 나왔던 바로 그 개똥쑥이라는 거라네. 나야 아픈 데는 없지만서도 예방 차원에서 물을 끓여 먹으려고 베어다 말렸네."

옥선은 고개를 갸웃거리며 양미리를 엮듯 다발로 엮어 매달아 놓은 개똥쑥이라는 것을 이리저리 살피면서 냄새를 맡았다.

"이게 개똥쑥이라고 누가 그럽디까?"

"테레비에도 나왔다니까 그러네."

"잘 봐요. 이게 개똥쑥인지?"

"자네가 뭘 몰라서 그렇지, 이제 진짜 개똥쑥이라니까 그러네."

"이게 개똥쑥이면 제 손에 장을 지져요."

"다른 것은 자네가 잘 아는지는 몰라도 이건 분명 개똥쑥이라니까. 우리 검사 아드님한테도 내가 보내 줬는데, 시방 무슨 소리를 하는 겨?"

"이건 돼지풀이에요. 땅이 망가지면 득세한다고 합디다. 이것도 미국에서 들어온 것이라고는 합디다만. 정 못 믿겠으면 읍내 약초 상회에 가서 한번 물어봐요."

옥선이 앞에서는 물이못나게 우겼지만 종원은 아무래도 미심쩍은 마음에 속는 셈치고 말린 약초 다발을 들고 읍내 약초 상회로 향했다.

"개똥쑥이 유행은 유행인가 보네. 사람들이 이상한 풀들을 가져와서 자꾸 물어보는 걸 보니. 테레비 그것 때문에 내가 아주 성가셔서 못 살겠네. 무엇에 좋네, 무엇에 좋네 하고 자꾸 방송을 해대니까 그것만 대고 먹어 대니 죽지, 안 죽나? 옛날에 사약으로 쓰던 것도 알고 보면 다 약초였네. 약초가 곧 독초고 독초가 곧 약초인 기는 뻔한 이치 아닌가? 그거 내다 버리게. 꽃가루 날릴 때 보지 못했는가? 되우 알레르기를 일으키는 돼지풀이라는 걸세. 원, 누가 그걸 개똥쑥이라고 일러 줬는지. 전에는 누가 연삼을 가져와서 당귀라고 우기더니만."

종원으로서는 상상도 못 할 만큼 체면을 구기고 말았다. 당장 검사인 셋째에게 전화를 해야 했는데 며느리를 생각하면 그저 눈앞이 캄캄했다. 서울내기인 셋째 며느리는 업어 온 중만큼 어렵고도 불편했다. 도무지 편하지 않았다. 휴가 때면 남들은 일부러라도 시골로 휴가를 온다고들 했지만 셋째네는 일 년에 한두 번도 얼굴 보기가 힘들었다. 어디로 연수를 가네, 어디로 배낭여행을 가네 피말궁둥이 둘러대듯 변명을 일삼았지만 탓하지 못했다. 명절이면 셋째 아들만 혼자 다녀가는 일도 흔했다. 소 키우고 농사지어서 셋째 아들 고시 공부 뒷바라지를 했다. 길이 남을 보람이었다. 하지만 셋째가 시달릴까 봐 며느리한테는 아무 소리 못했다. 초등학교, 중학교에 다니는 손자들은 휴대전화 사진으로 만나는 일이 더 잦았다.

무엇을 보낼 때마다 아들과 실랑이를 했지만 우선 보내고 봤다. 농사꾼 아비 앞에서 유기농이 어떠하네, 친환경이 어떠하네 떠들어치면서 아들이 먼저 거절했다. 그렇게 해도 맏물 채소와 과일 가

231

운데 머드러기만을 골라 셋째한테 제일 먼저 보냈다. 택배를 보내고 나면 언제나처럼 얼마를 입금했다는 며느리가 보낸 문자가 휴대 전화에 찍혔다. 먼저 전화하는 법이 결코 없었다. 죽 쑤어 개 바라지한 꼴이었지만 어디에서고 내색하지 못했다.

풍산개 수컷 두 마리의 목줄을 풀어 트럭 짐칸에 올라타게 했다. 포장되지 않은 숲길을 다닐 때면 반드시 하는 일이었다. 한 마리로는 안심되지 않았다. 이따금 숲에서 산짐승을 만나면 풍산개는 그냥 지나치지 않았다. 그 가운데서도 오소리를 만나면 빈틈없이 물어뜯었다. 오소리와 맞닥뜨린 풍산개는 불난 강변에 덴 소 날뛰듯 대거리했다. 소리와 소리가 부딪쳐 오구탕을 치며 야단야단했다. 오소리 멱을 물어뜯으면 기다리고 있던 종원은 와이자 작대기로 잽싸게 오소리 목덜미를 눌렀다. 피를 흘리며 쓰러지는 쪽은 대개 오소리였다. 알뜰하게 쓸개를 챙겼다. 그렇게 공얻은 오소리의 쓸개를 밀거래해서 얻는 이가 쏠쏠했다.

그러나 메숲진 숲속은 누가 죽어도 알아차릴 수 없을 정도로 숲이 빽빽했으므로 누구라도 인기척 없이 쓰윽 눈앞에 나타나면 바지에 오줌을 지릴 정도로 소스라쳤다. 어릴 때부터 무서움을 잘 타서 어머니는 제사 지내고 나면 꼭 숭늉을 챙겨 종원에게 먹였다. 제사 지내고 난 뒤 밥알이 몇 개 가라앉은 숭늉을 잘 먹으면 무서움을 타지 않는다고 어린 종원을 얼러줬다. 밥도 아니고, 죽도 아닌 조상신들께서 흠향하신 음식물이었지만 썩 달갑지는 않았다. 그래도 숨을 참으며 알뜰하게 숭늉을 마시곤 했다. 그러나 나이 칠십에 이르러서도 무섬증은 쉽게 가시지 않았다.

　해방이 되고 인민공화국이 들어서면서 아버지의 처지는 점점 더 옹색해졌다. 국유화가 진행되면서 토지를 몰수당했다. 38선을 넘는 방법 가운데 가장 확실한 것은 바닷가로 나가 배를 타고 남쪽으로 밀항하는 것이었다. 전쟁 전이었지만 삼팔선에서 멀지 않았던 고장 분위기는 말할 수 없이 어수선했다. 목숨을 맡겨야 하는 일이었으므로 허투루 아무 배나 탈 수 없었다. 마음이란 본디 장마철 하늘처럼 변덕을 부리기 마련이었다. 안면이 있다고 해서 마음을 놓을 수도 없었다. 두둑한 돈 전대가 필요했다. 그것이면 때때로 죽어 가는 목숨도 살렸다.

　정이라곤 없이 팩팩한 아버지였지만 그날 문틈으로 엿본 아버지는 몹시 괴이쩍을 정도로 무겁게 움직였다. 평소 씨억씨억하던 어머니는 별성마마 배송 내듯 갓 시집온 색시처럼 조심스러웠다. 언제 볼 수 있을지 모른다는 생각에 찔끔 눈물이 괴었다. 어머니조차 아버지 행방을 알려 주지 않았지만, 알 수 있었다. 집에 있는 날보다 없는 날이 더 많았던 아버지였지만 한밤중에 부엌과 이어 붙은 외양간 다락방에서 내려온 아버지는 뒤에 아무것도 남기지 않고 가는 회오리바람처럼 순식간에 눈앞에서 사라졌고, 어머니는 슬그머니 고개를 숙이며 치맛자락을 끌어올려 눈물을 닦았다.

　아버지는 전쟁이 끝나고도 수년 동안 연락이 없었다. 죽었다는 둥, 실종되었다는 둥 갖은 소문이 떠돌았지만 어머니는 미동조차 하지 않았고 식구들 입단속을 시켰다. 그렇게 칠팔 년이 흘렀고 아버지가 나타났다. 직급 높은 경찰관이 되어 나타난 아버지는 요정을 하던 돈 많은 전쟁미망인과 살림을 차렸고, 배다른 동생을 셋 보았다. 아버지가 타고 온 검은 지프에는 사내아이가 앉아 있었다. 아버지는 너희들 동생이다, 소개했다. 해말쑥한 아이는 말이 없었다. 손이 닿으면 깨질 것처럼 하얗고 투명한 얼굴은 어쩐지 남스럽고 어색했다.

아버지 방문을 앞뒤로 어머니는 주살나게 관청 출입을 했다. 그때마다 땅문서가 하나씩 늘었다. 월북한 이들과 주인 없이 버려진 땅들이었다. 종자돈이 마련되고 관청과 연결된 길이 뚫리자 그다음부터는 일사천리였다. 막걸리와 담배, 때로는 고무신이 인감도장으로 바뀌었다. 촌닭이 관청 닭 눈을 빼 먹는다고 어머니 수완도 놀라웠지만 그 뒷배를 봐준 사람이 아버지였다는 것은 눈치로 알았다. 아버지는 쿠데타가 일어나자 재빠르게 옷을 벗고 사업가로 변신했다. 승승장구할 줄 알았던 아버지는 채 십 년도 안 돼 사업이 기울기 시작했고, 어머니가 마련해 놓은 논밭전지를 슬금슬금 팔아넘기기 시작했다. 심장마비로 쉰도 못 살고 생을 마감했다.

국방군과 인민군이 밀고 올라오고, 밀고 내려오고 하는 사이 식구들은 남쪽 양양까지 피란했다. 누구 편도 들 수 없었고 이미 마음속에는 편먹은 쪽이 따로 있었으나 어제 다르고 오늘 다른 전쟁터에서 드러내 놓고 어느 편을 지지할 수 없었다. 젊은이들 일부는 군 입대를 피하기 위해 도망하거나 또 일부는 스스로 군대를 찾아 자원입대했다. 중학생이던 막내 외삼촌은 피란을 가다 의용군으로 입대했다. 어머니는 하나밖에 없는 남동생이라고 울고불고 땅을 쳤다. 외삼촌과는 그것이 마지막이었다. 외가 쪽 대가 끊겼다고 어머니는 돌아가실 때까지도 이를 갈며 굿을 했다.

마을이장이 되었을 때 종원이 가장 먼저 한 일은 마을 농지위원들을 구슬려서 잃어버린 땅들을 되찾는 것이었다. 막걸리로 안 되면 그다음엔 돈 봉투를 찔러 주었다. 백이면 백, 다들 도장을 찍어 주었다. 그렇게 해서 월북하고, 가장 없는 집들 산과 농경지를 명의 이전했다. 앞뒤 첩첩산중이었으므로 산은 아무도 쳐다보지 않았다. 그랬으므로 농경지보다 훨씬 수월하게 명의 변경이 가능했다. 정 안 되면 끼리끼리 나눠 먹기도 했다. 글을 아는 놈은 아는 대로 괴여올리고, 글을 모르는 놈은 또 모르는 대로 얼러맞추며 겁박했다. 마을 사람들 인감도장은 마을이장이 도맡아서 관리했으므로.

얼마 전에는 개울 건너 골짜기에 있는 천둥지기를 또 사들였다. 시세보다 헐값이었다. 농협 빚에 쪼들리던 서 씨의 논이었다. 논보다는 논 뒤에 붙어 있는 산자락 때문에 벌써부터 눈독을 들이고 있었던 참이었다. 군사보호시설로 인한 제한구역이었지만 그건 아무래도 괜찮았다. 지금 속도대로라면 앞으로 규제 따위는 아예 사라지고 말 터였다.

하도 좋아서 미처 더운 줄도 몰랐다. 그러나 봉고 트럭에 오르는 순간 가마솥에 들어앉은 것처럼 비 오듯 땀이 쏟아졌다. 바람이 불 때마다 논들에 벼들은 굼실거리며 파도쳤다. 우꾼우꾼 벼이삭 익어 가는 소리가 귓가를 간질였다. 곡식은 내 곳간으로, 내 입으로 들어올 때까지는 조심하고 또 조심해야 하는 귀물이었다. 그런 까닭에 배동이 설 무렵 텔레비전에서 들려오는 풍년 운운하는 소리는 아주 듣그러웠다.

배낭을 짊어지고 논길을 걸어가는 옥선을 보았다. 종원은 일부러 가속페달을 밟았다. 부앗가심이었다. 뿌연 흙먼지가 돌개바람처럼 일었다. 자동차 소리를 들은 옥선은 길섶으로 비켜서며 고개를 돌렸다.

"여보게, 날도 더운데 천천히 걸어오시게나."

옥선이 하는 짓이 몹시 잔밉고 얄미웠던 터라 종원은 대번에 좋아서 창밖으로 팔을 흔들며 낄낄거렸다.

21

   부진은 가속페달을 힘주어 밟았다. 에구붓한 길에서 하마터면 개
골창으로 꼬라박힐 뻔했다. 가까스로 주행선을 찾아 들어섰다. 가
로등이 없는 도롯가에는 벚나무들이 장승처럼 우뚝우뚝했다. 이따
금 그 벚나무들이 길 위로 엎어지며 자신을 덮치는 환영에 시달리
곤 했다. 하얗고 연한 벚꽃 이파리들이 흩날리던 그 봄날에는 한밤
중에도 무섭게 도로를 질주하곤 했다. 무언가 서러웠고, 허전했으
며 길게 사무쳤다. 어떤 것으로도 채워지지 않았지만 가속페달을
힘주어 밟을 때만큼은 알 수 없는 에너지가 온몸을 그들먹하게 채
우곤 했다. 그 길이 황천길이어도 괜찮다고 여겼다. 다시는 돌이킬
수 없어서, 그래서 가슴을 치곤 했다.

   "말 좀 해 봐라. 무슨 일인지?"

   의자에 미처 앉기도 전에 부진은 두루마리 화장지를 손에 둘둘
말아 이마에 땀을 훔치며 미숙을 재촉했다. 부진의 얼굴빛이 번들
번들했다. 엉거주춤 다시 의자에 앉으며 미숙은 커피잔을 내려다
보며 대답했다.

   "좀 전에 전화로 말씀드린 게 전부예요. 아직까지 아무런 소식도
없어요."

"맥주 있으면 하나 줘라. 찬 걸로."

오른쪽 다리는 의자에 올리고 왼쪽 다리는 바닥을 밟은 채 부진은 캔맥주의 고리를 따서는 단숨에 벌컥벌컥 들이켰다. 커피잔을 앞에 놓고 있던 미숙은 말끄러미 부진을 건너다보았다. 윤오와 부진은 같으면서도 퍽 달라 보였다. 씨름 선수처럼 둥그스름한 어깨와 겹쳐진 뱃살은 맥주를 마실 때마다 쿨렁거렸다. 미숙은 베란다 쪽으로 시선을 돌렸다. 아파트 울타리 너머 모래톱에는 여름 피서객들로 법석이었지만 아파트 단지는 가로등 불빛만 비출 뿐 의외로 한적했다. 그러나 유리창에 되비친 거실 풍경은 들뜬 듯 가라앉은 듯 물에 뜬 해파리처럼 흐느적거렸다.

"경찰에 신고하지 않아도 될까요?"

"아예 그런 생각은 마라. 이런 일이 어디 한두 번이라고. 별일 없을 거다. 여기가 좀 좁으냐? 신고하는 그 즉시 읍내에 짝자그르 소문이 날 거다. 난 그 꼴 보기 싫다. 여편네들 입길에 오르내리는 꼴 보기 싫단 말이다. 조금 더 기다려 보자. 별일은 없을 거다. 아암, 그래야지. 그래야 하고말고. 그놈이 어떤 놈인데. 내가 그렇게 허무하게 보내지는 않을 거다. 친정에도 연락하지 마라. 네 아버지가 나서면 될 일도 안 된다."

"그렇다고 이렇게 손 놓고 있을 수는 없잖아요?"

"문자 메시지는 보냈냐?"

"아무런 답이 없어요."

"에미가 여기 와 있다고 다시 한 번 문자 넣어 봐. 그리고 맥주 두

어 개만 더 내오고. 근데 왜 이렇게 덥냐? 에어컨은 틀었냐? 너는
시에미가 더위 못 참는 거 알고 있었으면 진즉 에어컨을 켜 놓았어
야지. 더워서 살겠니?"

"에어컨 켰어요, 어머니."

"온도 좀 낮춰라. 당최 더워 못살겠다. 한증막에 들어선 것 같다."

"저는 좀 서늘한데……. 고혈압 약 드시면서 약주 드셔서 그런지
도 몰라요."

"덥다는데도. 목이 졸리는 것 같단 말이다."

두 손으로 팔랑팔랑 부채질을 하던 부진은 두 번째 캔맥주의 고
리를 땄다. 이미 에어컨 온도는 이십 도에 맞춰 둔 상태였다. 부진
은 매미 날개 같은 시스루 민소매에 알록달록한 쫄쫄이 바지를 입
고 있었다. 미숙은 부진을 내립떠보며 어금니를 옥물었다. 팔뚝에
소름이 돋았다. 일어선 김에 반팔 셔츠에 반바지를 입고 있던 미숙
은 카디건을 걸쳤다.

"춥냐? 원, 별일이다. 여자는 몸이 따뜻해야 하는데. 네가 그래서
애가 더 없는가 보다. 호진, 호영이만 가지고 되겠냐?"

"어머니는 헤어지라고 하시면서 무슨 손주 얘기를 하셔요?"

"헤어질 생각이냐? 아, 이혼할 거냐고!"

"글쎄요. 제가 윤오 씨를 좋아한다고 생각했는데, 이러고 있는 걸
보면 아닌 것도 같고. 잘 모르겠어요. 그보다 먼저 사람부터 찾고요."

"그래야지, 그럼. 사람 명이 짧지, 시간이 없겠니? 그 병원에 왔
던 사람과 연락이 되면 행방을 아는 것은 어렵지 않을 텐데. 원산

수산 사람이라며? 연락처 없냐?"

"같이 있는 게 아닌가 싶어요. 자주 어울렸거든요, 두 사람."

"그놈이 그래도 끈기가 있는 놈인데. 아버지한테 그렇게 시달리면서도 여태껏 꿋꿋하게 지내지 않았니? 연락처 있냐고?"

미숙은 뒷박이마에 문신을 해서 시푸르뎅뎅한 눈썹, 한껏 꺼지고 벌어진 들창코 그리고 이드르르한 입술을 가진 박처럼 둥그스름한 부진의 얼굴을 바라보다 슬그머니 고개를 돌렸다. 이럴 때는 이렇게 갖다 붙이고, 저럴 때는 또 저렇게 갖다 붙이는 통에 어느 장단에 춤을 춰야 할지 가끔 헷갈렸다. 미숙은 팔뚝에 돋은 소름을 가만가만 쓸어내렸다.

"원산수산요?"

"그 친구가 원산수산 아들이라면서?"

"그렇다는 것만 알지, 잘은 몰라요. 건어물 가게는 왕래를 안 하거든요."

"앞으로도 그 집에는 가지 마라."

"저야 가고 말고 할 게 있나요. 아범이 이따금씩 게며 문어 같은 거를 얻어 오는 눈치기는 했지만요."

"그걸 얻어다 니들끼리 먹었단 말이냐? 시에미가 해산물 좋아하는 거 번히 알면서? 원, 요즘 젊은 것들은 어찌 그리 자기들만 아는지 몰라."

"지난번에도 문어 한 마리하고 홍게 한 대야를 가져다 드렸잖아요. 뭘, 저희들끼리 먹었다고 그러세요? 아범도 잘 먹지 않고

240

해서.”

“윤오가 해산물을 안 좋아한다고?”

옹다물었던 입술을 풀며 미숙은 커피잔을 들어올렸다. 커피잔에 얼음은 이미 다 녹아 밍밍했다. 살갑게 대하는 듯해서 마음을 놓으면 부진은 어느 순간 매정스럽게 돌변하며 발톱을 드러냈다.

“어머님만큼은 안 좋아해요. 탕도 비리다고 잘 안 먹고. 바다 낚시하러 가는 거는 꽤 즐기는 것 같은데도 회를 좋아하지 않는 걸 보면 이상하긴 해요.”

“회를 안 먹는다고, 윤오가? 별일이다. 걔가 클 때는 생선이 없으면 밥을 안 먹었다. 지 아버지한테 혼났다고 밥을 굶다가도 자반고등어라도 한 마리 구워 주면 금방 헤헤거리며 좋아하던 놈인데. 갯것이라면 다 좋아하는 줄 알았는데, 입맛이 변했나? 내가 걔를 가졌을 때 석화를 한 대야씩 까먹곤 했다. 그걸 먹으면 입덧이 감쪽같이 사라지곤 했지.”

“굴, 말씀이신가요? 여기서는 굴 양식 안 하잖아요.”

“윤오를 뱄을 때 저 아랫녘 바닷가에서 살았거든. 관음보살이 상주하신다는 데였는데 그놈이 그곳의 기운을 제대로 받았으면 곧 나아질 것이다, 곧. 아암, 그렇고말고.”

“전에는 교회에 나가셨다고 하셨잖아요. 절에도 다니신 거예요?”

맥주 캔을 한 손에 잡은 부진은 잠깐 고개를 뒤로 젖혔다 곧바로 미숙을 뚫어지게 맞바라봤다. 미숙은 그럴 때마다 등이 서늘해지곤 했다. 카디건을 추스르며 몸을 잔뜩 옹송그렸다.

"교회, 다녔지. 절에도 다니고. 굿도 숱하게 했고. 네 시아버지 모르게 점도 참 많이 봤다. 윤오를 고칠 수 있다는데 뭔들 안 했겠니? 근데 말이다, 윤오랑 헤어져라. 한 살이라도 젊었을 때 그만두는 게 좋다. 질질 끌어 봐야 그건 바닥을 보자는 심보지, 별다른 게 아니다. 살아 보니 그렇더라. 다 때가 있는데 그걸 꼭 뒤늦게 깨닫는다. 내가 입때껏 살아오면서 제일 후회하는 일이 무엇인지 아니? 네 시아버지와 헤어지지 못한 거다. 살다 보면 나아지려니, 나아지겠거니 하다 보니 이젠 남만도 못한 사이가 되었다. 중매로 한 혼인이었지만 살면서 왜 정이 안 생겼겠니? 한 이불 속에서 살 맞대고 살며 애도 낳고 그랬는데……. 그런데 말이다, 어느 한때 죽기보다 살기 싫었던 때가 있었다. 고비라고 그 고빗사위만 잘 넘기면 괜찮아질 것이라고 부득부득 이불 속으로 기어들어갔지. 아니다, 살아 보니 아니더란 말이다. 나도 못할 짓이었고 네 시아버지라고 별다르겠니? 그러는 동안 서로 웬수가 됐다. 살 맞대고 살던 사람이 웬수라니……. 한 시절 금방이 간다. 곧 쉰 되고 예순 된다. 인생 길지 않다. 옛날에 내 처지가 지금의 너만 같았더라면 진즉에 윤오 데리고 나가서 살았을 거다. 좋은 때였다는 것은 지나고 나서야 아는 법이다만. 참, 애들은 언제 오냐? 그놈들이야말로 제 애비는 하나도 안 닮았지, 그렇지? 윤오도 외탁했다는 소리 참 많이 들었다. 아들이 에미를 닮으면 잘 산다고 하더니만 그것도 아닌 모양이다."

"어머니는 저희들이 진짜 헤어지길 바라시는 거예요?"

"그럼, 여태 무슨 말을 들은 게냐? 술 먹고 허튼소리 하는 걸로 뵈냐? 내 욕심이었다. 니들 혼인한다고 했을 때, 그때 윤오가 한 말이 있었다. 그런데 그 말을 욕심에 눈이 멀어서 못 들은 척했다. 그래서 지금 우리가 이렇게 지옥행 열차를 타게 된 것인지도 모른다. 욕심만으로 되지 않는 일이 있는 법인데. 인연이 괜히 인연이 아니다. 그걸 억지로 얽으려고 하니까 인생이 이렇게 꼬이는 게 아니겠냐? 내 말 틀렸냐? 네가 혼인한다고 왔을 때 네 몸엔 태기가 있었다. 윤오도 좋아할 줄 알았지. 아니, 부끄럽고 쑥스러워서 못 하겠다고 하는 줄 알았다. 결국 내 발등 내가 찍었다."

"도대체 무슨 말씀을 하시는 거예요?"

"윤오한테 문자는 보냈냐? 안 보냈으면 지금 보내라. 네 시아버지와 니들 몰래 내가 점도 치고, 굿을 하느라고 돈도 참 많이 썼다. 지푸라기라도 잡는 심정으로. 그런데 그 점이라는 게 참 묘한 데가 있더라. 이젠 끊을래야 끊을 수가 없다. 인이 박히더란 말이지. 궂은 일이 생기면 궂은 일이 생겨서, 또 좋은 일이 생기면 좋은 일이 생겨서. 그때마다 보살을 찾아가게 되더라고. 내가 어릴 때는 교회를 퍽 열심히 다녔던 사람이었는데도. 굿을 하고 나면 서너 해는 조용히 지나갔다. 그러니 믿지 않을 수가 없었지. 부모 자식 간에도 앙숙인 관계가 있다고 그 살을 푸느라고 무던히도 애를 썼는데, 아무래도 윤오가 기가 약하긴 약한 모양이다. 아쉽다. 아, 문자 보내라는데 뭐 하고 있냐? 덥다. 맥주 두어 개만 더 내오고. 속이 타서 못살겠다."

오소소 한기가 드는 몸을 움츠리며 미숙은 냉장고 앞에 섰다. 언제부턴가 천장에 매달린 등을 갈아야겠다고 맘먹었으나 여태도 그대로 디룽거리며 매달려 있었다. 무슨 맘으로 촛불처럼 피어오르는 샹들리에로 전등을 바꾸었는지 기억이 가물가물했다. 불꽃처럼 환해지길 바랐던 것일까. 미숙은 윤오에게 어디냐고 문자를 보내고 난 뒤 냉장고에 넣어 둔 캔맥주를 꺼내 쟁반에 담았다. 냉장고에 넣어 둔 마지막 맥주였고, 손이 시렸다.

미숙은 벌겋고 이들이들한 부진의 입술을 바라보는 것만으로도 숨이 벅찼다. 아무리 그래도 윤오와 헤어지는 것은 아직 때가 일렀다. 미처 절정에 오르기도 전에 침대에서 내려와야 하는 기분이었다. 그럴 수는 없었다. 들어야 하는 대답을 아직 듣지 못했으므로 끝을 내도 스스로 내야 했다. 누구도 개입해서는 안 되는 문제였다. 아직은 손에 감고 있던 밧줄을 풀 때가 아니었다. 사랑받지 못했다는 기분이 사라지지 않는 한, 그 밧줄을 풀 수는 없었다. 지옥에라도 따라갈 참이었다.

거실을 가로질러 베란다로 나갔다. 몸살감기처럼 으슬으슬 몸이 떨렸다. 주황빛 가로등이 불 밝히는 모래밭은 적적하리만치 조용했다. 해수욕객들을 불러들이는 파도만이 바람을 따라 흩어지곤 했다. 세탁기 위 시렁에 올려놓은 버지니아 슬림을 한 대 꺼내 두어 모금 급하게 빨고서는 무지르듯 껐다. 뚜껑이 있는 병을 바꿔가면서 재떨이로 썼다. 냄새가 밸 사이 없이 병을 바꾼다고 생각했지만 벽 틈에 스며든 담배 냄새가 또 다른 담배 연기를 불러들였다. 한 손으로 휘휘 연기를 흩뜨리며 바닥에 놓여 있던 캔맥주 상자를 들고 돌아섰다.

"술을 마시는 여편네들 보면 밤에 잠이 안 온다고 술을 마시는 모양이던데 술 마신다고 어디 잠이 오데? 정신만 더 말똥말똥해지지. 그거, 쓸데없다. 그럴 때는 그저 커피 한 사발이면 된다. 그거 마시면 잠이 아주 잘 온다. 그래 문자는 했냐?"

"답이 없어요."

"내 번호로 한 번 더 해 봐라. 카톡하지 말고, 문자로."

미숙은 부진의 갤럭시 쓰리를 건네받은 뒤 다시 문자를 보냈다. 그런 뒤 전화기를 식탁 가장자리에 올려놓았다. 아무런 반응이 없었다.

"외탁이라는 말이 듣기 참 고약할 때가 있다. 찰흙을 주물러서 새끼를 만드는 것도 아니고. 그래도 에미는 알지 않니? 그놈이 어떻게 생겼는지. 네겐 호진, 호영이가 있지만 내겐 윤오, 그놈뿐이다."

"윤오 씨는 제 남편이기도 해요, 어머님 아들이기 전에."

"새끼는 나이 들면 못 만들지만 남편은 백 살을 먹어도 만들 수 있다. 알겠니? 윤오는 내 하나뿐인 새끼라니까 그런다. 내가 눈을 감기 전에는 그놈을 그대로 놔둘 수 없다. 어떻게 해서든 제자리로 돌려놓을 거다. 기도원도 알아 놨다. 우리 동네 새로 오신 목사님, 너도 한번 인사드렸지. 그분께 좋은 기도원으로 찾아봐 달라고 부탁드렸더니 치유의 은혜가 있는 기도원으로 알아봐 주셨다. 얼마나 고마운지. 그러니 걱정하지 말고 네 앞가림이나 하렴."

"그래도 기도원은 좀 그러네요. 차라리 전문의가 있는 병원이 낫겠다 싶어요. 기도원이라니요?"

"여태 시에미가 한 말을 어디로 들은 게냐? 안 된다니? 그리고 병원은 윤오가 싫어한다고 말한 사람은 내가 아니고, 너다. 원, 말을 먹는 건지, 듣는 건지? 그래서야 어떻게 학교에서 애들을 가르치겠니? 분명히 말해 두지만 윤오는 네 남편이기 전에 내 아들이다, 하나밖에 없는. 알겠니?"

"어머님 말씀대로라면 제게도 하나밖에 없는 남편이고, 호진 호영에게도 한 명뿐인 아빠예요. 어머니께서 헤어져라 마라 하실 문제가 아니라고요. 윤오 씨와 제가 알아서 할 문제예요. 그러니 저희들 문제는 걱정하지 마세요."

"윤오 안 들어왔다고 전화한 사람은 누구냐? 걱정하지 말라는 말을 말아야지. 번번이 아쉬운 소리 할 때는 언제고. 아무튼 이젠 윤오 때문에 나도 알탕갈탕하기 싫다. 그러니 그만 헤어져라."

미숙은 얼음이 다 녹은 커피잔을 내려다보며 어금니를 응물었다. 초조하면서도 주니가 났다. 견우와 직녀의 별자리조차 느리게 움직이고 있었다. 따분하기 짝이 없었다. 오른손 집게손가락으로 까마귀처럼 새까만 귀밑머리를 귀에 걸고 또 걸었다.

22

동수는 다리 난간을 붙잡고 서서 심호흡을 했다. 시간은 행군하는 군인들처럼 느릿느릿, 아니 구보하는 군인들처럼 걸핏걸핏 그렇게 흘러 곧 지상에서 사라질 병든 몸이 되고 말았다. 몸과 함께 늙지 못하는 마음만은 하룻밤에도 서너 번은 미스 오를 안을 수 있을 듯했다. 어떤 낙관도 어떤 비관도 하지 않았다. 그렇지만 더 이상 여자들을 품을 수 없다는 사실만은 엄정했다. 쓸쓸했다. 병원에 한 번씩 다녀올 때마다 몸은 지위가 졌다. 시원한 냇물 소리가 듣고 싶어 발밤발밤 걸어 나온 길이었다.

길섶 해당화가 붉었다. 그 꽃잎들 사이로 주황빛 열매가 오종종했다. 동수는 주춤주춤 멈춰 서서 잔가시가 없는 가지를 하나 잡고 열매를 땄다. 그래도 따끔했다. 집을 오가는 길뚝에 일부러 서너 그루 심었던 것이 사방으로 번졌다. 냇가 둑비탈에는 노루오줌도 피고 다래나무도 넝쿨을 이뤘다. 무엇보다 태풍 루사가 지나고 난 뒤 큰 산 어딘가에서 물길을 따라 떠내려왔을 함박꽃나무 씨앗이 자갈 틈에 자리 잡고 꽃을 피운 것은 반갑고 기특했다. 찔레꽃머리가 되면 아기 주먹만 한 꽃을 피우곤 했다. 풀과 나무들조차 바람과 물길을 따라 떠돌다가도 어느 순간 자리를 잡고 뿌리를 내렸다.

사방에서 달려드는 모기떼를 부채로 휘저어 쫓으며 갈대숲으로 변한 내를 내려다보고 섰다. 이따금 바람이 귀밑을 스쳐 갔다. 밤에 듣는 말매미 울음소리는 들그러웠으나 조붓한 물길에도 달빛에 반짝거리는 윤슬은 퍽 보기 좋았다.

"여기 계셨네."

"왔나?"

"닭으로 깻국탕을 좀 끓였기에 전화했더니 안 받으시데. 전화기는 어쨌소?"

"전화기를 글쎄 어쨌나, 집에 어디 있겠지? 요즘은 성가셔서 잘 안 챙겨. 금방 들어가려던 참이었네. 잠깐 나와 돌아다니는 것도 힘이 드네. 숨차고."

"그래도 전화기는 좀 챙겨 가지고 다니쇼. 걱정하지 않게."

자전거에서 내린 홍주는 다리 난간을 부여잡고 서 있는 동수 옆에 나란히 섰다.

"달빛이 참 좋네요."

"낼모레가 추석 아닌가?"

"아직 삼복인데 벌써 추석 얘기예요. 원, 급하기도."

"내 목숨이 경각에 달렸지 않나?"

"무슨 그런 말씀을 해요? 누가 앞일을 안다고."

"내 몸을 내가 모를까?"

"남 씨 영감님 병원에서 삼 개월도 못 산다고 울고불고 하더니만 장장 오 년을 더 사시지 않았소? 다 관리하기 나름이오."

248

"옆에서 진구덥 해 주는 마누라가 있었으니 그랬지, 나야 혼자 아닌가?"

"예까지 나다닐 수 있는 체력이면 그깟 병마쯤 못 이기겠소? 다 맘먹기 나름이라고 그렇게 얘기한 사람이 형님이잖소?"

"그랬나? 그래도 내가 베트남 정글을 헤덤벼치며 다니던 솜씨인데 쉽게 죽기야 하겠나 싶으면서도 어떤 날은 맘이 아주 고약해져."

"그래서 말인데, 월남에서는 어땠던 거요?"

"글쎄 뭐랄까? 전쟁터에서는 말여……. 살아남기 위해서라고는 하지만 아무리 그래도 과한 데가 있었기는 했지. 요즘은 부쩍 그런 생각이 들어. 베트콩이 없는 줄 번히 알면서도 마을에다 불을 지르고 총을 쏜 적도 있었거든. 하늘에서 쏘아 대는 네이팜탄은 정말 무섭다고, 무서워. 말도 마. 우리도 전쟁을 겪었으면서도 남의 나라 가서 또 그 짓을 했으니……. 요즘은 당최 꿈자리가 사나워서 못살겠네. 잠을 제대로 잘 수가 없네. 전쟁은 없어야 돼. 그러나 그게 어디 그런가? 그게 문제지. 하얀 아오자이를 입은 예쁜 간나들을 보면 살려 주고 싶은 마음이 들지. 왜 아니겠나, 나도 사람인데. 그런데 그게 또 내 뜻과 같지 않으니……. 내가 어떻게 하다 베트남까지 가게 됐는지, 원. 종두는 팔자 고쳐 보겠다고 그렇게 가고 싶어 안달했는데도 못 가고, 난 죽어라 요리 빼고 조리 빼고 했는데도 결국은 갔어. 그러고 보면 인생은 참 요상한 거여. 시계를 되돌릴 수만 있다면 말이여, 난 절대 전쟁터에는 두 번 다시 안 갈 거네. 아암, 안 가고 말고. 혀를 깨물고 죽는 한이 있어도 안 간다고. 끔찍하다 끔찍하다 해도 전쟁터만 데가 또 있을라고. 술만 먹었다 하면 비 내리는 밀림에서 헤덤벼치던 그때로 돌아가곤 했다네. 눈앞에 보이는 건 죄다 베트콩이고, 적들이지. 죽여야 하는, 죽여 없애야 내가 살 수 있는……. 그랬다네. 유공자? 그걸로 내 인생이 보상되겠나? 그깟 돈 몇 푼에? 송두리째 인생을 잃어버렸는데. 니미럴!"

"들어가셔서 깻국탕이나 한 술 드십시다. 시원할 거요."

"깻국탕, 그런 걸 다……. 그럼, 그럴까?" 그러면서 동수는 수건으로 이마에 땀을 훔쳤다. 숨소리는 여전히 밭았다. 홍주는 동수 걸음나비에 맞춰 자전거를 끌며 걸었다. 길섶에는 살구나무와 밤나무 그 그늘 아래는 이른 코스모스가 아무렇게나 떼판을 이뤘다. 옮겨 심은 백일홍과 자생한 원추리 꽃이 이따금 눈에 띄었다. 멀고 가까운데서 칡꽃의 향기가 바람에 실려 왔다. 코끝이 간질간질했다. 외딴 집 동수네 오랍뜰 텃밭에는 도라지꽃이 한창이었다. 늦여름 지르되게 핀 하얀 도라지꽃을 보면 울컥, 가슴이 치받치곤 했다. 몹쓸 병이었다.

"애들은 형님 편찮으신 거 알아요?"

낡고 오래된 소나무 널평상에 상을 차리면서 홍주가 물었다. 희끄무레한 어둠이 번진 마당가 감나무 그늘은 더욱 짙었다. 검은 고양이가 날래게 마당을 가로질러 갔다. 포장을 하지 않은 마당에 마른 먼지가 일었다. 칠이 벗겨지고 다리 한쪽이 끼우뚱한 양은밥상에 닭을 삶아 국물을 내고, 참깨를 갈아 넣고 끓인 깻국탕을 올리고 물병을 따로 들고 나왔다. 참깨 냄새가 코끝을 간지럽혔다.

"막내만 알지. 다른 애들은 연락하지 않았어. 그런데 이런 걸 대체 언제 만든 겐가? 손이 여간 많이 가지 않았을 텐데……. 같이 먹지 그러나?"

"드쇼. 아니 아버지가 편찮으신데 애들이 모른대서야 말이 돼요, 원?"

"이제 와서 뭘……. 자네도 알다시피 내가 술만 마셨다 하면 주사가 여간 심했나. 술 깨고 나면 정말 하나도 기억이 안 났네, 변명 같지만. 그래서 나는 잘 몰랐는데, 애들이 나한테 무작스럽게 맞았다고 하더구만. 그 말 듣고 보니 생각나는 게 있었어. 아마 이맘때쯤이었을 거야. 감자밥을 먹고 있었으니까. 마당에 멍석을 펴고 식구들이 둘러앉아 저녁을 먹고 있었지. 약쑥을 태워 모깃불을 피워 놓고. 그랬는데 큰놈이 갑자기 밥상에 밥을 뱉는 거야. 밥에 돌이 있었던 게지. 그날도 술이 얼근했던 것 같아. 다짜고짜 따귀를 때렸는데 그래도 분이 풀리지 않아 둘러보니 마침 처마 밑에 장작더미가 보이는 게 아닌가. 장작개비로 그놈을 얼마나 두들겨 팼는지 기억이 안 나는데 술이 깨고 보니까 애가 그만 반송장이 되어 누워 있더구만. 그것도 집사람이 나를 들고패며 떼어 놓아서 그만했다는 거야. 잘못했다고 싹싹 빌었지. 그런데 그때뿐이야. 그래서 집에 있던 총을 아예 없애 버렸네. 아니었으면 큰일이 나도 여러 번 났을 거야. 내가 사격은 좀 했다네. 한동안 멧돼지 사냥을 할 때면 내가 엽총을 멨는데, 안 되겠더라고. 그래서 종두한테 총을 넘겼지. 술에 감기면 아무것도 생각이 안 났어. 깜깜한 밀림 속 전쟁터였네. 애들이 중학교라도 마친 거는 다 제 어멈이 억척스러워서 그랬지, 나는 보태 준 게 없어. 맨날 술 먹고 주정이나 했지. 맨정신으로는 살 수가 없어서……. 그런데 무슨 염치로 나 아프니 돌봐달라고 하겠나? 그놈들도 먹고사느라 바쁠 텐데. 일없네."

"그래도 길러 준 정이라는 게 있잖소?"

"모르는 소리. 자주 만나지 않는데 무슨 정이 있겠나? 서먹서먹해. 나부터도 살가운 정이 없어. 벌 받는 거다, 싶을 때가 있네. 내가 호순이랑 살기 전에 읍내에서 여자를 만났어. 두 번째 살림을 차렸지. 박색도 그런 박색이 없었이. 그린데 음식 솜씨가 아주 좋았네. 살다 보면 정이 붙겠거니 하고 살림을 차렸는데 못살겠더라고. 그래서 내쫓았어. 그랬더니 애를 가졌다는 거야. 그게 내 애인지 알게 뭐냐고, 아주 박절했지. 아직도 그 여자 눈빛이 생각나네. 보따리를 들고서 아주 잠깐 철판이라도 뚫을 기세로 나를 쳐다보더라고. 그러더니 그 길로 횅하니 집을 나가더구만. 말 한마디도 없이. 내 등에 땀이 난 것은 뒤에 알았네. 지금 생각하면 참 무서운 짓을 한 거야, 내가."

"여름 휴가철에는 올 거 아뇨? 엄마 산소 벌초하러."

"아녀, 없어. 없앤 지가 언젠데. 윤달이 들었던 해에 애들이 없애자고 해서 없앴어. 잘했지 뭐. 나 가고 없으면 누가 예까지 와서 벌초하고 그러겠나? 애들이 부천에서 룸살롱을 아주 크게 해. 눈코

252

틈 새 없이 바쁘대. 장사가 잘된다니 좋지 않나? 그저 젊은 놈들은 바빠야 해. 아암, 바빠야 하고말고. 그래도 명절이면 떡값도 보내 주고 생일이면 또 생일이라고 전화도 하고 그래. 그만해도 그게 어디야? 그래도 에덜 어멈 산소를 없앤 거는 조금 아쉬워. 나 살아 있는 동안은 내가 돌봐도 괜찮았을 텐데."

"형님 가고 나면 그걸 누가 하겠소? 형님 계실 때 없앤 게 차라리 잘한 것인지도 몰라요. 탕이 입에 맞아요? 너무 차지 않은가 모르겠네. 이열치열이네 어쩌네 하며 하도 더운 음식만 먹는 것 같아 오늘은 찬 음식으로 했는데……."

"아녀, 좋구면. 자네도 같이 좀 먹을 걸 그랬네. 먹기 좋은 음식은 본래 손이 많이 가는 법인데. 그래서 난 읍내에서 반찬들을 사다 먹었네. 요즘은 그도 저도 성가셔서 도시락 배달을 시키네. 그 것도 다 못 먹긴 하지만. 괭이들이 신났지. 설거지하는 것도 귀찮고. 자꾸 손목에 힘이 빠지는 것 같고, 그릇을 여럿 깼다네. 허! 그래도 내가 톱과 도끼, 기계톱을 잡던 사람인데 말여. 맘만은 여태도 이십 대 청춘인데, 육신은 이렇게 고단한 신세가 됐네. 허!"

"뭐, 얘기들을 그렇게 재미나게 하신데요?"

냄비를 머리에 인 옥선이었다. 저쪽 길 입새에 달아 놓은 가로등이 길게 그림자를 늘였다. 발자국 소리 없기는 검은 고양이와 다르지 않았다.

"어이쿠, 깜짝이야. 기척이라도 좀 하지 그랬소?"

"얘기에 정신이 팔려서 못 들어 놓고서는. 아재도 와 계시는구면."

"근데, 오늘 뭔 날이여? 요즘은 당최 날짜 가는 걸 모르겠으니."

"중복이잖소? 그래서 팥죽을 좀 쑤어 가지고 왔더니만. 그래도 뭘 자시고 있으니 다행이에요."

"와서 앉소. 내가 노상 말하지 않았소? 인복이 많은 놈이라고. 근데 나만 먹나? 아참, 잘됐네. 저기 복숭아가 아주 잘 익었네. 홍주 자네가 좀 따 주게나. 여기 제수씨도 좀 드리고. 벌레가 먹기는 했어도 날이 가물어서 그런지 아주 달아."

"두고 잡수쇼. 전 괜찮아요."

"나야 먹어야 얼마나 먹겠나. 보게, 아주 오종종하다네. 내가 세어 보니 백 개가 넘어. 믿겠나? 나무 한 그루에 열매가 그렇게 달린 거는 아마 올해가 처음인 듯싶네. 원, 무슨 일인지."

"말이 청산유수인 걸 보니 이제 아픈 데는 다 나은 모양이네요."

"그럼, 옛날 갑인 날 콩 볶아 먹은 날에 벌써 다 나았지. 홍주 아우와 제수씨가 이렇게 찾아왔는데 어찌 아프기만 하겠소? 어지간만 하면 내 일어나 춤이라도 한바탕 추겠구만서도, 아직 그것은 좀 어렵겠구만. 쿨럭, 쿨럭!"

"그래요, 형님. 얼른 몸 추슬러서 풍물 한번 잡아 보소. 장구 소리 한번 들어 봤으면 좋겠네. 달도 밝은데."

"아주버니가 장구 하나는 기막히게 쳤지. 안 그래요? 한가위 때고 대보름 때고. 여자들 맘께나 흔들어 놓곤 했지. 그럴 때는 마치 딴사람 같았는데. 세월도 참 무심해."

"몸이 늙지 맘이 늙나? 옥선이 자네도 이젠 몸 좀 아껴 가면서 살

아. 내 몸 아프니까 다 소용이 없네. 아등바등하는 것도 다 때가 있는 거고. 쉬엄쉬엄하면서 살게."

숟가락을 내려놓은 동수는 손수건을 꺼내 이마에 진땀을 닦아 냈다. 홍주와 옥선은 잔뜩 긴장하며 근심어린 얼굴로 동수를 건너다보았다. 손사래를 치는 손이 눈에 띄게 떨렸다. 반팔셔츠를 입은 가슴이 새가슴처럼 콩콩 뛰었다. 불빛에 비친 얼굴이 부엌 서까래처럼 새까맣게 보였다.

"여보게, 홍주. 아무래도 들어가서 좀 누워야겠네. 제수씨, 먼저 들어가야겠소. 좀 걸었더니 그것도 힘에 부치네."

옥선이 자리에서 일어섰고, 홍주가 동수를 곁부축했다. 멍하니 섰던 옥선은 동수가 먹던 탕 그릇을 내려다봤다. 겨우 서너 숟가락이나 떴을까, 탕 그릇은 그대로 있었다. 깻국탕, 임자수탕이었다. 방까지 따라 들어가기는 껄끄럽고 마뜩잖았다. 평상에 발을 내려뜨리고 앉아 거무스레한 앞산을 바라다봤다. 오백 년은 되었을 법한 왕벚나무가 도깨비불처럼 가물가물 보였다. 그 사이 귀신새, 호랑지빠귀가 울었다. 예비한다고 해도 막상 맞닥뜨리면 당혹스러운 게 죽음이었다. 그래서 죽음은 느닷없었다. 죽음이 가까이 와 있다고 여겨도 살아 있는 동안만큼은 결코 친해질 수 없었다. 등에 찬 기운이 스몄다.

방 밖으로 나온 홍주는 구부정한 옥선의 등을 바라보고 섰다. 옥선의 시선 끝이 가닿은 곳을 어루더듬어 찾았다. 골짜기 초입에 홀로 서 있는 고목은 아름드리 왕벚나무였다. 나무 장사꾼들이 서

너 번 마을 이장을 찾았다. 하지만 폭풍우에 가지가 찢길망정 누구
도 삽을 대고 싶어 하지 않았다. 왕벚나무 밑동에 하얀 한지로 새
끼를 엮어 매달고 제사했다. 이른 봄이면 분홍빛 꽃잎으로 화사하
면서도 장엄했으며 낙엽 진 한겨울에는 우람하면서도 신령스러웠
다. 고목은 나무들과 거대한 바위에 제사로 예를 차리던 시절이 이
제 막바지였음을 누구나 직감했지만 말하지 않았다. 평상에 앉았
던 옥선이 고개를 돌렸다. 마당에 먹물처럼 고인 어둠을 골목 입새
에 켜 놓은 가로등이 반쯤 가리고 있었다. 양은밥상 위로 불나방들
이 날아들어 퍼드덕거렸다. 파리채를 손에 든 옥선이 사정없이 널
평상 바닥을 내리쳤다.

"어떻게 하고 있나?"

"약 드시고, 주무시는 것 같아서 나왔소."

"어쩌야 하나?"

"형수님은 돌아가쇼. 제가 남아 있을 테니. 조금 더 지켜보다 애
들한테 연락을 하든지 그래야지요."

"왜 그렇게 입원하는 거를 싫어하는지 원."

"전쟁터에 있는 거 같아서 싫다고, 지난번에 병문안 갔더니 그러
데요."

"월남에는 안 갔어야 했는데 거길 왜 갔는지 몰라. 생긴 것과 다
르게 여리디연한 사람인데. 세상 잘못 만난 거지. 장구나 치며 살
았으면 딱 좋았을 사람인데. 그래도 늘그막에는 호순 씨가 낳은 막
내딸 덕에 베짱이처럼 잘 놀았지 뭐."

256

"돈 없고 백 없었으니 월남까지 가게 됐겠죠."

"저 아주버니가 애들한테는 참 못할 짓 많이 했지. 애들이 번번이 쫓겨나 우리 집에도 도망오고, 왜 아재한테도 가지 않았소? 볏짚낟가리며 동네 물레방앗간에 숨어 있곤 해서 내가 밥을 준 것만 해도 몇 번인지 몰라. 술만 취했다 하면 애들을 들두들겨 패고 살림살이를 들이족치기 시작하면 그 힘센 호순 씨도 어떻게 하질 못했으니까. 그래도 헤어지지 않고 그런 사람을 품고 산 것을 보면 호순이그이도 참 어지간한 사람이었어. 술도 잘 먹고 노래도 썩 잘하고, 헌걸찬 여장부였지. 딸이라도 하나 얻었으니 동수 아주버니 처지에서는 감지덕지지 뭐. 너무 걸쌈스럽게 살아서 일찍 갔는지도 몰라. 그에 비하면 동수 저 아주버니는 박우물에서 헤엄칠 만큼 옹졸했지 뭐."

"전쟁이 사람을 죽인 게지요. 저는 아주 꼬맹이였는데도 전쟁 뉴스를 보고 있을라치면 도무지 덤덤해지지가 않아요. 그런데 동수 형님은 직접 손에 총을 들고 정글을 헤덤벼치며 다녔으니 오죽하겠소? 그것도 남의 나라 전쟁터에 가서 그랬으니."

"그래도 살아서 돌아왔으니 얼마나 다행이요. 죽고, 다치고, 행방불명된 사람들은 또 얼마나 많았겠어요. 아재, 난 더 늦기 전에 이만 가 봐야겠소. 달빛이 참 좋네. 별일은 없어야 할 텐데, 걱정이네. 입원을 하면 좋으련만 무슨 고집이 옹고집인지 원."

"괜찮으시겠소? 한참 걸어가야 할 텐데."

"발씨 익은 길인데요 뭐. 아재가 고생이 많소."

평상에서 일어선 홍주는 골목 입새 가로등 아래까지 옥선을 배웅하고 돌아섰다. 박쥐가 낮게 날아 굴뚝 뒤로 사라졌다. 홍주는 어둠이 옥선의 그림자를 삼킬 때까지 골목 입새에 가만히 서 있었다. 골목 길섶에는 접시꽃이 무리지어 환하게 피었다. 강아지풀과 왕바랭이들이 반쯤은 제초제에 죽고, 또 반쯤은 되살아서 키를 키우고 있었다.

먼 데서 개 짖는 소리가 한꺼번에 터지더니 또 순식간에 뚝 그쳤다. 소리가 사라지고 고요해진 틈으로 노란 달맞이꽃이 피어났다. 꽃잎이 큰 달맞이꽃은 자취를 감추고 자잘한 꽃잎들만 들판을 메웠다. 가만가만 복숭아나무 아래 섰다. 달콤한 향에 군침이 흘렀다. 주머만큼 큰 복숭아를 하나 골라 땄다. 바지에 썩썩 문지르고 한입 베어 물었다. 까끌까끌한 과육은 물이 많고 다디달았다. 잠깐 등 뒤 안방을 돌아다봤다. 기척 없이 쓰르렁했다.

23

"종두 형님과 종원이 형님은 어떻게 그림자도 안 보이나? 말복 추렴 얘기 꺼낸 게 누군데? 생간 잡수려도 오지 않고."

개울가 작벼리에서는 복달임 준비가 한창이었다. 콘크리트 다리 아래 가마솥을 걸고, 장작을 쌓아 놓았다. 땀으로 뒤발한 홍주는 이른 새벽부터 까맣게 그슬린 개를 앞에 두고 배를 가르고 각을 뜬 뒤 다시 그 쟁기고기를 손질하고 있었다. 생간을 먹을 때만 잠깐 고개를 내밀었던 남정들은 정자로, 둥구나무 아래로 흩어지고 뒤늦게 나타난 동수와 단둘이 남았다. 항암치료를 끝내고 얼추 몸을 추스른 동수가 비슷이 다가와 종이컵에 막소주를 따라 건넸다. 홍주는 고개를 가로저었다. 고기를 다루는 홍주의 손놀림은 고밀고밀했으며 퍽 예의발랐다. 아니, 차라리 은근해서 무슨 고기 맛이 있으려나 싶을 정도였다.

"얘기 못 들었나? 종두네 아아는 경찰서에 있고, 종원이네 검사 아들은 옷 벗었다는 얘기."

"무슨 소리요?"

"종두네 아아는 왜 노름판 빠꿈이잖아? 노름하다 어디서 신고가 들어간 모양이야. 그렇지 않고서야 경찰서에서 왜 아아를 불러들였겠나? 모르긴 몰라도 그 아이가 해먹은 논자리만도 말을 안 해서 그렇지 꽤 만만찮을 텐데. 그러게 인심이 너무 박해도 안 되는 법인데. 이건 뭐 문둥이 콧구멍에 박힌 마늘씨까지 빼서 먹으려고 드니 원. 내가 여적 말은 안 했지만 사람이 그러면 못 쓰는 법이네."

"퇴원한 지 얼마나 됐다고, 종두 형님 또 애께나 마르겠네."

"자네는 유독 종두네 일이라면 옳고 그르건 싸고도는 버릇이 있어?"

"그게 의리라는 거요, 형님. 그런데 종원이 형님네 검사 아들은 왜 또?"

"그야 모르지. 아무튼 억죽억죽하는 꼴 이제는 좀 안 보게 됐으면 좋겠구만."

"형님은 대체 그런 소문은 어디서 듣는 거요?"

"산중에 혼자 사는 중이 왜 도사가 되는 줄 아나? 가만히 있으면 이놈 와서 이 얘기하고, 저놈 와서 또 저 얘기하고 자연스레 도사가 되는 거지. 종원이 그놈은 하도 흰목을 쓰며 거들먹거려 이따금 배알이 뒤틀리곤 했는데. 사람이 직수굿한 데가 없이 제 말만 제 말이라고 우김질하는 꼴이라니 원."

"부자가 될수록 욕심도 늘어난다지 않소?"

"그래도 어지간해야지. 목 멘 개 겨 탐하듯 욕심만 그득해서. 멧돼지는 칡뿌리를 노나 먹고 집돼지는 구정물을 노나 먹는다고 했네. 흠, 흠. 그리고 말여 저 건너 버덩말, 우리 땅. 아무리 그래도 그렇지 그게 얼마나 된다고 팔래도 안 팔고 그것 때문에 우리 땅은 아주 맹지가 돼 버렸다고. 사람이 맘보를 그렇게 쓰면 안 되지. 무슨 알박기를 하는 것도 아니고. 남의 눈에 눈물 내면 제 눈에는 피눈물이 난다고 했어. 어디 두고 보라지. 옛말 그른 거 하나도 없더구만. 종원이 그놈은 염통에 털이 난 놈이니까. 아주 고약해."

"뭘 그렇게까지 악담을 해요. 남 걱정 마시고 형님 몸이나 잘 챙기쇼. 그저 오래 사는 게 이기는 거요. 그리고 검사 옷 벗었으면 조만간 동네에서 얼굴 자주 보게 생겼는데, 뭘 그래요? 아, 정치한다고 얼굴 들이밀 거 아니냔 말요. 죄다 그럽디다. 그런데 무슨 피눈물 얘기를 해요?"

"그나저나 저 건너 우리 땅이나 팔았으면 좋겠구만. 당최 보자는 놈조차 없으니. 옛날에 진작 팔았어야 했는데, 아쉽네."

동수는 땀을 흘리며 느럭느럭 부채질을 했다. 그래도 숨이 턱턱 막힐 만큼 무더웠다. 불더미에서 무드러기를 하나 꺼내 담배에 불을 붙였다. 차마 피우지는 못하고 손에만 들고 있는 뼈끔담배였다. 마을회관 앞 화투판에 끼기도 그렇고 차라리 그럴 바에는 가마솥을 지키는 것이 낫겠다 싶어 불 앞에 앉았다. 기분이 좋아지면 몸도 덩달아서 다 나은 듯 가벼워졌다. 그러다가도 순식간에 비누 거품처럼 푹 잦아들곤 했다. 어디든 편하지 않았다.

"이번에는 누가 또 찔렀을까? 지난번 홍주 자네들처럼 테레비에도 나오고 그러는 거 아닌지 몰라?"

쪼그리고 앉은 폼이 사흘 굶은 승냥이 뱃가죽 같은 모양새에다 얼굴은 장작개비처럼 꾀꾀 말랐다. 홍주는 담배 연기를 향해 왜왜

손을 내저으며 인상을 찌푸렸다.

"지난 얘기는 왜 꺼낸대요? 어느 놈이 그랬는지 내가 알기만 하면 그냥……. 멧돼지 한 마리 잡은 게 무슨 그리 큰 잘못이라고?"

"말도 마. 그때는 읍내 나가면 고개를 들고 다닐 수가 없었네. 만나는 사람들마다 무슨 일이냐고 인사를 해대는 통에 얼마나 남우세스러웠는지, 원."

"아니, 사람들이 얌치가 빠졌어. 먹을 거 죄다 먹고 나서 막판에는 꼭 딴전을 피운다니까."

"고기라도 한 저름 먹었으니까 탄원서에 도장이라도 찍어 줬겠지. 그러지 않았으면 어림 반 푼어치도 없었을 거네. 요새 누가 남의 일을 내 일처럼 생각해. 내 돈 서 푼은 알아도 남의 돈 칠 푼은 모르는 판에."

내장을 손질하다 말고 홍주는 삐뚜름하게 동수를 돌아다봤다. 그러니까 그께 겨울, 홍주와 종두 등 마을 사람 서너 명이 어울려 멧돼지 사냥을 갔다. 어릴 때부터 해왔던 해묵은 일이 왜 갑자기 불법이 되었는지, 그것을 안다고 해도 눈 쌓여 푹푹 발이 빠지는 한겨울이면 마치 한여름에 냇가로 천렵을 나가듯 마을 사람들 몇몇이 모여 큰 산으로 멧돼지 사냥을 떠나곤 했다. 그 옛날에야 고기가 귀해서 그랬고 요즈막에는 오래된 풍속이었으므로 설피를 꺼내고, 창을 갈았다. 아무리 텔레비전에서 특별단속기간이네 어쩌네 해도 이 멀고 외진 산골까지 경찰들이 들이닥칠 것이라고는 생각도 못했다. 미처 멧돼지 배도 가르기 전이었다. 경찰서에서 조사 받는 장면이 지방 방송에도 나오고, 지방 신문에도 나오고 망신살이 무지갯살 뻗치듯 했었다.

"시장에 내다 팔려고 했던 것도 아니고. 그저 한 마리 잡아서 마을 사람들끼리 추렴하려고 했던 것인데."

그러면서 홍주는 대강 손질한 내장을 다시 소금과 밀가루로 빨래 빨 듯 드바쁘게 빨아댔다. 그래야 잡맛이 나지 않았다. 내장을 담은 대야에는 파리가 꾀어들었지만 고기를 손질하는 홍주는 아랑곳없었다. 솥뚜껑만큼 두툼하고 상처도 많은 손이었지만 고기를 매만지는 손길은 자연스럽고 숙부드러웠다. 육십 대라고 보기 어려울 만큼 어깨가 딱 벌어지고 등판이 단단했다.

"근데 말이여. 종두네 저 비석거리 논을 내놨다는 소리가 있던데 혹시, 뭐 들은 얘기 없나? 거기 논배미가 좀 크지?"

"왜요? 내놨으면 사시려고?"

"평당 삼만 원 정도 하면……. 알아봐 달라는 사람이 있어서 말여."

"이젠 거간도 해요? 비석거리 논배미가 스무 마지기는 넘을 텐데. 아니, 그리고 요즘 삼만 원짜리 논이 어디 있소? 못 들었소, 논내놨다는 소리는."

"나도 다 들은 소문이 있는데 뭘 그래? 종두도 안됐기는 했어. 그 많던 문중 전답 다 팔아먹고도 모자라서."

"남의 일에 흥야항야하지 말고 거기 대야나 이리 좀 줘요. 원, 칠월 더부살이가 주인마누라 속곳 걱정을 한다더니만 형님이 꼭 그 짝이네. 이제 좀 살 만해지셨나? 그러면 거기 그러고 있지 말고 불이나 좀 보소. 근데 사람들은 죄다 어디에 있나?"

"어디 있기는? 회관 앞에서 화투짝 돌리고 있더구만. 국이나 다 끓어야 얼굴 내밀 사람들인데 뭘 기다려. 아직 멀었나? 그런데 말여, 그 집 며느리는 어떻게 된 거여? 내가 읍내 나갔다 들은 얘기가 있어서 그래."

"아직도 다방 간나들 만나고 그래요?"

"그 간나들이야말로 여전히 내 옆을 지켜 주는 천사들이란 말이지."

"어디 돈 냄새라도 맡은 모양이지. 주머니에 돈 떨어져 봐요. 그 간나들 하나 같이 언제 본 도령인가 할 텐데. 채신없게."

"얼마나 살겠다고. 말 말아. 내야 다방 출입을 하든 술집 간나들 기둥서방 노릇을 하든. 그런데 말여, 얼마 전 금강다방에 미스 오라고 젊은 애가 새로 왔는데 야가 보통내기가 아녀. 글쎄 못 돼도 스물일곱은 됐겠는데도 곧 죽어도 열아홉이라고 하는데 아이고, 입에 군침이 다 도네. 그래도 나는 살림은 안 차렸네."

문득 손길을 멈췄다. 개울물이 붉덩물처럼 시뻘겋게 변했다. 무언가 억눌린 것처럼 기분이 고약했다. 내장을 훑어 내고 핏물을 헹구어도 개운하지 않았다. 힐끗 동수를 돌아다봤다. 농약회사에서 나눠 준 부채를 건정으로 흔들며 먼산바라기를 하고 있었다. 홍주는 천천히 고개를 돌렸다. 이마에서 코끝에서 땀방울이 뚝뚝 떨어졌다.

"내장은 꼭 넣어야겠나? 나는 그저 살코기가 좋더구만. 내장은

264

영 질기고 어디 씹는 맛을 모르겠으니. 쟁기고기에 막장 풀고 들깻잎만 넣어도 먹을 만할 텐데. 성가시지도 않나?"

"내장 빠진 개장국이 무슨 맛이 있소? 다 돼 가요. 불땀 조절 잘 못하면 개장국 맛 비리니 불이나 잘 좀 보쇼. 원, 오소리를 잡는 것도 아니고 무슨 놈의 담배를 그리 태워 대는지. 아예 줄담배구만. 그게 다 명 재촉하는 길 아뇨?"

"담배라도 피워야지 무슨 낙이 있다고 담배까지 끊나? 다방 간나들도 담배 냄새난다고 지랄들이 여간 아녀. 쌍녀러 간나들. 지녀러 간나들 담뱃값 대주는 게 누군데."

동수는 밭은 숨을 몰아쉬며 세수수건으로 꾹꾹 눌러 가며 얼굴을 닦았다. 숨이 얕아졌다. 와자자하게 소문난 홍주의 불뚝성이었지만 근래에는 좀처럼 화를 내는 것을 못 봤다. 철이 드는가 싶기도 했다.

"홍주 자네는 고깃집을 해도 괜찮았을 거여. 고기 다루는 것을 보면 마치 지집 다루는 것처럼 퍽 부들부들하고 좋아 보이니 말여."

"음식점은 말요, 형님. 솜씨 좀 있다고 막 시작하면 안 되는 게 바로 그 음식점이란 말요. 이 근방에 삼십 년 넘은 음식점이 몇이나 됩니까? 채 삼 년을 못 넘기고 주인들 바뀌지 않소? 난 반대요. 아무나 하면 안 되는 게 바로 음식점이오. 음식은 반드시 맛있어야 하고, 그리고 잘할 생각도 있어야 한단 말요. 난 모르는 사람 위해 음식 만들고 싶은 생각이 없으니 절대로 음식점을 하면 안 되는 사람이고, 아셨소? 같은 말을 도대체 몇 번이나 되풀이해야 알아들으시려는지 원."

"솜씨가 아까우니 하는 소리지. 손맛이라는 게 있잖나? 나는 여적지 라면 물도 못 맞춰서 어떤 날은 싱겁고, 어떤 날은 또 소태처럼 쓰고. 그런데 자네가 음식 하는 것을 보면 건정건정하는 것 같은 데도 입에 착 달라붙으니 하는 말일세."

"비행기 그만 태우시고 거기 컵이나 좀 줘 보슈."

채소 손질까지 마친 홍주는 가마솥과 조금 떨어진 곳에 평평하게 땅을 고른 뒤 그 위에 큼직한 아궁돌을 두 개 놓았다. 똑같은 높이로 놓는다고 놓았는데도 석쇠를 얹으면 자꾸 한쪽으로 기울어지곤 했다. 서너 번 손을 본 뒤에야 얼추 수평이 맞았다. 가마솥 아궁이에서 그러모은 알불을 삽으로 퍼서 아궁돌 사이로 옮겼다. 삽으로 알불을 두드려 수평을 맞춘 뒤 석쇠를 얹고, 곱창을 올렸다. 불길을 죽여 낮은 불로 천천히 익혀야 곱창은 쫄깃하면서도 부드러웠다. 지글지글 기름이 타는 그 냄새만으로도 아니 노릇노릇 알맞추 익어 가는 모습만으로도 넉넉히 더위를 식혔다.

"냄새가 아주 그럴 듯하네."

"소주 한잔하시려오?"

"요즈막엔 술은 엄두가 안 나. 가슴이 타는 것 같아서."

동수는 소주병과 종이컵 그리고 알소금을 들고 홍주 곁으로 자리를 옮기며 바짝 다가앉았다. 석쇠 위 곱창에서는 곱이 줄줄 흘러내렸다. 눈과 코가 즐겁고, 입안에 저절로 침이 고이면서 손가락이 움직였다. 알불 위로 기름이 떨어지면서 연기가 피어올랐지만 집게를 잡은 홍주는 꿋꿋했다. 쿨럭쿨럭 기침을 해대는 동수는 이리 저리 몸을 움직이며 연기를 피했다. 머리 위에는 콘크리트 다리가 있어 그늘을 만들어 주었으나 불 곁이라서인지 아주 모래를 씹는 기분이었다. 목에 걸었던 수건으로 아무리 얼굴에 흐르는 땀을 닦아도 닦을 때뿐이었다.

슬리퍼조차 작벼리에 벗어던진 홍주는 얼룩무늬 반바지를 허벅지까지 걷어 올렸지만 사뭇 기세등등한 더위 앞에서 맥을 추지 못했다. 복달임 개장국이라도 개장국을 끓일 때면 부녀회원들은 코빼기도 내밀지 않았으나 어쩌다가 부녀회장이라도 나타날까 봐 등목도 하지 못했다. 염치를 차리려고 해서 그런 것은 아니었다.

철공소에서 일하던 열일곱 살 그때, 등에 용 문신을 새겼다. 한번 새기면 없애지 못한다는 것을 그때는 마음에 두지 않았다. 문신이 살짝 드러나도록 소매를 접으면 어지간만해서는 누구도 쉽게 시비를 걸어오지 않았다. 그때는 그것이 좋았고 또 그것만으로도 떨뜨리며 거들먹거렸다. 돌처럼 단단한 주먹은 여차하면 흉기가 되었으므로 고모의 잡도리는 검질겼다. 권투 도장엔 두어 달 다니고 그만두었다. 살림을 차렸던 계집들은 용 문신을 손가락으로 쓰다듬어 보기도 하고, 혀로 핥아도 보면서 좋은 척하다가도 얼마만큼 시간이 흐르면 웃통을 못 벗게 했다. 징그럽다는 게 이유였다. 언제부턴가 홍주 자신도 등에 새긴 문신을 잊고 살았다.

석쇠 위에서 노름노름 익어 가는 곱창 냄새에 콧구멍이 커지고 머릿속이 환해지면서 입속에 침이 고였다. 홍주는 두 쪽으로 쪼갠

나무젓가락을 비비면서 조바심을 쳤다. 냄새는 어디든 따라다녔다. 철공소에서 쇠를 자르고 두드릴 때는 온몸에서 쇠 비린내가 났고 정육점에서 일할 때는 잠자리까지 누린내가 따라왔으며 명태 덕장에서 일할 때는 생선 비린내가 뼛속까지 스며들었다. 땀구멍 속속들이 밴 냄새는 씻어도 씻기지 않았다. 무젖듯 스며든 냄새를 정작 본인은 알아채지 못했지만 옆 사람들은 코를 싸쥐고 도망쳤다.

"종두네 일은 잘 수습이 되었나, 원. 하나밖에 없는 아들 녀석이 매번 그렇게 말썽이니. 엊그제도 내 그 집 며느리를 봤는데 이혼했다는 소문은 아무래도 뜬소문인 듯해. 위장이혼이 아니구선 이혼한 시집엘 왜 왔다 갔다 하느냐 말여. 들리는 말로는 그 집 논밭전시를 죄다 며느리 앞으로 해놨다는 소문도 있던데. 홍주 자네는 참말 아무것도 몰라?"

"늙으면 잔소리가 는다더니 형님, 뭐가 그렇게 궁금한 게 많소? 매번 그래서 다른 형님들한테 쥐어박히는 거잖소? 그만 좀 해요. 원, 입만 뾰족했으면 새소리도 하겠네."

"그 집이 며느리 들일 때부터 말이 퍽 많았지. 남 씨가 종두네 마당에서 볶아치던 모습이 아직도 눈에 선해. 그 뭐냐, 원수 집안끼리 혼인을 하려니 왜 아니 그렇겠어? 나 같아도 딸 안 주네, 안 줘."

"형님은 종두 형님이 안됐다는 생각은 안 드쇼? 하필이면 그런 집과 사돈을 맺어야 하는 종두 형님의 처지가 안됐지 않았느냐 그 말이오. 자식 이기는 부모 없다고, 그걸 견디려니 얼마나 오죽하겠소?"

"약빠른 고양이가 밤눈이 어둡다고, 이번이 세 번짼가 네 번짼가 그렇지? 조용히 지나가려는지 몰라. 종두 고집도 어디 보통 고집인가 쇠심떠깨보다 더 질긴 사람인데. 그런 사람이 또 마누라한테는 죽어지내는 걸 보면 참. 난 종두를 보고 있으면 뭔지 모르게 아심아심한 기분이 든다네. 지난번처럼 그러지 말란 법도 없잖은가?"

"무슨 그런 소리를 해요? 어련히 알아서 잘하려고. 형수님도 계시고, 며늘애기도 있는데. 식구들이 있잖소."

그러면서도 뭔가 개운치 않은 홍주는 금방이라도 풀썩 꺼질 것 같은 동수를 바라보며 종이컵에 따른 밍밍한 소주를 단숨에 들이켰다. 두 쪽으로 쪼개 부스러기를 떨어낸 나무젓가락을 동수에게 건넨 뒤 노르스름하게 잘 구워진 곱창을 기름소금장에 찍어 한입에 넣고 씹었다. 동수에게 술을 따른 종이컵을 내밀었지만 동수는 또다시 고개를 가로저으며 잘라 놓은 곱창 도막을 뒤적거리기만 할 뿐 그것마저도 입에 대지 않았다. 더는 동수에게 술을 권하지 않았다.

홍주는 검붉은 핏물이 스며든 바싹 치켜 깎은 손톱을 들여다보며 아무렇지도 않은 듯 소주를 마셨다. 그러면서 자꾸 손거스러미를 물어뜯었다. 나이를 먹어서도 손거스러미 뜯는 버릇을 고치지 못해서 가끔 비웃음을 샀다. 초조한 기분에 휩싸일 때는 어김없이 손톱을 물어뜯고 있었다. 정작 홍주 자신은 그러고 있는 줄 알지 못했다. 보다 못한 누군가 어깨를 쳐서 일러 주거나 혀를 차며 놀리는 소리를 듣고서야 문득 알았다.

술 석 잔을 연거푸 마신 홍주는 수건으로 얼굴을 훔친 뒤 단김으로 들썩거리는 가마솥 뚜껑을 열어젖혔다. 뜨겁고 눅진눅진한 기운이 솟구쳤다. 깊숙이 나무주걱을 넣어서는 천천히 솥을 저었다. 구수하면서도 누릿한 내가 진동했다. 단김으로 눈을 뜰 수 없을 지경이었지만 입안에 군침이 돌았다. 코를 자극하는 냄새 때문에 방금 전 근심은 까맣게 잊고 말았다. 땀방울이 옹달샘처럼 퐁퐁퐁 솟았다.

"무진장 덥네요. 이런 마른장마는 생전 첨 봐요."

"벼농사는 풍년이겠구먼."

"고추, 깨는 가물을 타서 영 좋지 않던데요."

"다 가질 수 있으면 좋겠지민. 세상실이가 어니 그런가?"

손에서 담배를 놓지 못하는 동수의 눈길이 문득, 가늠할 수 없는 허공을 헤매는 듯 멀어 보였다. 그 사이로 꽁치 떼에 쫓기는 멸치 떼처럼 뱁새 떼가 휘몰아치며 밀려왔다 사라졌다. 먹구름이 몰려오듯 순간 주변이 깜깜해졌다.

24

"가서 과일이라도 좀 들고 와야겠네. 어째 과일이라고는 참외 한 알도 없네. 젊은 놈들이 이럴 때 심부름이라도 해 주면 좀 좋아? 해도 해도 너무하네."

"뭘 그런 걸 바라고 그러쇼? 애들이 어른 안 부려 먹으면 다행인 거 아뇨?"

"이제는 애도 없고, 어른도 없는 것 같네. 알천은 다 빠져나가고 섭치만 남았는지 요즈막엔 빠릿빠릿하고 야무진 놈들 찾아보기도 쉽지 않으니, 원."

"내가 권투를 시작하니까 다들 사람 되기 글렀다고 혀를 찹디다. 우리 고모만 빼고. 그래서 그런지, 난 빨갛게 머리를 물들인 놈도 이쁘고, 찢어진 청바지를 입은 놈도 이쁘고. 젊은 놈들 보면 부럽고, 이쁘기만 합디다. 어른들 눈으로 보면 매사가 불안하고 위태위태해 보이는 거 아니겠소?"

"어지간해야지. 지들만 아는 놈들 아녀, 요즘 놈들은?"

"형님, 옛날 생각을 좀 해 보쇼. 그런 말 그렇게 쉽게 하실 수 있소?"

"우리 젊었을 때는 그래도 이 정도는 아니었네. 어떻게 된 게 요

271

즘 애들은 위아래가 없어."

"그런 말 하면 지나가던 개가 웃어요. 어느 때든지 젊은 애들은 저희들이 세상의 중심이라고 생각하잖소. 우리들 젊었을 때는 안 그랬소? 원, 트집 잡을 거를 잡아야지 그거 다 괜한 트집이오."

동수는 자박자박 작벼리를 걸어 나갔다. 군데군데 부처꽃이 피었으나 주눅이 잡힌 듯 탐스럽지 못했으며 금꿩의다리 꽃은 자울자울 조는 듯 흔들렸다. 홍주는 단숨에 소주를 입에 털어 넣었다. 비청거리는 동수의 모습이 허깨비처럼 가볍고 멀어 보였다. 돌멩이를 이리저리 옮겨 놓으며 자리를 만들어도 좀처럼 앉은 자리가 편하지 않았다.

작벼리는 이미 비가 내리지 않는 사막이다. 공기는 강마른 듯 하면서도 진득진득했고, 그렇게 휘발되지 못한 물기는 그대로 땀이 되어 쇄골을 타고 흘러내렸다. 홍주는 힐끗 동수를 돌아다보며 무슨 말인가를 하려다 그만두었다. 입안에서 맴도는 말을 삼킨 뒤 목에 걸었던 수건으로 이마에 흐르는 땀을 훔쳤다.

알불을 다시 골라 석쇠 밑에 넣은 뒤 곱창을 한 줄 더 올렸다. 빈 속이 아니었는데도 이상스레 허줄했다. 한순간 매미 소리가 뚝 그쳤다. 알지 못할 공포가 홍주를 짓눌렀다. 뚜릿뚜릿 둘레를 살폈다. 갈대숲 한가운데 가뭄에 콩 나듯 자리 잡은 버드나무는 축축 늘어졌고, 조붓한 물길조차 소리 없이 흘렀다. 고요했다. 들끓는 것은 말이 되지 못한 홍주의 마음뿐, 버릇대로 목을 좌우로 꺾으며 우두둑우두둑 소리를 냈다. 해 그림자가 짧아질수록 머리꼭지는 더욱 뜨거워졌다.

소주잔을 들고 앉아 혼자 왼새끼를 꼬았다. 홍주는 바지 주머니에 넣어 두었던 휴대전화를 꺼냈지만 시간만 확인한 뒤 도로 주머니에 넣었다. 오전 열 시 삼십이 분이었다. 알불은 어느새 사그라져 하얀 재만 남았다. 동수는 의붓아비 소 팔러 보낸 것처럼 감감소식이었다. 기울어진 석쇠를 치우고 종이컵이며 나무젓가락 들을 거둬 쓰레기봉투에 넣었다. 가마솥 개장국은 이제 막바지였다. 냄새만으로도 입안에 침이 고이고 콧구멍이 벌름거렸다. 온몸이 녹작지근히 풀어졌다. 아궁이 밖으로 비어져 나온 무드러기를 깊숙이 넣고 불땀을 살폈다. 알소금을 집어 입안에 넣고 칫솔질하듯 입 속을 헹궜다.

그때 주머니 속 휴대전화 벨이 울리는 것과 동시에 둑길을 뛰어오면서 방학 중인 종원네 늦둥이 막내아들이 손나팔로 무어라 무어라 소리쳤다. 느릿느릿 사람 그림자가 널뛰었다. 귀는 솜으로 틀어막은 것처럼 먹먹했다. 학춤을 추는 듯한 앞산 마루에 검은 그늘이 내려앉았다. 홍주는 아주 잠깐 두 눈을 감았다 떴다. 가슴 한구석이 맷돌에 짓눌린 듯 맥맥했다. 손나팔로 외치는 소리를 제대로 알아듣지 못했다. 오른쪽 다리가 푹 꺾였다. 푸른 논들이 파노라마처럼 스쳐갔다. 암전이었다. 가까스로 휴대전화를 꺼내 들었다. 동동거리기만 뿐 차마 전화기 폴더를 열지 못했다.

"회관으로 오시랍니다! 아저씨, 회관으로 오시랍니다!"

종원네 막내아들 목소리가 검은 안개처럼 둘레를 에워쌌다. 가까스로 바위에 엉덩이를 걸친 홍주는 종원네 막내아들을 향해 힘겹게 손을 들었다. 알았노라고, 금방 가겠노라고, 그렇게 말을 했지만 종원네 막내아들은 여전히 둑에 서서 홍주를 불러 대고 있었다. 도마 위에 시커멓게 들러붙은 파리 떼가 눈에 들어왔다. 한여름 올무나 쫴기에 걸린 뒤 미처 사람을 만나지 못한 동물들 주검이 꼭 그랬다. 하얀 구더기 위에 새까만 파리 떼가 윙윙거리면 가까이 다가갈 엄두가 나지 않았다. 작벼리에 흩어져 있던 슬리퍼를 찾아 들고서는 멍하니 섰다가 뒤돌아서 둑길을 가던 종원네 막내아들을 불러 세웠다.

"어디서 봤다든?"

"예? 잘 안 들려요."

"차를 어디서 봤느냐고, 종두 아저씨 트럭 말이다."

"저기, 비석거리 논둑길이라고 했어요."

도무지 숨을 쉴 수 없어 홍주는 주먹으로 탕, 탕 가슴을 쳤다. 멀뚱히 서 있던 종원네 막내아들이 다시 내달려 가는 모습을 보고서는 털썩 자리에 주저앉았다. 물속처럼 먹먹하기만 했다. 손에 들고 있던 슬리퍼를 발에 꿰고 천천히 몸을 일으켜 세웠다. 느릿느릿 국솥 뚜껑을 열었다. 슬리퍼 신은 발로 연기가 피어오르는 무드러기를 아궁이 속으로 밀어 넣었다. 그러고는 다시 아궁이 앞에 쪼그리고 앉아 아궁이 속을 들여다보며 손톱 거스러미를 물어뜯었다. 불길이 뜨거운 줄도 몰랐다.

엊저녁 늦은 밤에 걸려 온 종두의 전화를 받지 못했다. 연이어진 열대야로 호두나무 아래 평상에 앉았다가 풋잠이 든 것도 잠시, 개들이 날뛰고 닭들이 푸드득푸드득 홰를 치는 바람에 눈을 떴다. 마당으로 고라니가 뛰어들었고 그 뒤를 이어 종원네 풍산개가 들이닥쳤다. 쫓고 쫓기는 형세가 가히 투견장을 방불케 했다. 작대기를 찾아 들었지만 그때는 이미 고라니도 풍산개도 눈앞에서 자취를 감춘 뒤였다. 그러나 닭장 속 닭들은 벼락이라도 친 듯 홰를 치며 볶아쳤고, 닭장 울타리 밑에서는 족제비가 닭들을 휘몰아 대고 있었다. 족제비를 몰아내고서야 홍주는 평상에 다시 걸터앉았다. 땀이 비 오듯 쏟아지고 온몸이 멀미가 날 정도로 매시근했다. 하늘에는 별들이 쏟아지듯 넘쳐흘렀으며 은하수가 흘렀다. 두더지가 죽어 나자빠진 것을 본 것은 이른 새벽이었다.

가마솥 뚜껑을 열어 놓은 채 나무주걱으로 솥 안을 휘저었다. 뚝뚝 땀방울이 떨어졌다. 냄새도 열기도 느끼지 못했다. 나무주걱을 꺼내 국물 맛을 봤다. 막장을 더 풀어야 할지 채소를 넣을 때가 되었는지 갈피를 못 잡고 우두커니 섰다. 정강이가 불에 덴 것처럼 시뻘겋게 달아오르는 것을 보고도 움직이지 못했다. 땀으로 눈을 뜰 수 없어서야 비로소 솥뚜껑을 닫고 손에서 나무주걱을 놓았다. 파리 떼가 기승스러웠다. 농약이 묻은 옷은 아무렇지 않게 입고 다니는 종두였지만 파리만큼은 눈에 띄는 대로 족쳐 댔다. 심지어 밥상머리에 앉아서도 파리 살충제를 뿌려 댔다.

천천히 주변 풍경이 눈에 들어왔다. 마을회관 옥상 스피커에서 울려 퍼지던 노랫소리는 여전히 흥겨웠다. 홍주는 왈칵, 뼛성이 났다. 갈대줄기를 잡아 뽑았다. 종두는 무엇을 못 견뎠던 것일까. 무엇이 그렇게 맥없이 허물어지게 만든 것일까. 아무렇지도 않은, 아니 남보다 나은 일상처럼 보였다. 그러면 홍주는 무엇을 놓쳤던 것일까. 마음이 조비비듯 다급해졌다. 슬리퍼를 고쳐 신고 겅중겅중 뛰었다. 백 미터 달리기를 하듯 비로소 전심전력했다. 숨이 턱까지 찼다.

마을회관 앞마당은 폭탄이라도 떨어진 것처럼 어수선산란했다. 창고 처마 아래 쪼그리고 앉아 담배를 태우던 동수가 어, 어 굼뜨게 일어났다. 동수의 얼굴은 미처 다 타지 못한 장작개비처럼 새까맸다. 담배를 든 손이 들들했다.

"가마솥 불은 내가 볼 테니 다녀와. 긱징하지 말고."

홍주는 아무 말도 하지 못했다. 땀으로 범벅이던 온몸에 서늘한 한기가 돌았다. 회관 마당은 삼겹살을 구우며 화투판을 벌이던 사람들과 들고나는 자동차들로 뒤엉켜 북새를 놓았다. 마치 비상 훈련하는 예비군들 같았다. 고개를 돌려 큰 산을 올려다보았다. 산마루엔 거뭇거뭇 구름타래가 몰려들고 있었다. 그때 마을회관 출입문 옆에 넋이 나간 표정으로 앉아 있던 옥선이 눈에 띄었다. 눈을 뜨고 있으면서도 아무것도 보지 못하는, 가면을 쓴 듯한 얼굴이었다. 홍주가 다가가자 느직느직 윗몸을 세웠다.

"집에 들어가쇼. 얼굴이 그래 가지고서야, 원. 괜찮을 거요. 괜찮을 거예요."

그러는 가운데 마을 이장과 총무도 어느새 자동차에 올라 먼지바람을 일으키며 마당을 벗어나고 있었다. 종원은 봉고 트럭 대신 투싼을 몰고 홍주 앞에 나타났다. 말말이 반드시 검사 아들이 사주었다는 자랑과 함께 읍내 출입에만 사용하는 종원의 승용차였다. 홍주는 옥선을 향해 꾸벅 고개를 숙였다. 옥신은 그때까지도 숨도 못 쉬는 멀건 표정으로 주저앉아 있었다.

"얼른 가자고." 종원이 소리쳤다.

"얼마나 마신 거요?" 홍주가 앞자리 조수석에 올라앉으면서 물었다.

"의료원으로 옮겼다는데, 모르겠네."

가속페달을 밟는 종원의 몸이 푸르르 떨렸다. 홍주는 창문 안쪽에 달린 손잡이를 꽉 움켜잡았다. 머릿속이 뿌옜다. 왜 구제역으로 살처분되던 소들을 떠올렸는지 몰랐다. 몇 해 전 구제역 광풍이 전국을 휩쓸고 있을 때 구제역 바이러스는 바로 코앞 이웃 도시까지 침투했다. 종두는 밤을 새다시피 하며 집 근처를 오고가는 자동차들을 통제했다. 석회를 뿌리고, 소독을 했다. 심지어 홍주의 트럭까지 몰아냈다. 꽁꽁 언 길바닥보다 사람들 마음이 더 차고 냉랭했던 시절이었다. 다행히 마을엔 구제역 광풍이 비껴갔지만 그 당시 돼지와 소 350만 마리가 희생되었고, 피해액은 3조 원에 이르렀다.

종두는 그때 무엇을 그토록 지키고 싶었던 것일까. 트랙터와 비료 없이는 농사를 못 짓겠다는 사람이 여전히 나무에는 정령이 산다고 믿었고, 궂은 날이면 공동묘지에서 반뜩거리는 도깨비불을 봤다고 우겼다. 그러면서 보이지 않는 구제역 바이러스와 사투를 벌였다.

"담배 없지요?"

홍주는 오랫동안 끊었던 담배 생각이 긴절했지만 괜한 말을 했다 싶어 손거스러미를 물어뜯었다. 종원이 힐끗 옆자리 홍주를 돌아보며 대답했다.

"가다가 구판장에 들를까?"

"아뇨. 그냥 갑시다. 별일이야 있겠소?"

"전에도 살충제여서 그만했지. 아주 고약한 버릇이야. 환, 진갑을 살았으면 뭐 좀 좋아지는 것도 있어야 하는 거 아니냔 말여."

종원이 운전하는 투싼 승용차가 동네 어귀 서낭당 근처를 지나자 홍주는 저도 모르게 눈을 감았다. 앞산 숲 우듬지 위로 구름타래가 두텁게 내려앉고 있었다. 어디선가 이명처럼 까마귀 떼가 울부짖었다. 홍주는 문득 어릴 적 고모가 가르쳐 준 대로 마음속으로 침을 세 번, 뱉었다. 까마귀 울음소리가 들릴 때마다 고모는 침을 세 번 뱉으면 액땜할 수 있다고 일러 주곤 했다. 더도 말고 덜도 말고 딱 세 번. 냇물과 함께 동해로 흘러가던 산맥은 점점 꼬리를 낮추며 너른 들과 어깨동무했다. 낮아지는 들판 너머로 푸른 동해가 눈앞을 가로막았다.

"복달임하자고 한 사람이 누군데? 이게 시방 무슨 일인지 모르겠네."

"종두 형님 말씀대로 개를 때려잡았으면 괜찮았을까요?"

"뭔 소리여, 시방? 자네 그 손거스러미나 그만 좀 물어뜯게!"

278

뼛성이 났는지 종원은 갑작스레 브레이크를 밟았다. 투싼이 뒤흔들렸다. 멍하니 앞을 바라보고 있던 홍주의 몸이 앞으로 쏠렸다 뒤로 젖혀졌다. 골이 틀리면서 관자놀이의 힘줄이 불끈했다. 고개를 돌리는 순간, 주먹 쥔 오른손으로 운전대를 내리치는 종원을 봤다. 홍주는 화를 삼킨 채 어리떨떨한 표정으로 고개를 뒤로 젖혀 승용차 천정을 올려다보며 뒷목을 쓰다듬었다.

"화가 나서 못 참겠네. 이게 시방 뭐하는 짓이여? 그래서 내가 늘 못미더워했는데, 기어코! 시방 나이가 몇이여? 악착같이 살아도 모자라는 세월인데. 그렇지 않아도 이젠 다 저승사자가 문밖에서 기다리고 있을 나이들 아녀? 그럼 좀 즐겁게 살면 안 돼? 왜 그렇게 먼저 가지 못해서 안달복달이냐 말여. 아, 옛날 생각을 해 봐. 약 먹을 생각이 그렇게 쉽게 드냐고? 어떻게 살아남은 목숨인데. 아, 목숨이 아깝지도 않아? 참말 죽을 고비 넘기면서 간신히, 간신히 여기까지 왔는데. 왜 옛날 생각을 못하는 거여? 어구구, 속 터져!"

데식은 낯빛이 된 홍주는 차창 밖으로 눈길을 돌렸다. 허공을 떠도는 눈길 속에 우듬지가 둥글뭉수레한 고목은 가로수와 낡삭은 슬레이트집들이, 숲정이와 군부대 철조망이 흑백사진처럼 두서없이 흘러갔다. 읍내를 관통하고, 다시 국도를 내달렸다. 피 냄새가 가시지 않았다. 핏물이 밴 손도 손이었지만 그리고 보니 슬리퍼 차림이었다. 슬리퍼를 벗은 오른발로 썩썩 왼발 발등을 문질러댔다. 속이 부대껴 견딜 수가 없었다.

응급실을 찾는 홍주 앞을 가로막고 나선 것은 느끼름한 낯빛을 한 마을 이장이었다. 말이 되지 못한 마음이 왁작박작 아우성이었다. 자꾸 답답해서 주먹으로 가슴을 쳤다. 고개를 숙인 채 발로 땅바닥을 썩썩 비비고 있던 젊은 이장은 병원건물 뒤쪽에 있는 장례식장을 몸으로 가리켰다. 주변 공기가 희박해졌다. 선뜻 발걸음을 옮기지 못하고 입구를 찾지 못한 강아지처럼 의료원 마당을 뺑뺑맸다. 해당화 울타리 너머로 엊그제 감자옹심이를 먹고 마당을 나서던 종두의 뒷모습이 홀연히 나타났다 사라졌다.

"왜 죽어? 씨발, 왜 벌써 죽냐고, 왜? 나 아직 할 말 많다고요, 아버지!"

장례식장 출입구에 발이 걸려 넘어진 윤오였다. 그렇게 딱 한 번뿐인 울음이 불꽃처럼 솟구쳤다 흩어졌다. 검은 양복을 입은 남자들이 윤오를 일으켜 세우더니 출입문 안으로 다 함께 사라졌다. 가까스로 벤치를 찾아 앉았다. 종원은 어디로 사라졌는지 보이지 않고, 혼자였다. 길섶에 휘늘어진 수양버들이 가만가만 호수에 그림자를 드리우는 사이, 하얀 낮달이 불쑥 청동거울 같은 수면 위로 떠올랐다.

25

　전염병이 돌고 까마귀 떼가 날아올랐다. 핏물이 강이 되어 흘렀다. 하얀 광목 바지저고리에 노을이 번지듯 빨간 핏물이 스며들고 있었다. 연연해서 차라리 더욱 붉었다. 키 큰 미루나무가 줄지어 서 있는 신작로를 따라 휘돌아 가는 개울가엔 탱크가 부서진 채로 처박혀 있었으며 끝도 없이 길게 이어지고 있는 피란 행렬 사이로 검은 지프가 먼지바람을 일으키며 달려가고 있었다. 검게 그을리고 잿빛 먼지로 뒤덮인 땅에 오로지 하늘만 푸르렀다. 포탄 터지는 소리에 놀란 새 떼들이 능소화 꽃잎처럼 떨어져 내렸다. 코끝이 맵고 눈이 아렸다. 식은땀이 났다. 아슴아슴 멀어지는 꽃송이를 향해 손을 내뻗는 사이 얼굴에 느껴지는 차갑고 어두운 기척에 놀라 퍼뜩 눈을 떴다.

　"주무셨나 보네. 아재?"

　"아, 예."

　홍주는 평상에서 몸을 일으키며 어물어물 슬리퍼를 찾았다. 백태가 낀 것처럼 눈앞이 희뿌옜다. 얼음벽에 갇힌 듯 머리 한쪽은 여전히 잠에 꺼들리고 있었다. 좌우로 목을 돌리며 주먹으로 뒷목을 두드렸다. 홍주가 몸을 일으켜 앉자 홍주를 내려다보고 섰던 옥선은 평상 한쪽에 모 꺾어 앉으며 옆자리를 남겨 놓았다.

"왜 화장을 했대요? 선산은 두었다 어디에 쓰려고."

"예? 아, 예. 애들이 그렇게 하자고 해서 그리한 모양입디다."

"선산을 두고. 산을 써야지 왜 화장을 했대요? 왜?"

"……."

홍주는 늘쩍하게 하품을 했다. 물먹은 흙담처럼 자꾸 몸이 까라졌다. 툭툭 주먹으로 어깨를 두드렸다. 종두가 떠나고 난 뒤 이상스레 자주 포탄이 날아다니는 전쟁터가 꿈에 나타났다. 가위눌려 소리도 지르지 못했다. 온몸이 땀으로 흥건했다.

"믿기지가 않아요. 지금도 저기 어디서 트랙터를 왕왕거리며 몰고 다닐 것만 같은데, 도대체 왜 그랬대?"

옥선은 빨간 슬리퍼를 신은 자신의 발밑을 구부정한 자세로 내려다보며 혼잣말 같은 질문을 되풀이하고 있었다.

"그러게요. 식구들이 그렇게 한 거를 뭐 어떻게 하겠소. 산소를 쓰자고 해 볼까 했지만, 나야 뭐 제삼자인데 무슨 소용이 있을까 싶어 그만뒀소. 산소라도 있으면 생각날 때마다 찾아가 술이라도 한 잔 부어 드릴 수 있을 테지만, 뭐 우리들 생각이겠죠. 애들이야 뭐…… 삼우제까지 지냈는데도 아직도 얼떨떨해요."

얼굴에 흐른 진득한 땀을 닦으며 홍주는 고개를 들어 논들을 내다봤다. 의료원에 딸린 장례식장은 새로 지어서 외려 크고 휑해 보였다. 급하게 만든 흐릿하고 뿌연 영정, 그렇게 망자가 된 종두는 마치 혈육 하나 없는 사람처럼 외롭고 불쌍해 보여 홍주는 소주를 마셨다. 어제와 다를 것 없이 푸르기만 한 논들이 애달파서 구석진 자리에 앉아 가만히 술을 마셨다. 술이 깰 만하면 또 마시고, 그렇게 알근한 상태에서 종두를 보냈다. 울지 못하는 가슴이 터질 듯 아프고 숨이 막혔다. 실감나지 않아서 화장장까지 따라나섰다.

성복이 끝날 즈음 마을 총무의 봉고 승합차를 타고 마을 사람들이 다 함께 문상을 왔다. 그 틈에 옥선도 모습을 드러냈다. 영안실 부조함 곁에 장독처럼 버티고 앉았던 부진은 오싹할 정도로 에어컨 바람이 쏟아지고 있는데도 연신 땀을 훔치기에 바빴다. 마을 사람들이 떼로 조문하러 밀어닥치자 부진은 죽을상이 되어 허둥허둥했다. 그도 그럴 것이라고 여겼다. 하지만 오래지 않아 영안실은 언성이 고함으로 바뀌고 욕설이 난무하는 아수라장이 되고 말았다.

"아재는 알 거 아뇨? 피를 나눈 동기간보다 가깝게 지냈으니까. 왜 그랬대요?"

홍주는 미처 말뜻을 알아듣지 못하고 멀뚱멀뚱 옥선을 돌아다봤다. 글쎄, 누군들 답을 알 수 있을까. 죽은 종두는 자신이 왜 죽었는지 알았을까. 어쩌면 종두는 죽음의 그림자를 벗어나기 위해 억척스럽게 아등바등했던 것은 아니었을까. 한쪽 다리를 저승 어디쯤에 디디고 있는 자신이 불안하고 무서워서 바득바득 애를 쓴 것은 아니었을까. 죽을힘을 다한 끝에 맞닥뜨린 허무가 종두를 죽음으로 내몬 것은 아니었을까. 부음을 듣는 순간 팽팽했던 끈이 한순간 뚝 끊어진 느낌이었다. 아니, 바닥을 알 수 없는 낭떠러지로 끝없이 떨어지는 기분이었다. 알지 못할 죄책감이 목을 옥죄었다.

"글쎄요. 왜 그랬는지, 형수님은 아시겠소? 형수님이야말로 종두 형님과는 떼려야 뗄 수 없는 사이였잖소."

염치가 없고 비루해서 끝내 침묵해야 했지만, 기어이 옥선에게 화풀이하듯 내뱉고 말았다. 홍주는 손톱 거스러미를 물어뜯었다. 앞집 강담에 가지를 늘어뜨린 붉은 능소화 주변에 벌 떼들이 잉잉거렸다. 슬리퍼 한 짝을 집어 들었다가 슬그머니 내려놓았다. 투덕투덕 부채질을 했다.

"얼마 전에도 저 건너 깨밭머리에서 만났는데 아무 일 없는 사람처럼 멀쩡합디다. 한 치 앞이 어둠이라고, 전에도 그런 일이 있었지만 그렇게 쉽게 갈 거라고는 한 번도 생각해 보지 않았소. 독한 사람이었으니까. 제 식구들을 위한 일이라면 앞뒤 재지 않고 제 곬으로만 달려가는 그런 사람. 천년만년 살 것 같았소. 그래요, 도래 목정보다 검질긴 사람이었으니까. 그랬는데, 왜 그렇게 허망하게 갔데. 개똥밭에 굴러도 이승이 좋다고 했던 사람이 누군데, 그 사람이었잖소?"

몸집이 엄장한 부진과 얼굴이 갸름캉캉한 옥선이 맞절을 한 것은 마을 사람들 문상이 거의 다 끝날 즈음이었다. 머리가 어지러울 만큼 짙은 향냄새 사이로 누군가 꿀꺽 닭알침을 삼키는 소리가 들렸다. 동수와 마주 앉아 벌건 육개장 대신 소주잔을 기울이던 홍주가 고개를 들었다. 덩둘한 표정이던 동수도 몸을 돌려 홍주의 눈길이 가는 곳을 바라보며 고개를 가로저었다. 동수는 육개장 국물을 한 술 뜨고는 숟가락을 내려놓았다. 앉고 선 사람들로 접객실은 몹시

번거했다. 홍주는 가만히 부진과 옥선을 바라봤다. 빈소 출입구에 앉았던 미숙이 일어서는 것과 동시에 봇물 터지듯 꺽센 울음소리가 들린 것은 그때였다.

"그래 이 꼴 보자고 왔소? 이 꼴 보자고? 어흐흐, 이제 속이 후련해요?"

엉거주춤 자리에서 몸을 일으키던 옥선을 향해 바다거북처럼 목을 쑥 앞으로 잡아 뺀 부진이 으르댔다. 그 말이 채 끝나기도 전에 옥선은 털썩 자리에 주저앉았다. 되우 한 방 얻어맞은 표정이었다. 옥선이 주먹을 부르쥐는 것을 본 동수는 다시 맞은편 홍주를 바라보며 절레절레 고개를 저었다. 홍주는 소주잔에 소주를 따르며 기막혀 헛, 웃었다. 이상한 열기가 빈소를 떠돌았다. 아물 수 없는 상처에 소금을 뿌리고 서로를 쥐어뜯으며 할퀴었다. 찰기 없이 혜식은 밥알을 씹고 있는 기분이었다. 호상이어도 웃을 수 없는 게 초상집이었다. 하물며 스스로 목숨을 끊은 흉사였다. 누구도 맘 편할 수 없는 자리였다. 거기에 기름을 부었다.

"여보게, 무슨 그런 말이 있나?"

"사사건건 눈꼴시어하고, 못 잡아먹어 안달했잖소."

"그래 안 할 말로 그랬다고 쳐. 아주 속이 시원시원해. 그래도 그게 시방 이 자리서 할 소린가?"

"사람이 죽었는데 못할 말은 또 뭐요. 나 그런 거 몰라요. 하이고, 원통하고 절통해서 어떻게 사나? 하이고, 윤오 아버지!" 숫제 통곡이었다.

"원, 방귀 뀐 놈이 성낸다고. 오죽했으면, 아이고 오죽했으면. 그저 죽은 사람만 불쌍하지."

"누가 할 소리? 그래 이제 속이 후련해요? 내 과부된 꼴 보니 깨고소하냐고요? 하이고, 윤오 아버지. 나는 어떻게 살라고. 하이고, 윤오 아버지!"

"언제 봐도 뱃심이 참 좋아. 아니 땐 굴뚝에 연기 날까. 윤오 아버지라니? 아이고, 개 풀 뜯어먹는 소리 하고 자빠졌네. 사람이라면 염치라는 게 좀 있어 봐. 놀부 뺨치겠네. 윤오 아버지라니? 그저 죽은 사람만 불쌍하지. 아이고, 어째 그리 매정스럽게 가셨나?"

"하다하다 이젠 생사람을 잡네. 하이고, 윤오 아버지. 억울하고 분해서 못살겠네. 하이고, 윤오 아버지. 참말을 한다고 알아들으실까? 하이고, 윤오 아버지!"

그때 접객실 식탁에 둘러앉아 육개장을 먹던 부녀회장이 나무젓가락을 탁자에 던지듯 내려놓은 뒤 날래게 빈소로 들어섰다.

"참말 눈물 나서 못 보겠네. 형님, 나가십시다. 벼룩도 낯짝이 있다는데, 아니 초상집에 와서까지 찌그렁이를 붙어야 옳습니까? 나가요, 나갑시다."

"누가 할 소리를 하는지 모르겠네. 내가 그른 소리를 했나? 먼저 찍자를 붙은 사람은 내가 아니란 말여. 하늘이 알고 땅이 아는 일이여. 아니 누구보다 지가 잘 알 거 아닌가 말여. 사람이 그러면 못쓰네. 못 쓴다고. 아이고 불쌍한, 아이고 평생을 눈뜬장님으로 살다 가셨으니. 아이고, 불쌍한 사람!"

"여기서 그 소리가 왜 나와요. 나갑시다. 원, 노망이 난 것도 아니고."

"속일 거를 속여야지. 인두겁을 쓰고 그게 당키나 한 일이여. 낯짝이 소가죽보다 더 두꺼운데 말은 해서 뭐하느냐고, 아이고!"

"나가자니까 자꾸 그러신다. 여는 초상집이란 말요."

"그래서 하는 말이지. 기가 막혀서. 내가 다 분하고 절통하네. 아이고, 불쌍한 사람 같으니!"

"끝까지 날 망할 년 소리를 듣게 한단 말이오? 하이고, 윤오 아버지. 답답하고 분한 내 심정을 누가 알까? 하이고, 그렇게 누워 있지만 말고, 어여 일어나 내 말 좀 들어 보시오. 분하고 답답한 내 심정을 누가 있어 알아줄까? 하이고, 윤오 아버지!"

부녀회장에게 팔을 잡힌 옥선은 주춤주춤 자리에서 일어섰다. 옥선은 바다거북처럼 목을 늘이고 엎드려 앉은 부진의 목을 쭉 잡아 뽑고 싶은 것을 겨우겨우 참았다. 누가 봐도 부진의 울음은 건성울음이었다. 옥선은 어금니를 옹다물며 걸음을 뗐다. 접객실에서 심부름을 하던 미숙이 달려와 부진의 어깨를 감싸 안으며 힐끗 옥선을 올려다봤다. 옥선이 어지럼증을 느끼며 잠깐 휘청한 것을 본 홍주는 상체를 곧추세웠다 제풀에 수그러들었다. 옥선은 부녀회장의 팔을 뿌리치며 빈소를 나섰다. 그야말로 사람 죽은 초상집이었다.

"뭐 좀 드시겠소? 날이 여간 찌물쿠는 게 아닌데요."

"참, 이렇게 허망할 수가 없어요. 끝까지 모진 사람이네. 요즘은 당최 입맛이 없는 게 입안도 다 헐고 해서 무얼 못 먹겠어요. 악착

같이 살았어야지, 왜 그렇게 허무하게 갔데. 왜?"

"그러게요……. 다시는 볼 수 없게 됐으니, 다시는……. 참내."

홍주는 슬리퍼를 찾아 신었다. 옥선의 어깨는 그새 반쪽이 되었다. 홍주는 주먹으로 명치끝을 툭툭 두드렸다. 속이 갑갑했다. 이리저리 머리를 돌리며 목운동을 했다. 호두나무 이파리들이 빗소리처럼 후두둑거렸다. 논들머리에 제비 떼가 날아오른다 싶더니 곧바로 산지사방으로 흩어졌다. 이상스러웠다. 그리고 보니 제비 떼 뒤에 새호리기 한 마리가 곡예비행을 하는 모습이 눈에 띄었다. 목운동을 멈추고 눈을 부릅떴다. 새호리기는 순식간에 날랜 제비 한 마리를 낚아챘다.

"참, 동수 형님 입원했다는 소식은 들으셨소?"

"동수 아주버니가요?"

"그랬다대요. 상태가 퍽 좋지 않다고, 종원이 형님이 그러시데. 한번 가 봐야 할 텐데."

"저승길 동무하려고 그러나? 그래도 막내딸 여의는 거는 보고 가셔야 할 텐데."

홍주는 다시 평상에 걸터앉았다. 부엌에 들어가 마실 거를 내오겠다는 생각은 까맣게 잊은 듯 새호리기가 사라진 하늘을 벙벙히 바라보고 있었다. 논들이 휑해 보였다. 명치끝이 맥맥하고 다리에 힘이 풀렸다. 홍주에게 종두는 어떤 흔들림도 없이 땅에 두 다리를 굳건하게 딛고 있던 사람이었다. 부모를 팔아서라도 집안을 일으킬 사람이었고, 그렇게 비쳤다. 세상이 끝나도 그 폐허에서 다시 땅을 일굴 사람, 그런 사람이라고 믿어 의심하지 않았다.

"그런데, 형수님. 정말 종두 형님은 왜 그랬을까? 아무리 생각해 봐도 생게망게해요. 낙담했다고 죽는다면 세상천지 살아갈 사람이 몇 명이나 되겠느냐 말요."

"나는 귀신은 없다고 봐요. 귀신이 있다면 이럴 수는 없어요. 어떻게 꿈에도 한번 나타나지 않는지. 그렇게 온다간다는 말 한마디 없이 갔으면 미안해서라도 한 번쯤은 돌아봐야 하는 거 아녀? 어떻게 죽어서까지 그렇게 밉광스러운지."

"얼마 전부터 부쩍 힘들다는 소리를 했어요. 죽으면 화장을 했으면 좋겠다는 소리도 했고. 흘려들었어요. 입버릇이라고 해도 생먹지 말았어야 했는데……. 무얼 생각해도 죄다 후회스럽기만 하고……. 이렇게 기막힌 일이 벌어질 줄 누가 알았겠어요."

"아주 몹쓸 인사여. 죽어서까지 그렇게 몰강스럽게 구는지."

"참, 형수님 막냇동생 얘기를 하면서 죄받는 거라고, 미안하다고 합디다. 당최 무슨 소리인지, 원."

"친정 막냇동생이 큰 산에 철장대를 하러 갔다 없어졌는데, 죽었는지 살았는지 여태도 행방을 몰라요. 그때 퍽 말들이 많았었는데. 심지어 북으로 넘어갔을 거라는 소문도 파다했고. 아무런 흔적도 못 찾았소. 그야말로 감쪽같이 사라졌어요. 그나저나 참 이상하네. 뭐 더 들은 얘기는 없나?"

"나야 모르는 얘기니까 더 물을 말이 없었지요. 종두 형님도 더는 아무 말씀 없으셨고. 왜요?"

"막냇동생이 실종되고 나서 한 번 더 수색하겠다는 거를 종두 그 양반이 극구 말렸어요. 그때 이장이었거든. 군부대와 불화가 극에 달했던 때이기도 했고. 큰 산은 또 민통선이라고 해서 마을 사람들이 맘대로 드나들지도 못했잖아요. 지금도 그렇지만 그때는 더했지. 군부대 말이 곧 법이었으니까. 젊은 사람들은 술 마시러 마을에 나온 군인들과 심심찮게 패싸움을 벌였고. 살얼음판이었지. 그 무렵에 또 건넛말 민갑 씨가 군인들이 쏜 총에 맞아 죽었어요. 그이도 우리 막냇동생처럼 큰 산에 철장대를 하러 갔다가 그리되었는데 경찰서며 방첩대에서 여간 마을 사람들을 들볶았어야지. 우리 엄니가 철장대를 하러 갔다고 하니까 그러려니 했지, 직접 본 사람은 또 아무도 없었고. 그러니 수색을 한다고 해도 저 크고 너른 산을 무슨 수로 뒤져 볼 수 있었겠나? 그 양반 말이 아니더라도 수색을 더할 엄두를 못 냈지."

"그런 일이 있었는지 몰랐네."

"그 뒤로 큰 산에 들 때마다 흔적이라도 찾을까 싶어 유심히 살피곤 했는데 하다못해 신발짝 하나 여태 못 봤어요. 산짐승에게 당했다고 치면 무슨 흔적이라도 있어야 할 게 아뇨? 아무것도 못 봤어요. 허무하게 잃었지. 아재, 나는 오래오래 살 거요. 천년만년, 그래야 원이 없을 것 같아. 분하고 원통해서 살겠나? 약이라도 먹고 딱 죽고 싶은 심정이오. 이렇게 허무할 수가 없어. 어떻게 말 한마디 없이 그렇게 갈 수 있나? 어떻게 나한테 이럴 수 있어. 지가 나한테 어떤 사람이었는데. 참 사는 게 덧없어. 어떻게 그럴 수 있는지, 아주 몰강스런 사람이야."

목소리가 갈라지고 눈물이 그렁그렁 어리비친 옥선은 돌아앉으며 소맷부리를 잡아당겨 눈가를 닦았다. 홍주는 먼 데 하늘을 올려다보다 문득 자리에서 일어섰다. 눈앞이 어질어질했다. 코끝에서 술 냄새가 올라왔다.

"뭐 좀 마셔야겠소. 도무지 더워서 원."

"아뇨, 아재. 그만 일어나야지. 깨밭에 김도 매야 하는데, 뭘 해도 시들부들한 게……. 도통 일손이 잡히지 않네."

다시 평상에 걸터앉으며 홍주는 부채로 탁, 탁 평상 모서리를 두드려댔다. 그때로 돌아갈 수 없어서 울었고, 부재의 그늘이 넓고 깊어서 후회했다. 아무것도 할 수 없어서 안타깝고, 야속했다. 강 말랐던 하늘엔 뭉게뭉게 구름이 모여들었다.

"그런데 아재. 논밭전지가 다 넘어가게 생겼다는 말은 무슨 말이나? 그 집 빚이 그렇게 많았나? 농협에서 왔다 갔다고. 소문이 여간 수수한 게 아니요. 사람 죽은 뒤가 깨끗해야 하는데, 도통 무슨 소리인지 모르겠네."

"종두 형님이 빚 때문에 걱정이 많았소. 돌아가시기 얼마 전에는 논을 내놓아야겠다는 말씀도 하셨고. 잘은 몰라도 애들이 농협에서 갖다 쓴 돈이 꽤 만만찮은 모양입디다."

"안에서 아금박스럽게 살림을 했어도 그리되었을까? 평생 흘린 땀방울이 다 먼지가 되고 말았네. 그 많던 살림이 다 거덜이 났으니. 아이고, 구름을 잡은 것처럼 내가 다 애잡짤하고 허망하네. 그

살림이 어떻게 일군 살림인데. 아이고, 먼지가 됐네 그래, 먼지가
됐어."

"어디 들머리판이야 나겠소? 그래도 가진 재산이 있는데. 들자
하니 형수님 앞으로 돌려놓은 땅도 꽤 되는가 봅디다. 며느리도 선
생이고, 윤오도 어쨌든 가게를 열어 놓고 있으니. 빚이 얼마나 되
는지는 모르지만, 곧 해결이 되겠죠. 있는 사람들은 쉽게 망하지도
않아요."

"그러니 죽은 사람만 불쌍한 거지. 죽은 사람만. 아이고, 박정한
사람 같으니. 참말 허망하네."

사는 게 달걀 장수 속구구였을까. 금방 일어서겠다던 옥선은 여
전히 뭉그적댔다. 보다 못한 홍주는 자리에서 일어섰다.

"뭐라도 마십시다. 앉아 계쇼."

"일어나야 하는데……."

어물거리며 새어드는 옥선의 목소리만큼 사방이 안개에 갇힌 것
처럼 답답했다. 때때로 어느 곳에도 가닿지 못하는 말들은 허무맹
랑했다. 시계는 총, 총, 총 돌았다. 돌이킬 수 없었다. 홍주는 마당
을 가로질러 부엌으로 향했다.

26

"어떻게 할 거냐?"

손에 캔맥주를 든 부진이 물었다. 윤오는 검은 상복을 벗고 새빨간 꽃무늬 민소매 원피스를 입고 앉아 있는 부진을 깔끄러미 건너다보다 담뱃갑에서 담배를 하나 꺼냈다. 라이터를 켰다 껐다 만지작거리면서 부진의 등 뒤 바람벽을 바라보았다. 가족사진이 걸려 있던 자리가 뚜렷했다. 거미줄처럼 어지럽게 금이 간 액자 유리가 한순간 화르르 쏟아지던 때가 엊그제였다. 윤오는 담배를 입에 물고 얼굴을 응그리며 왼손바닥을 들여다보았다. 손금은 잔금으로 어지럽기만 할 뿐 어느 것 하나 선명하지 않았다. 손바닥이 하얗게 질리도록 주먹을 쥐었다 폈다 죄암질했다. 서로들 무심해서 끔찍했다.

"아, 어떻게 할 거냐고?"

"어떻게 하긴 뭘 어떻게 해. 새삼스럽게 그걸 왜 나한테 물어?"

"그걸 말이라고 하는 거여, 시방!"

"그럼 뭘 어떻게 할 건데? 언제는 내 말 듣고 뭘 했어? 다 엄마가 알아서 했으면서. 웃겨."

"빚 정리는 해야 할 거 아냐?"

"논을 팔든, 밭을 팔든 이참에 다 팔아서 정리해. 누가 농사짓겠다고? 난 농사 안 지어. 읍내 가게를 빼도 되고."

"한다는 소리 하고는. 손에 넣은 건 무슨 수가 있어도 빼앗기면 안 되는 거여, 이놈아. 누굴 닮아 그렇게 물러 터진 것인지. 하이고, 속이 터져서. 참, 약은 먹었냐?"

"맨날 먹는 약, 한 번쯤 안 먹는다고 어떻게 돼? 그리고 매형들 앞으로 들어온 부조금은 다 돌려줘."

"약부터 먹어. 약만큼은 제때제때 챙겨서 먹으라고 그렇게 귀에 못이 박히도록 일렀건만. 그리고 그걸 왜 돌려줘. 먹은 죄는 없다고 했다. 네놈 때문에 시방 없는 돈도 만들어야 할 판인데. 그건 걱정 안 해도 된다. 에미가 이미 다 상속포기 각서 받아 뒀으니까. 니 앞가림할 걱정이나 해."

"그러면서 왜 물어보는데? 애새끼 등신 만드는 재주는 타고났다니까. 종두 씨, 당신 남편이었던 사람. 참 어지간한 사람이었어, 그러고 보면. 알면서도 모르는 척했던 거지. 그걸 모를 수가 있나? 엄마도 그러면 안 되는 거였지. 다들 우리 마누라만큼 영악했던 거야. 징글징글해."

"이놈아, 사는 게 본래 징그러운 거여. 그 나이를 먹도록 그걸 몰랐냐? 그리고 누가 뭐래도 네놈은 내 배 아파서 낳은 놈이여. 그거면 됐지, 뭘 더 바라? 죽은 네 애비는 돈이 무서워서 자장면 한 그릇을 제대로 못 사 먹던 위인이었어. 내가 이 집에 시집와서 불린 재산이 얼마인데. 하이고, 말이야 바른 말이지, 네 애비는 뭘 그리

잘했는데? 피장파장이여, 피장파장. 이놈아, 뭘 모르면 잠자코 있어."

"한 번이라도 나한테 왜 그랬느냐고 물어본 적 있어? 왜 그랬느냐고?"

"원체 생겨 먹길 그렇게 생겨 먹었는데, 묻기는 뭘 물어? 그리고 너 미숙이랑 이혼해라. 그게 널 위하는 길이여. 아, 왜 이렇게 더운 거냐? 거, 에어컨 온도 좀 낮춰라."

"도대체 내가 몇 살인지 알기는 해? 아느냐고?"

"네놈이 백 살을 먹어도 내 새끼인 거는 변함이 없다. 알아들어?"

"끔찍해. 그래서 끔찍하다고."

윤오는 리모컨으로 에어컨 온도를 점점점 높였다 또 재빠르게 낮췄다 하며 장난했다. 집은 한여름에도 얼음동굴처럼 추웠다. 윤오에게 집은 허울뿐인 장소였고, 잠을 잘 수 있다는 공간 이상의 의미가 없었다. 밥상머리는 으레 절름발이 봉충걸음처럼 한쪽으로 기우뚱 쏠려 있었다. 가시방석이었다. 아버지가 없는 밥상이라고 다를 것이 없었다. 기시감에 시달렸다. 자주 목이 메고, 속이 쓰렸다. 아예 에어컨을 꺼 버리고는 리모컨을 소파 구석으로 던져 버렸다.

"에미가 하는 말 흘려듣지 말고 미숙이랑 이혼해. 그래야 네놈이 산다."

"이혼 같은 소리 하네. 싫어. 언제는 하기 싫다는 결혼을 부득부득 우기면서 하라고 했던 사람이 누군데. 고마워할 거라는 말까지

덧붙이면서. 그런데 이제 와서 이혼을 하라고. 아주 웃겨. 엄마는 사는 게 그렇게 만만하고, 재미있어?"

"그래 재미나서 아주 죽겠다. 이놈아, 누구 때문에 이렇게 애면글면 뼛심을 쓰면서 사는 줄 알기나 하고 지껄이는 거야. 그저 에미만 죽일 년이지. 이놈아, 네놈만 아니면 무슨 근심 걱정이 있겠어. 그러니까 정신 차려. 아, 전화하라는데도? 미숙이 얘는 오고 있다고 한 지가 언젠데 아직도 안 오고 있는 게야?"

"천도재인지 그거 하지 마. 죽은 다음에 그게 다 무슨 소용이라고. 귀신이 있다면 우리 집은 그대로 결딴이 나야지. 그게 옳아. 조상 덕을 보겠다니. 웃기네."

"이놈아, 뭘 모르면 잠자코 있어. 다 산 사람, 잘살자고 하는 거니까. 네놈만 아니었으면 내가 지금 이 빚구덩이에 처박혀서 허우적거리고 있겠어? 속이 타서 못살겠다. 이놈아, 작작 좀 써. 자그마치 일억 이천이다. 일억 이천! 삼백만 원 없는. 네 애비가 쓰던 트랙터며 콤바인 등을 다 팔아도 어림도 없어."

"논 스무 마지기만 팔면 일억쯤은 거뜬할 텐데. 아니면 미숙이 앞으로 엄마 앞으로 돌려놓았던 것들 가운데 아무거나 팔면 될 텐데, 뭘 걱정해? 사람 죽은 뒤 그게 다 무슨 소용이라고. 아, 아버지 못 봐. 보면서도 그런 소리를 해? 얼마나 살겠다고."

"안 된다. 논밭은 못 판다. 그거 팔아 봐야 몇 푼이나 된다고. 가만있어 봐. 에미가 어떻게 해 볼 테니까. 뭐든 한번 허물기 시작하면 끝이 없다. 여태까지 이자 내 가면서도 논에 손 안 댄 게 다 그

296

런 이유다. 쌓는 게 어렵지, 허무는 게 어렵냐? 이놈아, 다 그게 네 놈을 위하는 길이니까 잠자코 있어. 미숙이한테는 아무 말 말고."

휴지 위에 아무렇게나 담배를 비벼 끄면서 갤럭시 노트를 들여다보던 윤오는 전화기를 소파 한구석으로 던졌다. 그러고서는 소파에 젖버듬히 등을 기대고서 두 팔로 머리를 얼싸쥐었다. 시시하고 지루했다. 천장에 매달린 실링팬에 들러붙은 파리는 떨어질 줄 몰랐다. 사육당하는 것을 안다고 해도, 사육당하는 것을 모른다고 해도 사육당한다는 사실은 바뀌지 않았다. 앉은 채 파리채를 휘둘렀다. 사마귀처럼 달라붙은 파리는 그대로였다. 벌떡 자리에서 일어섰다.

"정신 사납게 뭐 하는 짓이여? 먼지 떨어진다. 안 되겠다. 미숙이한테 전화해라. 뭘 그렇게 꾸물대는지 원. 아, 그만하라는데도. 정신 사납다니까. 그 에어컨 리모컨이나 이리 내놔. 왜 에어컨은 끄고 지랄이여. 에미는 더워서 죽겠다는데."

"천도재 그거 하지 말자니까."

언제라도 종두가 출입문을 벌컥 열어젖히며 소리부터 지를 듯했지만, 아무런 소리도 들리지 않았다. 윤오는 어깨 뒤로 두 손을 올려 소파 등받이를 잡고 몸을 흔들흔들했다. 눈길은 천장 실링팬에 들러붙은 파리에게로 향한 채. 종두의 몸이 집안에서 사라졌어도 종두가 피우던 디스 플러스 담배 냄새, 손에서 놓지 않았던 파리채들은 여전히 거실에 남아 있었다. 어쩌면 아직 흙이 되지 못한 몸과 구천으로 돌아가지 못한 영혼은 중음신으로 떠돌고 있을지도 몰랐다.

　그때 어렴풋이 자동차 소리가 들리더니 두 손에 맥주 팩을 든 미숙이 어깨로 출입문을 옆으로 밀치며 들어섰다. 뜨거운 바람이 후끈 얼굴에 끼쳤다. 윤오는 저도 모르게 얼굴에 부딪치는 바람을 손으로 밀쳐내며 허리를 곧추세웠다.

　"늦었다."

　굼뜨게 몸을 일으킨 부진은 맥주 팩을 바라보면서 리모컨을 찾아 들었다. 창가 쪽 소파를 힐끗 돌아본 미숙은 식탁 위에 맥주 팩을 올려놓은 뒤 등을 돌려 주전자에 물을 받았다. 윤오는 투명한 녹색 민소매 원피스에 뜨개질한 하얀 카디건을 걸친 미숙의 뒷모습을 가늘게 눈을 뜨고 쏘아보았다. 노상 목덜미에서 차란차란하는 바뀌지 않는 단발머리는 진저리가 날 정도로 끔찍했다.

　"집 안에서는 담배 좀 안 피우면 안 돼?"

　인스턴트커피 두 개를 머그잔에 쏟아 넣고 숟가락으로 휘휘 저으면서 식탁 의자에 앉던 미숙이 한 첫말이었다. 지척이 천 리라도 되는 듯 미숙을 노려보던 윤오는 다시 말보로 담뱃갑에서 담배를 꺼내 고르게 매만졌다. 소파 팔걸이에 거듭 담배개비를 그루박은 뒤 담배에 불을 붙였다. 죽음을 부르는 붉은 심장과 검은 연기는 그래서 또 매혹적이었다. 보란 듯 담배 연기로 도넛 모양을 만들면서 포갠 다리를 건들건들했다. 담배 연기가 흩어지는 허공은 아슬아슬 위태로웠지만 그래서 또 마음이 간간했다.

　"잘들 한다. 그래, 에미 생각은 어떠냐? 천도재 말이다. 순덕 보살 얘기로는 사십구재 때 하는 게 좋겠다고 하더라만."

"꼭 해야 하는 거면 그렇게 하세요."

"안 했으면 좋겠다는 얘기냐? 어째 대답이 그렇다."

"뭐랄까, 판단이 잘 서지 않아서요. 재를 지낸다고 뭐가 달라질 것 같으면 누군들 안 하겠어요. 점을 치고, 굿을 하는 사람들치고 잘 사는 사람이 없잖아요. 미래를 알 수 있고, 과거를 위로해서 좋아질 일들이라면 그 사람들이 누구보다 잘살아야 하는 거 아니에요? 이치대로라면."

"어려운 말 쓸 것 없다. 사람한테는 팔자라는 게 있다. 그리고 굿은 죽은 사람보다는 산 사람을 위해서 하는 거다. 재도 마찬가지고."

"어머니는 하겠다고 작정을 하셨으면서 저희들은 뭐 하러 부르셨어요. 그냥 진행하시면 될 것을."

"내가 그럼 새끼들 놔두고 누굴 불러 의논하겠니? 비용도 많이 들고 하니 불렀다. 그리고 대출금 얘기도 해야 하고. 어쩔 참이냐? 아버지 명의로 된 게 거의 없다만, 그래도 남은 것은 정리해야 되지 않겠니? 이자 나가는 거 아까워서 안 되겠다. 그걸로 땅을 샀으면 동네 버덩을 다 사고도 남았을 거다."

"우리 집이 그렇게 부자였소? 몰랐네. 그런 줄 알았더라면 포르쉐로 바꿨을 텐데……. 하. ……. 강변 살자. ……. 강변에 살자."

"저, 저, 저런……. 시방 그걸 말이라고? 빚이 태산이다. 에미는 얼마나 만들 수 있냐? 현금 말이다."

"제가 무슨 돈이 있다고, 윤오 씨 가게 낼 때 다 쓰고 없어요. 까닥 잘못하다간 월급도 차압당하게 생겼는데 무슨 현금이 있겠어요. 저 돈 없어요, 어머니."

"웃기네. 당신 명의로 뭘 한 것도 없을 텐데 어디서 누가 당신 월급을 차압한다는 거야? 당신 명의로 된 논, 그거 팔면 되겠네. 당신 논 많잖아?"

"에미 명의든 누구 명의든 논밭 파는 거는 안 된다. 땅값도 없고. 에미 주식한다고 하질 않았니? 그거 이참에 팔자."

"주식이야말로 바닥인데, 지금 팔면 손해가 너무 커요. 그리고 주식은 애들 앞으로 묻어 둔 것이기도 하고요."

"그럼 어떻게 하자는 말이냐? 나는 그것만 믿고 있었는데. 주식이야 다음에 다시 사도 되는 거 아니냐? 애들도 아직 어리고."

"애들 위한 것이라고는 보험 빼면 그거뿐이에요. 어리니까 신경도 더 쓰이고. 땅을 파는 거면 몰라도 주식은 안 되겠어요."

"땅은 안 된다고 하질 않았니? 대체 여태 무슨 말을 들은 게냐? 주식 팔자. 밭 팔아 논 사면 좋아도 논 팔아 밭 사면 안 된다고 하는 말도 모르냐? 아무래도 논값보다는 주식값이 낫겠지. 땅은 묻어 두면 다 쓸데가 있다."

"이 오지에 땅이 무슨 희망이 있다고. 남북통일은 그만두고 금강산 왕래도 못하는 처지에 무슨 땅값이 오를 때를 기다려요? 정부에서도 자동차 팔아서 쌀 사 먹자고 하잖아요. 어머니, 그러니 차라리 땅을 파는 게 나아요. 주식은 아무래도 어렵겠어요. 논밭 없다고 못 살겠어요?"

300

"이것도 안 된다, 저것도 안 된다. 그러면 어떻게 하자는 말이냐?"

"땅을 파는 게 좋겠다고 말씀드렸잖아요. 뭘 이것도 안 되고, 저 것도 안 된다고 했어요. 논 만평 농사지어 봐야 일 년에 천만 원도 손에 쥐기 어렵다고 말씀하신 분은 어머니에요. 그러니, 땅을 파는 게 주식을 파는 것보다 손해를 덜 보지 않겠어요?"

"안 된다, 땅은. 내가 그걸 어떻게 장만한 것인데 그걸 팔자는 소리를 그렇게 아무렇지도 않게 쉽게 해? 논밭은 안 된다고 그렇게 못을 박았는데, 너는 참 뻔뻔하기도 하다. 네가 일군 게 아니라고 그렇게 쉽게 떠벌리는 게냐? 어른이 안 된다고 하면 안 되는 거지. 원, 듣다 듣다 별 개똥같은 소릴 다 듣겠네. 에미가 안 된다고 했다, 논밭은."

"어머니, 아니 드릴 말씀으로 아버님 통장이며 장례식 때 들어온 부조금조차 저희들한테는 아무 말씀도 없이 어머니께서 챙기셨잖아요. 아버님 통장에 대한 권리는 저희들에게도 있는 거 아니에요? 아버님 돈 한 푼 허투루 쓰시지 않았다는 거 모르는 사람 없잖아요. 그리고 문중 산 소나무 판 돈도 만만찮을 거라고 말씀하신 분도 어머니이시고요. 우선 그것부터 저희들한테 보여 주시고 의논하시는 게 순서 아닌가요? 무턱대고 주식부터 팔자고 하실 게 아니라요."

미숙을 건너다보며 눈총을 쏘던 부진은 맥주 캔을 으그러뜨리며 입을 열었다. 떨어져 앉았는데도 맥주 지린내가 났다. 미숙은 두

301

손으로 머그잔을 움켜쥐었다.

"시방 내가 가진 돈을 장롱 속에라도 감춰 두고 너한테 주식부터 팔자고 하는 줄 아냐? 네 아버지 통장은 빈 깡통이었다. 보여 주랴. 통장은 외려 마이너스였다. 한꺼번에 현금을 뺐는데, 네 아버지 죽기 며칠 전 날짜다. 네 할머니 제삿날이었는지. 자그마치 오천이다. 영농자금 대출 말고도 담보 대출이 삼천이라는 말이다. 순덕 보살 얘기로는 그 돈은 아마도 물 건너갔을 거라고. 미국에서 산다는 네 막내 고모. 하나뿐인 네 아버지 혈육. 사이가 틀어져 연락 없이 산 지가 수십 년인데. 그때 이미 죽으려고 작정을 했던 게야. 네 애비는 살아서 날 골탕 먹인 걸로도 모자라서 죽어서까지 날 욕보인다. 그렇게 애틋한 오누이 정이 남아 있었으면서도 나한테는 끝까지 박정했던 게야. 하이고, 독살스럽고 야멸친 인간 같으니."

담배 연기로 도넛 모양을 만들며 건들거리고 있던 윤오는 천장 실링팬에 들러붙은 파리를 올려다보며 머릿속으로는 참새 깃털을 하나하나 뽑고 있었다. (누나야, 강변 살자.) 새빨간 새끼처럼 변한 참새를 지붕 꼭대기에 던졌다. (누나야, 강변 살자.) 깃털을 잃은 새는 날지 못하고 기우뚱거렸다. (누나야, 강변 살자.) 검은 구름이 드리우더니 비가 쏟아졌다. (누나야, 강변 살자.) 세상이 깜깜해졌다. (누나야······.) 검은 수렁 속으로 두 발이 빨려들고 있었다. 몸부림치면 칠수록 몸은 점점 더 깊은 수렁으로 빠져들었다. (누나야······.) 감았던 눈을 번쩍 떴다. 담뱃불에 손가락을 뎄다. 고개를 흔들었다. 서둘러 담배 한 모금을 급하게 빤 뒤 담뱃불을 비벼 껐다.

"그런 생각으로 천도재를 지내면 참 좋기도 하겠다. 다 그만둬. 그만두라고."

"당신은 가만히 있어 봐. 어머니, 그건 그거고 저는 제 주식 못 팔아요. 애들 때문에라도 안 돼요."

"네 주식이라고? 어째서 그게 네 것이냐? 이 시에미가 보태 준 것은? 보자 보자 하니까, 네 새끼는 중하고 내 새끼는 안 중하다는 말이냐? 오냐오냐했더니 눈에 보이는 게 없냐? 정 그렇다면 니들 문제니까 니들이 알아서 해라. 원, 오는 정이 있어야 가는 정이 있다고. 에미는 모른다. 가라."

"보세요, 어머니. 이십 년 동안 논값 제자리인 거는 어머니께서 더 잘 아시는 거잖아요. 주식은 어제오늘이 다른 것이고요. 그렇다면 무얼 파는 게 나은지 답이 나오는데, 그렇게 고집부리실 일이 아니라고요."

"모른데도. 가거라, 그만. 원, 그렇게 귀가 질기나 그래."

"아이 씨, 아무거나 팔면 될 걸 가지고."

"나가래도."

"참, 씨발. 그만 좀 하라고."

"당신은 좀 가만히 있어."

"에미 말이 말 같지 않냐? 아, 나가라는데!"

"그만해. 그만해. 그만해. 쫌!"

27

컨테이너 하우스 출입문에 기대선 윤오는 미지근한 생수병 뚜껑을 땄다. 이면도로 건너편 갈대밭으로 변한 묵정논과 물달개비풀과 방동사니, 올챙이고랭이들로 빽빽한 수렁논이 뒤섞여 있는 논들은 온통 갈맷빛이었다. 갈댓잎 끝에 앉았던 개개비는 무더위 속으로 사라졌고 그 사이로 휘파람새가 울었다. 독사 대가리 같은 칡의 덩굴손은 주황색 나리꽃을 휘감아 오르며 구부렁구부렁 허공에서 흔들렸다. 다시 나타난 개개비와 붉은머리오목눈이 들이 수북수북 우거진 수풀에서 숨바꼭질하듯 날아다녔다.

푸른 안개 사이로 강담이 둘러쳐진 뒤란 김치곽에서 엽총을 분해, 손질하던 종두의 모습이 떠올랐다. 엽총을 만질 때면 종두는 아무도 얼씬하지 못하게 뒤란을 단속한 뒤 총을 들고 김치곽에 들어앉고는 했다. 실루엣으로 남았던 그 그림이 상상이었는지, 실재였는지 알 길이 없었지만 어둠 속에 앉아 손전등을 켜 놓고 총을 낱낱이 분해하던 그 풍경만큼은 스냅 사진처럼 또렷했다.

그동안 정선은 담배꽁초와 쓰레기들을 거듬거듬 모아서 문밖으로 내놓고 바닥까지 말끔하게 빗자루질을 했다. 회색 셔츠를 입은 정선의 등이 까맣게 무젖고 있었다. 한밤 더위는 한풀 꺾였지만 한

낮엔 여전한 불볕더위였다. 움직이는 것만으로도 땀이 흘러내렸다. 선풍기를 켜면 찜질방이었고, 선풍기를 끄면 옹기가마였다.

"우리 아버지는 왜 끝끝내 아무 말씀도 없으셨던 것일까? 어떻게 유서 한 장 남기지 않으셨던 것일까?"

"……."

"엽총의 총구를 내게 겨눴던 아버지. 지금도 눈앞에 생생해. 그때가 생각나면 여태도 물에 빠져 익사하는 것처럼 턱턱 숨이 막혀. 밀봉된 통속, 찐득찐득한 콜타르 드럼통에 갇힌 것처럼. 어디에도 탈출구는 없는. 끊임없이 어디서 왔느냐는 질문을 받았어. 밥상머리에 앉으면 반찬 그릇들이 전부 내 앞으로 쏠리는 듯한 환영에 시달렸어. 그럴 때마다 미칠 듯 조마조마해. 매일매일 위협당하는 기분. 아주 죽을 맛이었다고. 잠긴 문틈으로 내가 엿보고 있는 것을 알았으면서도 아버지는 분해해서 닦고 기름칠한 뒤 다시 조립한 엽총의 개머리판을 어깨에 걸친 뒤 나를, 문을 향해 총구를 겨눴어. 내가 문 뒤에 있는 줄 번히 알면서도. 철커덕 피웅 딱, 철커덕 피웅 딱, 철커덕 피웅 딱. 심장을 뚫은 총알은 다시 머릿속을 헤집고, 마침내 눈알을 파고들지. 철철 피를 흘리면서 나는 죽어 가고. 오징어처럼 납작해질 때까지 아버지는 어깨에서 총을 내리지 않았어. 내가 새총을 만드는 것을 목격한 뒤에야, 그제야 나를 향했던 총구를 돌렸어. 이미 나는 좀비가 됐는데. 아, 난 좀비가 됐다고. 총알 세례는 우리 아버지 선물이었지, 훌륭한. 아들을 잡아먹는 아버지. 아, 시부랄!"

"한 번쯤 왜 그러느냐고 물었어야 했던 것은 아닐까?"

"약한 사람은 강한 사람한테 질문하지 못해. 복종할 뿐. 힘이 있어야 저항도 하는 것이라고. 이제 얼마쯤 아버지와 대등해졌다고 여겼는데, 우리 아버지는 이렇게 또 내 뒤통수를 치시네. 그거 알아? 나는 우리 아버지와 어머니 사이에서는 나올 수 없는 혈액형이라는 거. 호랑이도 제 새끼 둔 골은 두남둔다고, 어머니께서 자주 하시던 말씀이었는데 내가 외아들이어서 그런 줄 알았지. 개뿔!"

콜라병을 손에 들고 스툴에 앉아 있던 정선은 윤오의 뒷모습에서 눈길을 떼지 못했다. 어머니한테 목사가 되려고 했던 삼촌 이야기는 끝까지 듣지 말았어야 했다. 무덤에 갇힌 자를 불러내 봐야 귀신이거나 유령일 뿐이었다. 때때로 도깨비로 둔갑했고. 그러나 이미 돌이킬 수 없었다. 부도 위기에 처한 젓갈 공장을 버려두고 도망할 때부터 이야기는 걷잡을 수 없었다. 객사한 삼촌의 주검은 고향으로도, 선산으로 돌아오지 못한 채 화장된 뒤 남해 먼 바다에 뿌려졌다. 세상에 아무런 흔적도 남기지 않은 채 그렇게 잊히는 듯했다.

"이미 지난 일인데……."

"그러니까 더더욱. 지우거나 삭제하면 안 되는 거였다고. 괄호라도 남겨 두었어야 했다고. 내가 어디에서 왔는지 그걸 알아야 죽은 아버지와도 화해할 수 있을 텐데. 아, 그래야 우리 집 쌍둥이들 이야기도 할 수 있고."

외국에 살고 있는 누나들 때문에 윤오 아버지 장례는 오일장이 되었다. 상주였지만 윤오는 약에 취해 웃다가 자다가, 울기를 되풀이했다. 검은 상복조차 슬픔에 인색했고, 상주들 인심도 군색스러웠다. 한 귀퉁이에서 밤을 새우며 화투판을 벌였지만 흥은 없었다. 윤오는 발인 당일조차 술에 취해 곤드러져 있었다. 윤오 없는 자리에 검은 상복을 입은 쌍둥이들이 장의차 앞에 섰다.

정선은 천천히 고개를 가로저으면서 병원에서 마주쳤던 윤오 어머니를 떠올렸다. 미숙이 정선을 소개했으나 윤오 어머니는 정선을 바로 쳐다보지 못하고 건성으로 인사했다. 얼뜬 표정은 차마 애처로울 지경이었다. 정선도 제대로 인사를 갖출 수 없었다.

"교통사고로 저 남쪽 어디선가 객사하신 삼촌이 계셨대. 운영하던 젓갈 공장은 부도가 났고. 신학대에 다니셨다는데, 뱃놈 집안에 목사라니. 그런데, 그 사실을 내가 미리 알았다고 해서 내 삶이 달라졌을까? 원산에서 월남한 모태신앙을 가진 우리 할머니, 반면 무당과 당집이 더 친숙했던 우리 할아버지. 그 사이에서 자란 삼촌. 그렇지만 이미 죽고 없는 사람들. 그러니까 우리 삶이 자로 잰 듯 반듯하기만 할 수 있느냐고. 아니, 나는 아니라고 생각해. 하물며 이제는 죽고 없는 아버지를 불러내서 무엇을 할 건데? 진혼굿이라도 할까?"

"우리 아버지, 천년만년 살 것처럼 악착스러웠다고. 영농일기를 하루도 빼놓지 않고 썼어. 그런데 왜 죽었을까? 땅을 늘리고 또 늘렸던 것처럼 당신의 수명도 천만년, 영생불멸할 것이라고 믿어 의심치 않았던 사람이라고. 그런데, 죽었어. 그것도 지지하게 풀이나 죽이는 제초제를 먹고."

"어디서 왔는지 알면 우리 삶이 좀 더 자유로워질까? 우리가 그 터전에 발 딛고 살고 있다고 해도 죽고 없는 자들은 한낱 배경일 뿐일 텐데. 사실을 안다고 해서 그 진실에 다가갈 수 있을까? 네가 여태껏 믿고 의지하며 함께 살아온 사람은 다른 누구도 아닌 죽은 네 아버지야. 그 아버지가 네게 터무니를 갖추게 했고, 돌이킬 수 없는 흔적을 남겼을 텐데."

"한쪽에서는 밀어내려고 으등으등하고, 또 다른 한쪽에서는 다가가려고 아글타글하고. 그 악순환이 여태껏 내 삶의 전부였다면?"

"그거야말로 사후 재구성, 살아 있는 쪽이 유리한 싸움. 이긴 자가 기록하는 역사, 정당하지 않아. 야비하다고."

"야비하다고?"

"어쨌든 너는 살아 있으니까. 살아남은 것만으로도 너는 이긴 거, 아냐?"

"사실을, 기원을 알고 싶은 것이지, 승패의 문제가 아니라고."

"다시 말하지만, 사실을 안다고 진실에 다가갈 수 있느냐고?"

"왜, 사실을 알면 안 되는데? 총구를 겨눴던 아버지 때문에 나는 여태껏 주눅 잡혀 살았어. 밤마다 천길만길 낭떠러지로 떨어지는 꿈을 꿔. 두려움과 공포, 분노가 나를 갉아먹었다고. 아니, 나를 삼켜 버렸다고. 아버지가 겨눈 총구 때문에. 왜 그랬을까? 적어도 당사자인 나는 알아야 하지 않겠어? 여전히 볕뉘도 비치지 않는 캄캄한 어둠 속에 갇혀 있는데. 갇혀 있다고. 그런데 그 아버지는 유서 한 장 남기지 않고 훌쩍 다른 세상으로 가 버렸어. 미치지 않고서야 어떻게 판판이 제 새끼한테 총구를 겨눌 수 있느냐고, 총구를! 그러고서는 새끼들 먹여 살리느라고 뼛골이 빠졌다는 소리나 되뇌면서."

"붉은머리오목눈이 둥지는 뻐꾸기가 탁란을 가장 많이 하는 새둥지 가운데 하나래. 그 둥지에 뻐꾸기가 알을 까놓으면 어미 오목눈이는 그 뻐꾸기 알을 제 알인 줄 알고 포란을 해. 알을 깨고 나온 뻐꾸기 새끼는 오목눈이 새끼들을 죄다 둥지 밖으로 밀어서 없애 버려. 그러고는 오목눈이 어미가 물어다 주는 먹이를 독차지하면서 무럭무럭 자라 나중에는 어미보다 더 크게 자라도 어미는 뻐꾸기 새끼가 둥지를 떠날 때까지 아낌없이 먹이를 물어다 나르며 새끼를 키워. 제가 낳은 새끼들이 죽어 가는 것을 보았으면서도. 살아남은 놈이 곧 오목눈이 새끼라는 거지. 종 따위는 상관없이."

"상관없다고? 오목눈이가 키웠다고 뻐꾸기 새끼가 오목눈이가 되는 거는 아니지. 뻐꾸기는 뻐꾸기일 뿐. 복수조차 꿈꾸지 못했던 삶이었어. 그 대상이 아버지였든, 내 삶이었든."

"자신을 파괴하는 것만이 복수일까?"

"딱 일주일만 애경이하고 살고 싶었는데, 낌새를 챘는지 벌써 어디로 튀었어. 엄마야 누나야 강변 살자. 강변에 살자. 애경이 이 노래를 부를 때 이미 내 운명은 정해졌어. 햇볕에 달구어진 모래톱은 숭어뜀이라도 할 것처럼 반짝거리고, 나는 그 금모래 밭에서 애경이 허벅지를 베고 누워 영영 잠들고 싶었는데. 하, 나는 여기 이렇게 있는데 아무도 나를 못 봐. 아니, 나조차 내가 누구인지 몰라, 모른다고."

눈에 보이는 바다는 경계석을 세울 수 없었지만, 이곳 사람들은 정해진 기간 동안만 북방한계선 근처 저도어장에서 고기를 잡을 수 있었다. 눈에 보이지 않지만 누구도 더 이상 북쪽으로 갈 수 없다는 것을 알았다. 그러나 해안경비정이 경계선을 지키고 있는 사이에도 이따금 그 눈에 보이지 않는 경계선을 넘어 버리는 어선들 때문에 바다에는 풍랑이 일었다. 넘을 수 없다고 강제하는 어로한계선을 넘는 배들이었다.

정선은 손에 들고 있던 생수병으로 칼칼한 목을 축였다.

"아무리 해도 돌이킬 수 없는 것이 있다고."

"그럴까?"

"그렇지."

"아니. 봄꿈이고, 헛된 희망일지라도 계속 가 봐야겠어, 나는."

28

바위벼랑 아래 없던 길이 생기고 울타리가 둘러쳐진 웅굴 앞에는 해수욕을 하던 사람들이 물통을 들고 길게 줄을 서 있었다. 낚싯대를 들고 바위옹두라지를 찾은 정선은 수많은 사람들 때문에 어리둥절했다. 해안을 따라 죽 이어진 철조망 사이로 난 출입문은 해수욕장 개장과 함께 열렸고, 그곳을 통해서만 흰섬에 갈 수 있었다. 웅굴 앞 해수욕장은 모래밭이 아니라 온통 바위로 이루어졌다. 봄날이면 바위벼랑 틈 사이로 키 작은 진달래꽃이 듬성드뭇 피어서는 붉은 정원을 이뤘다. 그 꽃 한 송이 꺾고 싶은 마음이 저절로 생길 만큼 바위벼랑 틈새에 핀 꽃들은 아련했다. 바위로 이루어진 해안에는 낚시를 하거나 섭을 따는 사람들로 옥시글옥시글했다. 사람 멀미가 날 정도였다. 그러고 보니 토요일이었다.

웅굴 속 어두운 바위틈에는 황금구렁이가 똬리를 틀고 있다고, 밤이면 웅굴 속 황금구렁이는 바다를 건너 흰섬 정수리에 올라앉아 달빛을 구경하고 있다고, 때로는 황금구렁이 대신 용이 되지 못한 이무기가 똬리를 틀고 앉아 하늘로 돌아갈 날을 몸을 늘이며 기다리고 있다고, 그리하여 누군가는 그곳에 정화수를 떠 놓고 바다로 나간 사람들 무사귀환을 빌었다. 숫물에 대한 애착은 심해서 이

311

름 있는 날이면 꼭두새벽부터 웅굴은 어른들로 붐비곤 했다. 그리하여 벼랑 아래 웅굴은 깊이를 알 수 없는 세계였고, 그렇게 헤아릴 수 없는 세계였으므로 그곳엘 가면 저절로 조심스러워졌다.

정선은 헤엄쳐서 흰섬 뒤로 돌아갔다. 그곳은 웅굴을 등지고 있었으며 드넓은 태평양을 마주하고 있었다. 아침 해는 매일 조금씩 다른 자리에서 솟아올랐다. 그렇게 둥글어 보이는 수평선은 끝끝내 다다를 수 없을 것 같아서 절망했다. 사대부고에 다니던 시절, 바다를 본 적 없다는 동급생들 때문에 한동안 정신이 아득했다. 한반도가 삼면이 바다라는 것은 초등학생들도 다 아는 사실이었다. 믿기지 않았지만 믿지 않을 까닭 또한 없었다. 그때 어렴풋이 아는 것과 삶이 반드시 일치하지 않는다는 깃을 알아챘다.

흰섬 후미진 곳에는 순비기나무가 자잘한 보랏빛 꽃을, 자갈과 흙이 뒤섞인 움펑한 곳에는 해란초가 노란 병아리 같은 꽃을 피우고 있었다. 섬 밖에서 보면 커다란 바윗덩어리였지만 막상 발을 딛고 서서 들여다보면 키 작은 나무와 풀들이 피고 지는 동산이었다. 파도가 넘실거리는 평평한 바윗돌을 찾아 자리를 잡았다. 낚싯대를 던져 놓기는 했으나 시늉이었다. 파도가 오르내리는 바위 표면에는 자잘한 섭들이 다닥다닥 들러붙어 있었다. 손으로 잡아떼도 꿈쩍하지 않았다. 새까만 갯강구들이 화르르 화르르 구슬처럼 흩어지곤 했다.

집으로 돌아오자마자 문 앞에서 마주친 사람은 다름 아닌 미숙이었다. 건어물 가게가 아닌 것이 다행이라면 다행이었다. 범인 연고

지에 잠복하는 형사처럼 미숙은 정선네 골목 입구에 차를 세워 놓고 차 안에서 정선을 기다리고 있었다. 커피 냄새와 담배 냄새가 묘하게 어우러져 며칠 잠복근무라도 한 강력계 형사 같은 몰골이었다. 정선이 차에서 내리자마자 다짜고짜 앞을 가로막고 나섰다.

"윤오 씨 어디 있어요?"

"모릅니다."

"차라리 팥으로 메주를 쑨다고 하세요. 경찰에 연락합니다."

"제가 왜 미숙 씨랑 이런 얘기를 나눠야 하는지 모르겠군요."

"아직 상주입니다. 그런 친구가 없어졌는데도 궁금해하지 않으시는군요. 자살을 시도했던 친구이기도 하고요. 이상하지 않아요?"

"자주 있었던 일 아닙니까?"

"정선 씨는 윤오 씨가 어디 있는지 알고 있습니다. 찾아가지 않을 테니 어디 있는지만 알려 주세요. 어머님께서 매우 걱정하고 계십니다."

"부인인 미숙 씨께서 모르시는 걸 제게 물으시니 매우 이상합니다."

"웃으면서 뺨을 치시는군요."

"막무가내하군요." 그러면서 정선은 한 발을 앞으로 내디디면서 미숙을 지나쳤다. 진득진득한 아스팔트 열기가 온몸에 달라붙는 듯 불쾌했다. 새까만 도둑고양이가 나팔꽃이 넘나드는 시멘트 블록 담장 위를 따라 걷다 어느 순간 이웃집 양철 지붕으로 냅뛰었다.

"두고 두고 후회할 겁니다." 미숙은 발을 구르며 소리를 질렀다.

정신은 힐끗 뒤를 돌아보면서도 내친걸음이었다. 다리가 휘청했다. 아지랑이 때문이었다.

아버지 앞에서 삼촌은 금기어였고, 어머니는 객사한 사람 천도재를 지내 주지 않았기 때문에 아버지 술병이 깊어진 것이라고 불평을 늘어놓았다. 평생 교회 새벽 기도에 참석하시는 것을 낙으로 알고 사셨던 할머니께서 아셨더라면 '오, 주여!'를 연발하시면서 어머니를 더욱 매몰차게 야단하셨을 테지만. 이제는 할머니 또한 이 세상에 없었다.

"이런 구석에 들여박혀 있으면 어떻게 찾으라고?"

"빨리 왔네."

"뭐 잡히는 게 좀 있냐? 찌가 다 먹혔네. 뭐냐, 이번에는?"

"미숙 씨가 찾아왔더라. 윤오 어디 있는지 대라고."

"참, 억세빠지다니까. 학교 선생이 아니라 꼭 뱃사람 여편네 같애. 어휴, 우리 집 마누라도 그 정도는 아니다. 어디 간 거냐?"

"집이 싫단다."

"한마디로 그 여편네 재수 없어. 이혼한대?"

"윤오한테 들은 거 있으면 얘기 좀 해 봐. 저대로 놔둬야 하는지 모르겠다."

"집에 없으면 어디, 여관? 새끼, 그래도 백일 탈상은 하고 가지. 뭐가 그리 급해서."

"묵호. 거기 가고 싶다고 해서 같이 갔어."

"그 여편네가 알면 너 가만두지 않을 텐데. 근데 묵호는 왜?"

"내가 묻고 있잖아? 뭐 들은 얘기 없냐고."

낚싯바늘에 지렁이를 꿰던 명남은 힐끗 정선을 돌아다봤다. 아무 말 없이 지렁이를 미끼로 쓴 낚싯대를 멀리 던졌다. 포물선을 그리며 낚싯줄이 날아갔다. 설렘과 공포가 공존하는 바다는 그래서 또 기쁘면서도 슬펐다. 그러나 지금처럼 파도 없이 잔자누룩한 바다를 보고 있으면 태풍의 눈을 들여다보고 있는 것처럼 마음이 대꼈다. 예고 없이 휘몰아치는 태풍은 제물을 원했다. 어쩌면 그래서 더는 배를 못 타고 뭍으로 도망친 것인지도 몰랐다. 바다로 나갔던 아버지는 영영 육지로 귀환하지 못했다. 그러고 싶지 않았다. 닥치는 대로 들이부수며 집어삼키는 태풍은 악명 높은 백악상어 같았다.

"너도 알다시피 중학교 때부터 다리 밑에서 주워 온 애 같다는 소리를 이따금 했다. 어릴 때 누구나 한 번쯤 들었던 얘기고, 그건 아이들이 건강하게 자랐으면 하는 어른들의 축원이 담긴 말이지 않냐? 무슨 소리냐고 되물으면 자신은 왼손잡이라는 거야. 그럴 수도 있지. 우리 성남이 형도 왼손잡이인데. 그런데 윤오 그놈은 자신이 왼손잡이라서 아버지가 자기를 미워한다고, 줄곧 그 소리였어. 이젠 아버지도 안 계시는데 그게 다 무슨 소용이냐고. 그래서 난 미루적미루적하는 놈들이 싫어. 뒷북치는 놈들. 제때 못 걷어 올린 덤장 고기 맛없는 거 몰라? 태풍 경보라도 내려 몇 날 며칠 바다에 배 못 나가면 그물에 갇힌 고기들 살 빠지고 상처 나고. 그리고 그놈이 이따금 죽네 사네 발광하는 거는 방위 때 폭행당한 충격으로

315

그런 것이라고 생각했고. 아, 씨발 개새끼들!"

"덮을 수도, 지울 수도 없으니까 그렇게 화를 끓이는 거겠지."

"지나간 일을 버르집어서 좋은 일이 얼마나 되겠냐?"

"힘들더라도 한번은 가려짚어야 하지 않을까?"

"뒷감당이 되겠냐?"

"윤오를 믿어 봐야지."

"어휴, 미실이 같은 놈!"

"우리로서는 도저히 헤아릴 수도, 짐작할 수도 없기 때문이겠지."

"나는 곁에서 노상 지켜보면서도 뭐가 뭔지 도통 모르겠더라. 어, 어 저기 좀 봐. 뭐가 물렸나 보다. 비켜 봐."

명남은 재빠르게 정선 앞에 놓였던 낚싯대를 움켜잡았다. 개강구들이 쥐며느리 흩어지듯 사방으로 도망쳤다.

"섬까지 왔으니까 팁은 두둑하게 주셔야 해요."

소리 나는 쪽으로 고개를 돌리고 보니 금강다방 미스 오와 등산복이었다. 등산복은 한 손에 고무보트 끈을 질질 끌며 바위 사이를 지나고 있었고, 미스 오는 한 손에는 커피 쟁반 보따리를 또 한 손에는 하이힐을 들고서는 기우뚱기우뚱 어쩔 줄 몰라 하며 가쁜 숨을 몰아쉬고 있었다.

그늘막 아래 무릎을 가드라뜨리고 앉았던 정선은 하, 입을 벌리면서 엉거주춤 일어섰고, 낚싯줄을 감아올리고 있던 명남은 미스 오가 들고 있던 커피 쟁반 보따리를 늘차게 받아들며 눈인사를 건넸다. 놀란 정선이 눈짓하며 명남을 돌아다봤고, 명남은 턱짓으로 등산복을 가리켰다. 바위 모서리에 보트 끈을 묶어 놓은 등산복이 경중경중 바위를 건너뛰며 다가왔다.

"맥주?" 명남이 정선에게 물었고, 그러는 사이 미스 오는 쟁반 보따리를 풀었다. 캔맥주가 와르르 쏟아지며 흩어졌다. 편의점에서 손에 잡히는 대로 가져왔을 카스와 아사히, 기네스들이었다. 명남이 허겁지겁 흩어진 캔맥주를 주웠지만 마지막 하나는 기어코 바닷물로 떨어져 둥둥 파도를 따라 멀어지고 있었다. "고수레한 셈 쳐야겠네." 명남이 두 손을 들었고, "여기까지 배달이 되네." 정선이었다. 미스 오는 고개를 끄덕이며 정선을 향해 알은체를 했다.

"더워서 물놀이나 하자고 했더니 저렇게 커피 쟁반 보따리를 들고 따라나섰다. 직업정신 하나는 끝내준다, 우리 미스 오!" 등산복이었다. 그러면서 꽃무늬 자잘한 양산을 펼쳐 미스 오에게 건네주었다. 고개를 갸웃거리면서 서슴거리던 미스 오는 받아 든 양산을 승리의 횃불처럼 하늘 높이 치켜들었다. 바다 위에 붉은 꽃 한 송이가 피어났다.

"미숙 씨가 왔었다. 윤오는 괜찮은 거냐?"

등산복은 선 채로 기네스 캔맥주 고리를 따면서 누구에게랄 것도 없이 물었고, 정선은 바다를 바라보았으며 명남은 정선을 돌아다보았다.

"그냥 그래."

"고기 잡는 뱃사람들한테 왜 그렇게 금기가 많은 줄 아냐? 사람 죽는 거를 다반사로 보니까. 그래서 막막하고 두려우니까 기대고 싶고, 누군가 안전하게 나를 보호해 주고 있다고 믿고 싶으니까. 그래서 그런 거다. 왜? 살고 싶으니까. 난, 죽겠다는 소리 하는 놈, 그래서 싫어. 죽음으로 무엇을 할 수 있는데, 아니 불로장생하는 인간이 어딨냐? 이 바위 아래 저 바닷속이 곧 저승이 아니라고 누가 장담할 수 있는데? 태어난 게 잘못이냐? 어휴, 미실이 같은 놈!"

명남은 울대뼈를 숨 가쁘게 움직이며 캔맥주를 비웠다.

"네 말처럼 무섭고 두려우니까 도와 달라는 무언의 몸짓, 조난 신호라는 생각은 안 들어? 기울기가 다르다고 느끼는 사람도 있으니까."

"그렇다면 더더욱, 도망은 하지 말아야지. 약을 먹든, 치료를 받든 무엇이든 해야 하는 거 아냐? 윤오 그놈은 그냥 죽고 싶은 거라고. 그렇지 않고서야 번번이 죽겠다고 하지는 않을 거라고. 애들 잠투정하는 것도 아니고."

명남은 아귀힘으로 빈 맥주 캔을 구기면서 벌떡 일어서더니 들들들 낚싯줄을 감았다.

"죽고 싶은 사람이 어딨어요? 죽겠다, 죽겠다 하는 노인들도 막상 병들면 병원부터 찾잖아요. 읍내 병의원을 보세요. 입버릇처럼 죽겠다던 그 노인들로 병원이 미어터진다고요. 한 움큼씩 약을 먹으면서도 끝끝내 버텨 내는 건 다 살고 싶어서 그런 거잖아요. 살고 싶어서." 미스 오는 명남의 말을 되받아치며 지지재재하더니 한 손으로 씹던 껌을 길게 잡아 늘이면서 굼뜨게 바다를 향해 돌아앉았다. 미스 오의 등 뒤에서 꽃무늬 양산이 바람개비처럼 빙글빙글

돌아가고 있었다.

정선은 아사히 맥주 캔을 으그러뜨리며 미스 오를 바라보던 눈길을 거둬 명남이 어깨 너머로 펼쳐진 바다를 봤다. 막막하기 이를 데 없었다. 보이는 것이라고는 바다뿐, 갈매기 한 마리 날지 않았다. 어쩌면 윤오는 불가능한 꿈을 꾸었고, 다른 곳을 보고자 했는지도 모를 일이었다. 정선은 이를 웅물며 주먹을 꽉 쥐었다.

"이번에는 무슨 고기예요?"

맨발로 바위에 닿는 파도와 발장난을 하던 미스 오는 낚싯대 미늘에서 노래미를 떼어 내는 명남을 보며 느럭느럭 바닷물 속에 넣어 두었던 그물망을 꺼내 입구를 벌렸다. 제법 묵직해 보이는 그물망 속 생선들 가운데 방금 잡은 노래미가 가장 컸다. 명남은 다시 미끼를 끼운 낚싯대를 바다에 던져 놓은 뒤 아이스박스에서 칼과 도마를 꺼냈다. 옆에 앉았던 미스 오는 초고추장통과 나무젓가락들을 꺼내 그늘막 아래 펼쳐 놓았다.

"노래미."

짧게 대답한 명남은 묵언 수행하는 중처럼 입을 꾹 다물고서는 생선의 내장을 꺼내고 껍질을 벗겼으며 뼈를 발라낸 뒤 두툼하게 회를 쳤다. 나무도마 위에 회를 친 노래미와 가자미를 줄느런히 올려놓을 때까지 명남은 한마디도 하지 않았다. 도마 한쪽이 바다 쪽으로 실그러지는 것을 바로잡느라고 애를 먹었다.

"야, 맥주가 모자라겠는데."

멱을 감다 성게 서너 개를 주워 들고 나온 등산복은 미스 오 어깨를 한 손으로 짚으며 군침을 삼켰다. 민소매를 입은 미스 오의 팔뚝에서 소금물이 흘러내렸고, 미스 오는 몸서리치듯 어깨를 떨며 등산복의 손을 떨쳐 낸 뒤 팔뚝으로 흘러내리는 소금물을 닦으며 자리를 고쳐 앉았다. 금세 살갗이 벌겋게 달아올랐다. 팔뚝에 빈틈없이 골고루 선크림을 펴서 바르면서 한편으로는 계속 고개를 갸웃거렸다. 작은 눈을 더욱 잔조롭히며 손차양을 하고 어깨를 숙이며 앞을 살폈다. 옆에 앉은 등산복을 피해 잇달아 웅굴 쪽을 향해 고개를 내밀고서는 흘깃거렸다. 따가운 햇살이 바다 위로 폭포수처럼 쏟아져 내렸다.

"왜, 뭐가 있어?"

"아니, 저기……. 저기 보세요. 저기……."

"어, 어……."

등산복은 치통 앓는 소리를 내며 허리를 폈고, 성게를 까던 명남도 손길을 멈췄다. 미스 오는 앞쪽을 가리키던 팔을 슬그머니 내리면서 굼뜨게 몸을 일으켜 세웠다. 알록달록한 수영복을 입은 사람들 사이로 이제 막 바닷물 속에서 올라온 윤오가 물범처럼 왼손을 흔들고 있었다. 나무젓가락의 지저깨비를 털어 내던 정선은 어리벙벙 아무 말도 못한 채 자리에서 일어섰다. 시간은 느질게 흘렀고, 천지 사방은 고요했다. 그늘막 아래 둘러앉았던 사람들은 얼빠진 모습으로 서로를 뚜릿뚜릿 돌아다볼 뿐 아무 말도 못했다.

봇물이 터지듯 와자지껄한 소음이 다시 흰섬을 감싸는 순간, 바다 위 윤슬이 반짝이는 역광 속에서 왼발을 앞으로 내딛던 윤오의 온몸이 허찐허찐하면서 바닷물 속으로 천천히 사라졌다. 순식간에 여름바다가 빨갛게 물들었다. 앉아 있던 또는 서 있던 사람들 몸이 끼우뚱 앞쪽으로 내리쏠렸다.

당선 소감

•

심사평

김담

지며리 정진뿐임을 잊지 않으며

깊은 산속에서 당선 소식을 들었다. 버섯을 따기 위해서 큰 산에 들었고, 버섯은 흉년이었다. 솔수펑이를 헤덤벼치며 산마루와 골짜기를 오르내리다, 먼 데 동해를 바라보기도 했다. 소설 쓰는 일을 그만 접어야 하는지를 두고 꽤 오래 갈팡질팡했다. 약초꾼으로 사는 일을 곰곰 생각하던 때였다. 당선 소식이 낯설 정도로 아무런 생각이 없었으므로 산밤나무 아래서 알밤을 주웠고, 다람쥐처럼 알밤을 깨물어 먹으며 집으로 향했다.

오체투지로 차마고도(茶馬古道)를 넘는 이들을 흉내 내어 기껏 백팔 배를 올렸다. 숙원(宿願)에는 때때로 오만과 편견이 끼어들었다. 그럴 때마다 조언과 격려를 아끼지 않았던 이들 덕분에 여기까지 왔다. 지며리 정진(精進)뿐임을 잊지 않으려고 한다.

모두에게 감사드린다.

심사위원 : 김병총, 백시종, 원종국

오랜만에 만나게 된 굵직하고 듬직한 장편소설

이번 김만중 문학상 소설 심사에 응모된 작품은 모두 '109명의 182편'이었다. 적잖은 분량의 작품을 읽으며 심사위원 세 명은 한 달 넘게 무더운 여름의 피서를 대신하였다.

예심을 거쳐 본심에 올린 작품은 모두 9편이다. 단편소설 「숨」, 「영원한 여름」, 중편소설 「블루 크리스마스」, 「계엄령」, 「눈썹」, 장편소설 「앵강바다 아리랑」, 「유리세계」, 「춤추는 코끼리」, 「기울어진 식탁」 등이다.

긴 논의 끝에, 심사위원 세 명은 여러 장점들에도 불구하고 예심을 통과한 중단편의 소설미학이 장편소설의 깊고 굵직한 호흡을 뛰어넘을 만한 수작이 되기에는 여러모로 부족하다는 데 합의했다. 그리하여 최종적으로 거론된 작품은 모두 장편소설들로, 「앵강바다 아리랑」, 「춤추는 코끼리」, 「기울어진 식탁」이 그들이다.

우선 「앵강바다 아리랑」은 김만중 문학상을 운영하는 이곳 남해가 배경이고, 소설 중에 김만중과 그의 유배문학이 직접적으로 서술되기도 해서 반가웠다. 또한 일제 강점기의 강제 징용과 탈출 등에 대한 역사적인 서술들은 그 주제의식이나 공간적인 스케일을 뒷받침하는 미덕을 갖추고 있다. 그러나 김시습, 김만중, 이강년, 이순신 등 역사 인물들에 대한 언급이 장황하고, 다루어지는 공간이라든가 독자를 계몽하고자 하는 의식 같은 것들은 일종의 '기획소설'로 읽히기도 했다는 단점이 지적되었다.

「춤추는 코끼리」는 성장소설의 미덕을 두루 갖추고 있는 작품이다. 이 소설의 화자는 시골에서 서울로 올라와 이태원 달동네에 거주하게 된 열한 살 소녀인데, 아버지가 다른 여자와의 사이에서 낳은 배 다른 언니인 '그 여자'의 고된 삶과 더불어 좀처럼 삶의 구렁텅이에서 벗어날 수 없는 도시 주변부 인물들의 삶을 때로는 익살스럽게 때로는 애처롭게 묘사한다. 특히 아버지가 노동자로 참여해 건립 중인 이슬람사원(서울중앙성원)과 이태원의 유곽촌을 배경으로 하는 이 동네의 이야기는 우리 현대사를 압축적으로 때론 상징적으로 보여 준다는 특징을 갖고 있다. 이곳을 통해 사회의 일원으로 성장하는 한 인물의 모습, 특히 마지막의 반전은 이 소설의 주제의식을 돋보이게 하는 압권이다.

「기울어진 식탁」은 6 · 25전쟁 전에는 북한의 땅이었다가 휴전 후 남한의 땅이 된 민통선 부근에서 농사짓고 사는 중늙은이들의 이야기다. 많은 재산을 일궈 냈지만 가족들 사이에서 외톨이가 된 종두와 그의 아들 윤오, 일제 말 일제의 밀정이었던 아버지 덕에 재산을 일으키고 그의 아들이 현직 검사여서 어깨에 힘을 주고 사는 종원, 행방을 모르는 인민군 출신 아버지와 피란 중 사망한 어머니 사이에서 큰 홍주 등등 쉽지 않은 공간에 여러 사연으로 얽힌 인물들에 대한 묘사는 가히 압권이다. 농촌소설의 계보를 이었다고 볼 수 있을 텐데, 연약해진 한국 문단에서 오랜만에 만나게 된 굵직하고 듬직한 장편소설이었다. 읽는 내내 행간에서 느껴졌던 '삶의 덧없음'과 더불어, 문장 사이사이에 잘 녹여 쓴 순우리말은 이 작품의 또 다른 미덕이다.

심사위원들은 장시간의 논의 끝에 「기울어진 식탁」을 금상으로, 「춤추는 코끼리」를 은상으로 선정하는 데 의견의 일치를 보았다. 당선작들이 갖추고 있는 문학성과 더불어, 우리 당대 문학을 보다 풍성하게 하는 데 조금치의 부족함도 없으리라는 판단에서다. 당선자들에게는 축하와 격려의 인사를, 더불어 아쉽게 낙선한 투고자들에게도 다른 자리에서 또 다른 작품으로 만나게 되기를 바란다는 말로 심심한 위로를 전한다.

심사위원: 김병총, 백시종, 원종국

제8회 김만중문학상 소설 부문 금상 수상작

기울어진 식탁

초판 1쇄 인쇄일 2017년 12월 18일
초판 1쇄 발행일 2017년 12월 20일

지은이 김담 (김혜자)
저작권자 남해군·김만중문학상운영위원회
펴낸이 양옥매
디자인 표지혜
교 정 조준경

펴낸곳 도서출판 책과나무
출판등록 제2012-000376
주소 서울특별시 마포구 방울내로 79 이노빌딩 302호
대표전화 02.372.1537 **팩스** 02.372.1538
이메일 booknamu2007@naver.com
홈페이지 www.booknamu.com

ISBN 979-11-5776-511-9(03810)

이 도서의 국립중앙도서관 출판시도서목록(CIP)은 서지정보유통지원 시스템
홈페이지(http://seoji.nl.go.kr)와 국가자료공동목록시스템
(http://www.nl.go.kr/kolisnet)에서 이용하실 수 있습니다.
(CIP제어번호 : CIP2017033966)